L'ILE
INCONNUE,

ou

MÉMOIRES

DU CHEVALIER

DES GASTINES.

Je soussigné, seul Propriétaire de cet Ouvrag
déclare que je poursuivrai tout contrefacteur ou d
bitant d'éditions contrefaites, suivant la rigue
des lois.

BRIAND.

L'ILE

INCONNUE,

OU

MÉMOIRES

DU CHEVALIER

DES GASTINES,

Publiés par M. GRIVEL, des Académies de
Dijon, de la Rochelle, etc.

QUATRIEME ÉDITION,

ORNÉE DE 11 GRAVURES.

TOME PREMIER.

PARIS,

BRIAND, Libraire, rue de Crébillon, n.° 3,
près la place de l'Odéon.

1812.

PRÉFACE

*Pour servir d'Introduction à la seconde
Edition.*

~~~~~~~~~~~~

En qualité d'Editeur, j'ai le droit de
recommander ces Mémoires au Public ;
mais je n'en userai pas : le Public a celui
de ne tenir aucun compte de mon avis, et
il le sait assez sans que je l'en instruise.
Mais il m'écoutera sans doute, si je lui
parle des défauts de l'Ouvrage, et c'est
mon dessein.

Si quelque Lecteur un peu vif m'arrête
d'abord et me demande pourquoi, connoissant les défauts de l'Ouvrage, je ne
les ai point corrigés ; ma réponse est prête.
Je publie une Histoire : quels que soient
les événemens, je n'y toucherai point ;
j'en ferois un Roman. Je publie un Origi-
nal, et ses défauts même tiennent à ce
caractère d'originalité ; une belle copie ne
le vaudroit pas. Enfin, le héros, écrivain
de ses propres aventures, m'a inspiré un
sentiment si profond de respect et de vénération, que je dois me borner à recueillir ses paroles et à les répandre.

1.   I

Je fus frappé de ce sentiment à la première lecture que je fis de l'Ouvrage, à
Utrecht, chez M. Van - Sprang , négociant distingué et mon ami. En cherchant
dans une cassette divers billets dont il me
chargeoit de lui procurer le recouvrement
en France , il me proposa de lire ce manuscrit. Je l'ai trouvé, me dit-il , parmi les
effets de M. Van-der-mur , mon oncle , que
j'ai recueillis à Batavia. Ce brave marin ,
détaché de la compagnie pour une expédition dans une île voisine des Moluques,
y avoit été fait prisonnier. Il y resta dix-
huit mois. Peu de temps avant que d'être
rendu à ses compatriotes, il vit aborder
dans l'île une barque étrangère , montée
par des navigateurs qui , avec l'air circonspect des hommes de ces contrées ,
avoient une figure européenne. En effet,
ils se disoient français d'origine. Mon
oncle , inspiré par une curiosité naturelle,
tâcha de se lier étroitement avec quelques-uns d'entre eux. Au lieu de répondre
à ses questions, ils le conduisirent , baignés de larmes, auprès d'un vénérable
vieillard , qu'une cruelle maladie sembloit
conduire à son dernier jour. Mon oncle ,

versé dans la médecine, suspendit ce terrible moment : il offrit même, si on vouloit le transporter à terre, de lui donner les soins les plus assidus et les plus tendres. Le vieillard accepta ces offres, et tout l'équipage le bénit.

Dans les mains de M. Van-der-mur, le malade reprit assez de force et de raison pour donner des ordres à ses gens, et régler leur marche. Satisfait des traitemens de mon oncle, il leur commanda bientôt après de partir, pour aller donner des avis et des secours à leur Colonie, en leur recommandant de revenir dans un terme fixé. Cet ordre les jeta dans la désolation ; après s'être prosternés devant lui, ils obéirent.

Quelques jours après leur départ, le vieillard rendit les derniers soupirs, malgré tous les soins de mon oncle, en lui laissant, pour preuve de sa reconnoissance et de sa confiance, quelques effets de prix, et le manuscrit dont il est question.

Tel fut le récit de M. Van-Sprang. En jetant les yeux sur le titre, je fus étonné d'y trouver le nom d'une famille distin-

guée dans ma province. Cette circonstance
ne me permit pas d'en différer long-temps
la lecture. Je le lus avec tant d'intérêt, j'en
parlai avec tant de chaleur à mon ami,
qu'il me laissa le maître d'en disposer.

De retour en France, je communiquai
le manuscrit à quelques-uns de mes amis,
gens de lettres. Dépouillé de tout intérêt
d'amour-propre, je recueillis les suffrages
et les critiques. Je vais parler de critique,
selon ma promesse.

1°. *Le sujet est simple, et l'imagination*
n'a pas beaucoup travaillé à l'embellir.
J'en conviens : l'auteur n'a dit que ce qui
lui étoit arrivé ; et il a eu d'autant plus
de tort, qu'il n'y a rien de plus aisé que
d'imaginer des aventures merveilleuses,
dont on se tire comme on peut. Ce n'est
pas qu'il ne se trouve dans son histoire
des événemens d'une singularité piquante,
des positions très-critiques, des situations
intéressantes, des dénouemens imprévus ; mais j'avoue qu'il n'y a que des faits
vraisemblables, qu'on y voit partout la
nature ; que les personnages sont vraiment des hommes, que leurs pensées et
leurs sentimens n'ont rien d'étrange. l'

y a tant de bonhomie dans leurs mœurs, qu'elles ne ressemblent à rien. Enfin, je le répète, tout est simple, et si simple, qu'il n'y a peut-être rien de plus extraordinaire.

2°. *Le sujet n'est pas neuf; c'est Robinson Crusoé dans son île.* J'en conviens encore; mais Robinson n'étoit pas autre chose que l'Ecossais Alexandre Serkick, abandonné dans l'île déserte de Fernandez. Robinson est jeté dans une île, le chevalier des Gastines est jeté dans une île, voilà la ressemblance; tout le reste est différence. J'en demande pardon à Rousseau et à tant d'autres panégyristes du Roman anglais, mais c'est un ouvrage manqué : petites vues, petits moyens, petits effets. D'abord l'idée en est fausse : de deux hommes jetés dans une île, l'un n'est pas maître, et l'autre valet, ils sont égaux. L'idée en est révoltante : pourquoi nous présenter la société corrompue, dégradée, avilie par la distinction de maître et d'esclave? L'idée en est triste : qu'attendre de deux hommes, s'ils restent seuls dans leur désert, qu'une misérable vieillesse et une mort malheureuse? Voyez le bel effet, si l'auteur suit son plan jusqu'au bout. Mais donnez à un jeune homme qui a fait naufrage, une tendre compagne. O! quelle carrière s'ouvre devant vous? Vous pouvez tout; remplir les intentions les plus vastes de la nature, déployer toutes ses ressources, mettre en œuvre toutes les forces de l'esprit humain, et donner au cœur toute l'énergie des passions en même temps les plus douces et les plus tendres, les plus vives et les plus fortes. Vous verrez une famille naître, se multiplier, s'étendre; vous verrez la société se former, s'enraciner, pour ainsi dire, dans la terre par l'agriculture, s'accroître sans cesse comme la fécondité de la terre, marcher constamment et sans écart entre la raison et la nature, s'ériger enfin en empire. En un mot, vous y verrez l'histoire du genre humain et de l'âge d'or.

3°. *Le style en est aussi trop simple, et souvent diffus.* Je conviens que ce défaut s'y fait sentir quelquefois, et je crois que la chose arrivera infailliblement à tout homme qui raconte son histoire d'abondance de cœur, sans prétention d'auteur

et de bel-esprit. Gastines dit ce qu'il pense ;
il dit ce qu'il sent ; il le dit pour être entendu, pour l'être même des enfans, non
pas pour plaire, mais pour instruire,
mais pour former des hommes ; mais pour
leur apprendre à être heureux. C'est un
père qui s'entretient avec sa famille ; c'est
un ami qui converse avec ses amis ; c'est
un homme qui parle raison à des hommes.
Qu'a-t-il besoin de grandes phrases, quand
il nous dit de grandes choses, qu'il nous
donne de grandes leçons, qu'il nous pro-
pose de grands exemples ? Je ne sais si son
style languit, mais l'intérêt ne languit pas.
Gastines parle la langue qu'une bonne
éducation lui avoit apprise, la langue d'un
autre siècle : falloit-il qu'il prévît et de-
vinât la langue qu'on parleroit à Paris
dans notre temps ? Laissons-le s'exprimer
comme un législateur, un philosophe,
un précepteur qui doit parler pour tous
les hommes et pour tous les siècles.

Je finis cette Préface par un aveu : dans
le cours des Mémoires, et dans des notes
particulières, j'avois recueilli assez de
notions pour tracer à un navigateur habile la route de l'Ile Inconnue. Mon des-

sein avoit été d'abord de les communiquer au capitaine Cook; mais il partit
pour son dernier voyage, avant que j'eusse
pu les lui faire passer. J'en fus bientôt
consolé, et je m'en suis félicité depuis.

S'il y a dans un coin du monde un peuple bon, juste et heureux, laissons-le bon,
juste et heureux. Je sais que sous le règne
d'un monarque juste et bienfaisant, cette
découverte attireroit sur ce peuple la protection des bienfaits, et même des lumières; mais l'esprit d'un bon roi n'est
pas toujours celui des gens qui exécutent
ses ordres.

Des Français envoyés dans cette con-
trée, voudroient peut-être y lier avec leurs
frères une familiarité incommode. Bientôt
le pavillon anglais les y suivroit, et peut-
être avec un levain de jalousie et de discorde, peut-être encore avec la folle idée
de la souveraineté des mers, et l'idée non
moins folle que le maître de la mer l'est
de la terre. Le Hollandais, s'il y voyoit un
cannelier, y mettroit tout à feu et à sang.
Un Espagnol qui auroit vu les mines du
Pérou s'épuiser, trouveroit qué la Providence a fait ce peuple exprès pour l'enter-

rer dans celles de son île. La sainte inqui-
sition de Goa, informée que ces gens-là
n'ont point de prêtres, feroit aussitôt armer des missionnaires. Enfin, les Euro-
péens y porteroient les mœurs de l'Europe ; et Dieu me préserve d'aider à cor-
rompre ces bons insulaires.

J'AI prévenu les critiques dont l'Ouvrage m'avoit paru susceptible. La plû-
part de nos Censeurs n'ont fait que les
répéter. Je n'ai rien à leur répondre sur
certains chefs, je l'ai déjà fait : quant à
ceux sur lesquels le public a jugé comme
eux, je me rends, je m'exécute, et je les
remercie de leurs leçons. Ainsi, j'ai cor-
rigé beaucoup d'imperfections de style ;
je me suis cru autorisé à faire des retran-
chemens, lorsque je l'ai pu sans rompre
l'enchaînement et sans altérer la vérité
des choses ; mais je n'ai pas osé aller plus
loin.

La critique la plus vive que j'ai es-
suyée, regarde ce que j'ai dit du roman de
Robinson dans ma Préface. Je me prépa-
rois à répondre à mes Censeurs, lorsqu'il
a paru dans le Mercure de France une

1*

lettre anonyme, qui me dispense pleinement de ce soin. Je demande à l'auteur la permission de la transcrire ici ; c'est un présent à faire à mes Lecteurs.

———

COPIE d'une lettre sur L'ILE INCONNUE, ou MÉMOIRES DU CHEVALIER DES GASTINES.

A Paris, ce 1ᵉʳ octobre.

Jᴇ me garderai bien, mon cher C., de prononcer sur la question qui partage votre société champêtre. Je vous dirai mon avis et mes raisons, et vous jugerez.

Les *Mémoires du chevalier des Gastines* sont-ils une imitation des *Aventures de Robinson Crusoé?* Que vous importe, si l'ouvrage vous amuse, vous intéresse et vous instruit; si, sans avoir le mérite de l'originalité, il a tout celui d'un bon livre; si, en imitant un excellent modèle, il le surpasse. *Quand on y regarde de près*, dit un des critiques qui a le plus insisté sur cette ressemblance, *on remarque entre les deux ouvrages une grande différence; et, il faut en convenir, elle est à l'avantage de celui-ci que je vous annonce.*

Robinson et Gastines ont entre eux des traits de ressemblance si frappans, que l'éditeur de l'*Ile inconnue* est obligé d'en convenir dans sa préface. Mais il a osé dire que Robinson est un ouvrage manqué, et borné à de *petites vues*, à de *petits moyens*, et à de *petits effets;* et il a soulevé ses critiques, comme s'il avoit voulu déprimer le roman anglais pour élever le sien, ainsi que Rousseau déprimoit Richardson, pendant qu'il faisoit sa Julie d'après Clarisse. A la vérité, l'éditeur tâche de prouver ce qu'il dit; mais on se récrie contre son assertion, et on ne répond pas à ses raisons. Relisez, mon cher C., avec attention ce passage de la préface, et vous y trouverez tout ce qu'il faut pour la justification de l'auteur.

Robinson et Gastines sont jetés dans une île par un naufrage. Là, réduits aux mêmes besoins, exposés aux mêmes dangers, placés dans les mêmes conjonctures, ils font nécessairement beaucoup de choses semblables; et avec leur industrie, leur courage et quelques secours tirés de leurs vaisseaux, ils parviennent à se faire un sort agréable, heureux même. Mais cette idée n'appartient pas plus à l'auteur anglais qu'à l'auteur français. Ouvrez l'Histoire générale des Voyages, et cherchez-y celle d'Alexandre Serkick; le roman anglais n'en est évidemment qu'une pure amplification : il y a long-temps qu'on l'a remarqué et qu'on le répète. Les deux auteurs n'auront donc fait que traiter un sujet donné : la pomme est à celui qui l'aura le mieux traité.

L'histoire de Serkick fait tout Robinson; le romancier anglais n'a pas porté ses vues plus loin. Cette idée n'est au contraire dans l'ouvrage français, qu'un des moyens employés pour l'exécution d'un très-vaste dessein, et ce dessein, est l'histoire de la civilisation des peuples, ou de la fondation des empires.

Pour remplir cet objet, l'auteur étoit nécessairement obligé d'isoler son héros, et dès-lors il n'avoit pas besoin d'emprunter l'idée de prendre pour théâtre une île ou un désert quelconque, il n'importe. Tous les philosophes qui ont cherché l'origine de la société, sont partis de la même idée. L'idée naît de la chose.

Si les deux héros placés dans la même situation sont forcés de faire des choses semblables, ils font aussi des choses différentes, et ils font les mêmes choses d'une manière différente. En général, l'industrie de Gastines semble être fort supérieure à celle de Robinson. Lorsqu'il ne paroît être que l'imitateur de l'insulaire anglais, comme dans son combat contre des étrangers, on convient qu'*il a quelque chose de plus intéressant.*

Un moment, mon cher C.; j'aurois tort de vouloir ôter à l'auteur anglais le mérite de l'invention. Robinson n'est pas seul comme l'étoit Serkick; Gastines, comme Robinson, n'est pas seul; et voilà un trait d'imitation. Mais Robinson a un compagnon, avec la qualité absurde de valet; et Gastines a une compagne avec l'intéressante qualité d'amante : dès-lors la différence est immense, ou plutôt toute ressemblance disparoît. Vous allez voir les sentimens les plus doux, les passions les plus tendres, les intérêts les plus vifs, les mœurs les plus touchantes, tous les vœux de la nature se développer dans la société de Gastines et d'Eléonore. Demandez quelque chose de semblable à Robinson et à Vendredi? S'ils inspirent de l'intérêt pour leur personne, exciteront-ils dans votre cœur tous les grands intérêts de l'humanité? Les amours du couple français sont sans contredit un des morceaux qui font le plus d'honneur à l'auteur, et qui répandent le plus de charme sur tout l'ouvrage. Est-ce à l'auteur anglais qu'il les doit?

Et voilà ce qui fait un grand moyen comparé à un petit moyen : voyez les effets que le grand moyen va produire, et comparez-les avec ceux que le petit moyen a produits.

Descendez, mon cher C., dans l'île de Robinson. A quoi donc aboutissent les efforts des deux aventuriers? à se procurer les nécessités et quelques commodités de la vie. Bornés par les vues et les moyens de l'auteur, au soin de leur conservation, ils ne font que tourner autour de cette idée dans un cercle fort étroit; en sorte que dans un état toujours triste, pénible et inquiétant, vous diriez qu'ils n'ont guère fait que perfectionner l'état sauvage, au moyen des avances d'intelligence et d'industrie qu'ils ont rapportées d'un pays policé. Pour ne pas vous ennuyer ou vous attrister trop long-temps avec eux, passez dans l'Ile inconnue. Suivez le couple français : à chaque pas il avance dans ses grands desseins, sa carrière s'agrandit, s'élève et s'embellit. D'amans devenus époux, d'époux devenus chefs de famille, leurs rapports s'étendent sans cesse, et avec les ressources qu'ils tirent d'eux-mêmes, ils ont à peine rempli un vœu de la nature, qu'ils en remplissent un autre. Représentez-vous ces deux époux au milieu de vingt-deux enfans ; que de scènes variées ! que de scènes touchantes ! que de secours et pour eux et pour leurs travaux, et pour la prospérité de l'île ! Voyez ces enfans, tous distingués par la diversité de talens et de caractères ; c'est, en petit, le tableau du genre humain.

Quelle instruction, quelle utilité retirez-vous, mon cher C., de l'histoire de Robinson ? Le détail en seroit court. Quelle utilité, quelle instruction ne retirez-vous pas de l'histoire de Gastines ? c'est le modèle de l'amour innocent, le modèle de l'amour conjugal, le modèle du gouvernement domestique, le modèle d'une parfaite éducation, le modèle des bonnes mœurs, le modèle d'un peuple agricole, le modèle de la société civile.

Quel sera donc le résultat des deux ouvrages ? Les deux anglais n'ont de mieux à faire que de sortir de leur île. Tous les moyens qu'ils ont employés, n'ont abouti qu'à les faire subsister, et seulement tant qu'ils travailleront. Mais si les maladies arrivent; mais quand les infirmités de la vieillesse arriveront, leur vie va cesser douloureusement avec leur travail; leur ouvrage tombe avec eux; et ils se trouvent dans la situation la plus déplorable où ils aient jamais été, sans le *Dieu dans la machine*, ou si l'auteur, qui n'a que des vues bien courtes, et qui ne leur a donné que des moyens bien bornés, ne leur amène des secours étrangers, ou ne les retire de leur île. C'est ce dernier parti qu'il prend : Robinson quitte son île; c'est-à-dire que l'auteur abandonne son plan, et tout son édifice est détruit. Si M. GRIVEL considère l'ouvrage sous ce point de vue, quand il l'appelle un ouvrage manqué, je crains qu'il n'ait raison.

J'allois oublier, mon cher C., de rapprocher de ce résultat, celui des mémoires français. Mais vous ne craignez rien pour Gastines : il s'est entouré de tous les secours, de toutes les consolations, de tous les biens; il s'est assuré une vieillesse tranquille, ou plutôt il a réservé pour sa vieillesse ses plus beaux jours : et combien sa mort sera douce ! Il mourra dans son île comme il a vécu : y a-t-il pour lui sur la terre un plus beau séjour ? Là sa patrie, son domaine, son empire, son bonheur et sa gloire.

Après cela, concevez, si vous le pouvez,

qu'on dise, qu'on écrive, qu'on imprime que *les vues* de l'auteur françois *ne sont pas plus grandes, non plus que le résultat* de l'ouvrage, que les vues de l'auteur et le résultat de l'ouvrage anglais. Il ne s'agit point ici de vérités à découvrir par une profonde méditation ; il n'y a qu'à voir les faits ; il n'y a qu'à lire. Croyez-vous encore, mon cher C., que Gastines n'est qu'une copie de Robinson ? Estimez-vous que les deux ouvrages puissent être mis en parallèle ? Je ne veux pas dire qu'à divers égards, Robinson ne mérite le succès qu'il a eu et l'estime dont il jouit, et c'est ce que M. Grivel a eu tort de ne pas ajouter à la critique des défauts de l'ouvrage.

L'éditeur de l'*Ile inconnue* a dit sommairement ce que je viens de développer pour répondre à votre confiance ; et après qu'il a motivé son jugement, on lui oppose le jugement que Rousseau a porté de Robinson sans l'avoir motivé. Vous savez bien, mon cher C., qu'en ce genre il faut respecter les autorités, et ne se rendre qu'à la raison : et si l'on vouloit rabaisser l'autorité de ce philosophe, ne suffiroit-il pas de rappeler l'étrange manière dont il a osé parler de l'immortel Richardson, son maître en ce genre, et celui de tous les romanciers ?

Quoi qu'il en soit, mon cher C., la seconde édition de l'Ile inconnue va paroître, et il s'en est fait beaucoup de contrefactions, tant dans

les provinces que chez l'étranger ; tenons-nous-
en au jugement du public ; et sachez-moi gré
d'être entré dans un genre de discussion que
je n'aime point, pour vous prouver mon attachement, et faire acte de dévouement envers
votre société : je n'aurois, certes, point entrepris ce petit travail pour ma propre justification.

L'ILE

INCONNUE,

OU

MÉMOIRES

DU CHEVALIER

DES GASTINES.

~~~~~~~~~~~~~~~~~~~~~~~~~~~~

CHAPITRE PREMIER.

Histoire des premières années du Chevalier.

Je suis d'une famille noble du Limousin; mon père, M. de *Lervignac*, homme vénérable et guerrier estimé, avoit servi trente ans l'état sous les Turenne et les Condé. Un passe-droit l'ayant dégoûté du service, il s'étoit retiré dans une terre qu'il tenoit de ses ancêtres, pour y passer tranquillement le reste de ses jours. Il commençoit à n'être plus jeune, et ne songeoit point au mariage.

Son caractère de franchise et de probité reconnue, son humeur bienfaisante, et ses connoissances rares dans un homme de son état,

le faisoient adorer de ses vassaux et rechercher
de tous ses voisins. Chacun se montroit empressé
à l'attirer chez soi; mais il n'alloit nulle part
plus volontiers que chez le comte de Granselve,
où la conformité de goûts et de caractère lui
faisoit trouver beaucoup d'agrément.

Le Comte, vieux garçon, n'avoit qu'un frère,
commandeur de Malte, et une sœur, fille d'un
âge mûr, mais belle encore et d'un esprit solide. Mon père ne tarda pas à concevoir beaucoup d'estime pour mademoiselle de Granselve,
qui rendit également justice à son mérite. Le
Comte s'aperçut bientôt de leurs sentimens réciproques. Jaloux de faire le bonheur de sa
sœur et de son ami, il interrogea leurs cœurs;
ils répondirent avec franchise : l'hymen serra
étroitement des nœuds que l'estime, l'amitié, la
conformité des penchans avoient formés.

Je fus le troisième enfant de cette heureuse
union. Mon oncle le Commandeur, qui fut
mon parrain, voulut me faire entrer dans l'ordre
de Malte; mes parens y consentirent, et j'eus
la croix au berceau.

Je ne m'arrêterai sur mes premières années,
que pour faire remarquer que ma mère fut ma
nourrice, et qu'elle prit de mon éducation physique et morale, jusqu'à l'âge de cinq ans, tous
les soins qu'une tendre mère pouvoit prendre
pour l'enfant le plus chéri. Je fus dérobé aux
entraves du maillot, aux bourlets, aux lisières,

à la mollesse avec laquelle on nourrit les enfans des riches, aux fantaisies que leur donnent les sottes complaisances des pères, et aux préjugés que leurs passions leur inspirent. La grande règle d'éducation de ma mère, étoit de traiter ses enfans avec beaucoup de douceur, mais avec fermeté; d'accorder tout à leurs besoins, rien à leurs caprices.

La nature sembla prendre plaisir à se hâter de recompenser les soins de cette excellente mère. On me pardonnera si je parle de quelques dons que j'ai reçus du ciel, avec cette franchise qu'étouffe la crainte de paroître vain. La gloire des bienfaits est toute au bienfaiteur; et la vérité est le premier hommage que la reconnoissance doit lui en rendre. Je ne dissimulerai donc pas les augures favorables qu'on tira du développement précoce de mon caractère et de mon esprit. Mes forces et mon intelligence étoient au-dessus de mon âge : on remarquoit que j'étois très-vif et très-sensible, mais en même temps docile; que s'il m'arrivoit de prendre du chagrin et de céder aux petits emportemens naturels à l'enfance, les douces représentions de ma mère me faisoient revenir sur-le-champs; je montrois même du regret, si son visage me témoignoit quelque peine de mes fautes.

Je joignois à ces dispositions une avidité de connoître et une mémoire prodigieuse; de sorte

que je ne trouvois point d'amertume dans la
première instruction, et que j'appris, avec autant de plaisir que de facilité, tout ce qu'on voulut m'enseigner. Il est vrai que ma mère fut mon
premier maître. Les utiles leçons qu'elle me
faisoit, se présentoient à mon esprit sous un
aspect si agréable, que je les regardois comme
un amusement, ou plutôt comme une récompense de ma docilité; et elles devenoient un
nouvel aiguillon pour mon amour-propre.

Je n'avois que six ans lorsque je sortis de la
maison paternelle, et j'étois instruit autant qu'il
est possible de l'être à cet âge, et dans la province. Mon oncle, qui m'aimoit d'une amitié
particulière, et qui s'étoit chargé de moi, voulut que j'allasse faire mes études à Paris. Il me
donna un précepteur, avec lequel je fus mis
dans un collége. La manière d'enseigner et la
façon de vivre que j'y remarquai d'abord, me
parurent bien différentes de celles que je connoissois. La liberté, la douceur, la gaîté, ces
artifices engageans qu'un intérêt bien tendre
est seul capable d'inspirer, je ne les retrouvai
point dans la sécheresse et l'austérité du collége. Le plaisir n'y préparoit pas l'instruction;
on n'invitoit point la curiosité; on ne soutenoit pas la foiblesse; on exigeoit de tous les
sujets, et dans tous les cas, une aveugle obéissance, et l'œil sévère des surveillans y faisoit
trembler le cœur des jeunes élèves, qu'on auroit

dû s'attacher à épanouir. Enfin, loin de leur
dérober la vue du devoir, ou du moins loin de
couvrir de fleurs ce qu'il a de rebutant, on leur
présentoit sans ménagement tout ce qu'il ren-
ferme de plus désagréable.

Je trouvai pourtant dans cette école bien des
avantages. Forcé de vivre avec des camarades
qui ne me passoient rien, je vis à découvert
tous mes petits défauts critiqués sans réserve. Je
connus cette égalité naturelle qui repousse tant
de vices, et qu'une éducation solitaire ne nous
laisse pas apercevoir. Je rougis de l'orgueil que
je tirois de ma naissance; et comme j'eus le
bonheur d'étudier sous un maître plus indulgent que les autres, et de me lier d'amitié avec
deux condisciples, modèles de sagesse et d'application, mon émulation fut si vivement ex-
citée, que, favorisé par ces circonstances, je
me sauvai des vices de l'institution, et je fis des
progrès rapides en tout genre. En rhétorique,
j'eus la gloire de remporter les premiers prix
dans tous les genres de composition. Je dis la
gloire, car je n'aurois pas changé ma palme
contre celle d'un conquérant; et c'étoit en effet
la gloire de mon âge.

Au sortir de ma philosophie, que je fis
avec applaudissement, j'étois regardé, quoique
fort jeune, comme une espèce de phénomène.
Il est pourtant vrai que j'étois bien moins instruit que capable de le devenir, et que je n'a-

vois proprement que les notions et les dispositions nécessaires pour bien étudier; mais je
puis dire que je les mis à profit. Ma soif d'apprendre, accrue par ce que j'avois appris, ne
me laissoit point de relâche. L'étude étoit un
de mes premiers besoins, et le plus doux de
mes plaisirs : aussi lui donnois-je tous les momens que mes exercices académiques et les
égards dûs à la société ne remplissoient pas. Je
me liai pourtant avec plusieurs savans, dont la
conversation me fut encore plus utile que les
livres.

Le desir de connoître m'inspira l'envie de
voir, et cette envie, le desir de voyager. Je
sollicitai auprès de mes parens la permission
et les moyens de visiter une partie de l'Europe, et la complaisance de mon oncle, charmé
de mes goûts curieux, m'accorda ce que je
demandois. Il poussa même plus loin les attentions de sa tendresse; car, malgré la bonne
opinion qu'il avoit de moi, ne pouvant se dissimuler que, jeune comme je l'étois, j'avois
besoin d'un Mentor pour surveiller ma conduite, il voulut bien lui-même me servir de
conducteur dans ma tournée qui devoit finir à
Malte.

Mon père m'étoit venu voir plusieurs fois
à Paris avec mon oncle, et celui-ci devoit m'y
rejoindre pour commencer de là notre voyage.
Mais ma mère dont j'étois séparé depuis bien

des années, ma mère qui n'avoit pas besoin
d'entendre mon éloge pour me desirer, demandoit avec instance le plaisir de me serrer contre
son cœur, et de me voir quelque temps auprès
d'elle avant notre départ. Je ne desirois pas
moins de jouir de sa tendresse, et de lui exprimer mon amour. On nous accorda cette
douce satisfaction; ainsi je revins en province
goûter le bonheur de retrouver des parens si
chers, et qui me donnoient tant de preuves de
bonté. L'approbation qu'ils donnèrent à ma
conduite, fut la récompense la plus agréable
que je reçus de mes travaux : un fils, s'il est ce
qu'il doit être, n'en connoît point de plus
grande.

Quelques jours avant notre départ, mon
père me mena dans une salle ornée des por-
traits de nos ancêtres, et après les avoir parcourus des yeux, il me dit : « Vous nous quit-
tez, mon cher chevalier, vous emportez bien
des regrets ; mais je ne dois pas me chagriner
de votre absence, puisque vous ne vous éloignez que pour vous rendre plus digne de ces
guerriers patriotes, fameux par leur courage et
leurs vertus, dont le sang coule dans vos veines.
Je pense trop bien de vous, pour ne pas croire
que vous brûlez de les imiter dans ce qu'ils
ont fait de glorieux. Eh! dans combien d'occasions ne montrèrent-ils pas les sentimens généreux qui les animoient? Il n'en est aucun

qui, dans son temps, ne se soit rendu recommandable par des actions héroïques. La valeur
étoit chez eux une vertu si naturelle, qu'à cet
égard l'éloge d'un de ces guerriers est celui de
tous les autres.

« Celui-ci (Gaspard de Lervignac), ayant
pris la croix avec Louis-le-Jeune, et combattant
à côté de lui près d'Antioche, lui sauva la vie
aux dépens de ses jours, en se jetant au-devant
d'un coup terrible que lui portoit un Sarrazin.
Il mérita surtout de l'humanité, par la liberté
qu'il osa donner à ses serfs ; il en fit des
hommes.

» Celui-là (Bertrand), qui partagea les malheurs de Saint Louis, et fut fait, comme lui,
prisonnier à la journée de la Massoure, vendit
une partie de ses terres, pour payer, avec sa
rançon, celle de deux braves chevaliers français, qui, manquant de fortune, auroient péri
dans les fers des Infidèles.

» Observez, mon fils, dans ce coin (Guillaume Ier), ce guerrier dont l'air a quelque
chose de si grand. Il fut singulièrement estimé
du sage roi Charles V. Deux traits que je vais
vous rapporter de lui, vous le feront bien connoître. Il défendoit la ville de Limoges, assié-
gée par le prince de Galles, duc de Guienne,
connu sous le nom de *Prince noir*, vivement
irrité contre les habitans qui avoient pris les
armes en faveur de Charles. Après une résis-

tance opiniâtre, la ville fut emportée d'assaut.
Le vainqueur furieux, ayant pénétré dans la
ville, la livroit au meurtre et au pillage, sans
se laisser émouvoir par les cris et les larmes
des femmes et des enfans qui se jetoient à ses
pieds en demandant miséricorde, lorsque notre
chevalier, aidé seulement de deux gentilshom-
mes de son parti, arrêta l'effort de l'armée victorieuse, par des actions de valeur si extraordinaires, qu'elles inspirèrent une sorte de respect au Prince Noir. Il fut touché de la belle
défense de ces trois braves, modéra sa colère
à leur aspect, et sauva les restes de cette ville
infortunée, pour prix de leur généreuse audace (1).

» Le second trait qui distingue ce héros,

----

(1) Montagne rapporte ainsi cette action magnanime
au premier chapitre de ses Essais :

« Edouard, Prince de Galles, celui qui régenta si
» long-temps notre Guienne......, ayant été bien of-
» fensé par les Limousins, et prenant leur ville par force,
» ne put être arrêté par les cris du peuple et des femmes
» et des enfans abandonnés à la boucherie, lui criant
» merci et se jetant à ses pieds, jusqu'à ce que passant
» toujours outre dans la ville, il aperçut trois gentils-
» hommes qui, d'une hardiesse incroyable, souténoient
» seuls l'effort de son armée victorieuse ; la considéra-
» tion et le respect d'une si notable vertu, reboucha
» premièrement la pointe de sa colère, et commença par
» ces trois à faire miséricorde à tous les habitans de la
» ville. » (Note de l'Editeur.)

remplit toute l'étendue de la magnanimité. Un gentilhomme de ses voisins, avec lequel il avoit eu plusieurs différends, jaloux de ses succès, et humilié de sa gloire, résolut de l'immoler à sa haine dès qu'il en trouveroit l'occasion. Notre chevalier connoissoit toute l'animosité de cet ennemi; mais il ne le croyoit pas assez lâche pour devoir s'en méfier. Cependant celui-ci rodoit dans le pays avec une troupe d'hommes armés pour le surprendre, et le rencontrant un jour dans un endroit solitaire, suivi d'un petit nombre des siens, il l'assaillit à l'improviste, croyant l'accabler facilement. Mais notre brave chevalier, bien secondé par ses domestiques, se battit avec tant de présence d'esprit et de courage, que, quoique blessé griévement, il mit en fuite les assassins et renversa leur chef. Le scélérat s'attendoit à la mort qu'il avoit si bien méritée, lorsque son vainqueur, arrêtant les mouvemens de sa colère, le fit relever, et lui dit : Vous avez voulu m'ôter la vie par trahison, je vous la donne par générosité; je pourrois vous l'ôter, puisque j'en suis le maître, et que vous m'avez si indignement trahi; mais je me conduis par d'autres principes que les vôtres. Tout injuste que vous êtes, je trouve encore plus beau de me vaincre que de vous avoir vaincu.

» Enfin remarquez ici (Guillaume II) mon grand père, qui, dans les temps malheureux des guerres civiles et de la ligue, fit preuve d'une grandeur d'ame digne d'admiration. Fidèle à son prince, mais encore plus fidèle à l'honneur, il refusa de mettre à exécution contre les Huguenots, des ordres secrets et sanguinaires que le roi Charles IX. lui fit donner, en alléguant pour raison, que ces ordres étant injustes, ils ne pouvoient venir du roi; qu'il avoit voué ses biens et sa vie au service du prince et de l'Etat, mais non pas son honneur; qu'il combattroit toujours en guerrier, mais non en lâche assassin ni en vil mercenaire.

» C'est le même qui fit une action si touchante de tendresse filiale. Il étoit éperdument amoureux de la fille d'un gentilhomme, et sur le point de l'épouser. La demoiselle demeuroit dans une ville voisine de nos terres; il se rendit avec sa mère auprès d'elle, quelques jours avant la noce. On ne songeoit qu'aux préparatifs de la fête, lorsqu'une nuit la ville est surprise par les Huguenots qui se rendent d'abord maîtres d'un quartier : c'étoit précisément dans ce quartier que demeuroit sa maîtresse. Mon aïeul accourt pour la défendre et pour repousser l'ennemi, avec ce qu'il peut trouver de gens capables de le seconder. Tandis qu'ils se battent de rue en rue, on vient l'avertir que la maison de sa mère est la proie des flammes. Alors il quitte le combat en pleurant, pour voler aux lieux où la nature l'appelle; il s'élance à tra-

vers les feux et les dangers, pour sauver la vie
à celle qui lui donna le jour; et, malgré tous
les obstacles, il parvient à la délivrer du péril:
mais en sauvant sa mère, il perdit celle qui
alloit faire son bonheur.

» Voilà, mon fils, les exemples que vous ont
donnés les hommes célèbres de qui vous tenez
le jour et la noblesse. C'est à vous de les imiter, et de montrer que vous n'êtes pas moins
l'héritier de leur générosité que de leur nom;
car ne croyez pas que la noblesse soit un titre
donné par la nature, inhérent à la race de certains hommes, ni même un titre sans charge.
Les premiers nobles ne l'ont acquis à leur postérité que par de grands travaux, et après avoir
employé courageusement leurs forces, leurs talens et leurs vertus pour l'avantage de la patrie.
La noblesse est le salaire des grands services
rendus à l'humanité, ou le tribut de la reconnoissance de l'Etat, accordé aux enfans de ceux
qui ont bien mérité de lui. Il le leur paye en
honneur et en considération, en leur suppo-
sant le zèle et les sentimens de ceux qu'ils re-
présentent. Il pense qu'en héritant d'un nom
illustre, ils doivent avoir les vertus qui l'ont
illustré. Mais ceux qui le ternissent par leurs
actions ou par leur caractère, se rendent d'autant plus méprisables, que le nom et la mémoire de leurs ancêtres sont en plus grande
vénération. Souvenez-vous donc, mon cher che-

valier, que votre naissance vous impose pour
devoir l'exercice des vertus utiles aux autres,
et que ce n'est qu'en faisant bien qu'on peut
bien mériter. » Ces leçons, soutenues par de
si grands exemples, restèrent profondément
gravées dans mon cœur.

Ma mère, de son côté, me mena dans un
bosquet solitaire, pour épancher avec plus de
liberté la tendresse de son cœur. Ce ne furent
pas des ordres ni même des conseils qu'elle me
donna; elle usa de moyens bien plus persuasifs.
Les tendres exhortations, les prières, les larmes
furent employées, pour m'engager à me conduire d'une manière aussi louable que je l'avois
fait jusqu'alors. Elle me fit voir son bonheur
attaché à la satisfaction qu'elle auroit de ma
conduite. Digne mère! qui mettoit sa joie dans
la sagesse de ses enfans, et qui leur demandoit, comme une preuve d'amour, ce que leur
intérêt et leur devoir leur prescrivoient également. Ses instructions se réduisoient à trois
chefs principaux.

1°. Eviter les querelles, et surtout le duel
qu'elle me présenta comme une transgression
manifeste des lois divines et humaines, et un
attentat punissable. S'il y a de la justice et de
la raison dans le monde, me dit-elle, il est
toujours permis de se défendre; mais il ne l'est
jamais de provoquer personne ni d'attaquer la

vie d'autrui, soit par une force brutale, soit avec l'adresse d'un gladiateur.

2°. Fuir le libertinage d'esprit et de cœur, qu'affichent aujourd'hui la plupart des jeunes gens.

« La mode et l'insouciance, disoit ma mère, ne leur permettent plus de rien croire. Ils se font un jeu de séduire les femmes, que pourtant ils n'estiment plus, qu'ils n'aiment plus, et de porter le déshonneur dans les familles les plus honnêtes. Leur vie se passe dans un désordre de mœurs, dans une fausseté de sentimens, qui ne mériteroit que le plus grand mépris. Mais beaucoup de femmes foibles et dépravées, mais ceux qui leur ressemblent, se contentent des dehors les moins imposans et des protestations les moins solides, et consentent d'être dupes en se réservant la liberté de tromper à leur tour.

» Evitez ces exemples, mon fils. Fuyez l'amour, qu'il est si difficile de modérer, et dont l'ivresse jette la raison dans l'égarement et dans le délire; mais surtout fuyez ces commerces honteux et perfides, où le moins que l'on puisse perdre est sa fortune et sa santé. »

3°. Enfin, elle me recommanda de ne point trop me préoccuper de mes sentimens en croyant que j'eusse toujours raison; en conséquence, de ne pas fronder la façon de penser ni les usages des autres, et surtout les mœurs des peuples chez lesquels j'allois voyager; car, vouloir ainsi s'ériger hardiment en juge des opinions et des coutumes étrangères, les censurer, parce qu'elles diffèrent des nôtres, c'est montrer une vanité ridicule, qui, en nous enlevant la considération des gens sensés de la nation que nous allons scandaliser, nous donne des torts qui rejaillissent sur nos compatriotes. — Vous allez vivre avec des gens graves, ou du moins avec des inconnus; ne cédez jamais à la tentation de les plaisanter. C'est le ton perpétuel de badinage et de plaisanterie (1), que beaucoup de jeunes français prennent in-

---

(1) Il est certain que dans tous les pays de l'Europe, au moins parmi le peuple, le Français passe non seulement pour un persiffleur dédaigneux, mais pour un séducteur; disons mieux, pour un corrupteur des femmes. Cette opinion, fondée sur les déportemens de quelques-uns de nos agréables qui vont promener au loin leurs vices et leurs ridicules, est retombée sur la nation, et lui fait le plus grand tort chez des peuples jaloux par tempérament et naturellement graves. On nous juge mal, sans doute. Le Français est léger, mais sensible; il aime à plaisanter, mais sa plaisanterie n'a rien d'amer; il chérit le sexe, mais il le respecte. Nul peuple, j'ose le dire, ne porte plus loin son enthousiasme pour les choses louables; nul peuple ne rend plus de justice aux autres peuples ses voisins, chez lesquels il aime à louer les vertus et les grandes actions. L'opinion défavorable qu'on a de lui, commence à s'affoiblir; mais c'est aux Français qui voyagent à l'effacer entièrement par leur discrétion et leur modestie. (*Note de l'Editeur.*)

2*

décemment chez nos voisins, qui fait croire à ces peuples que le Français est railleur par goût et méprisant par caractère. Ces deux défauts, qui blessent si griévement l'amour-propre, joints à l'indiscrétion qu'on reproche à nos jeunes gens, et à l'air d'aisance qu'ils prennent auprès des femmes, n'ont pas peu servi à faire naître des préjugés désavantageux à la nation française, et à rendre en quelque sorte haïssable le peuple de la terre le plus sociable et le plus doux. »

Ces sages avis, accompagnés de témoignages de tendresse, s'accordoient assez avec ma façon de penser, pour se graver profondément dans mon cœur. C'étoit une semence, qui, tombant sur une terre bien préparée, ne pouvoit manquer de fructifier avec le temps. En effet, les conseils de cette digne mère, toujours présens à mon esprit, en m'inspirant la défiance de moi-même, me dérobèrent aux ridicules qu'elle redoutoit, et me préservèrent plus d'une fois des dangers, où il est très-vraisemblable que le feu de la jeunesse et mon inexpérience m'auroient fait tomber.

Nous commençâmes notre tournée par l'Angleterre; de-là nous passâmes en Hollande, d'où, traversant l'Allemagne et l'Italie, nous arrivâmes à Malte. « Je ne ferai point ici la description de ces pays. Je me contenterai de dire, que le but de mon voyage étant de m'instruire

en étudiant les variétés que la nature, les hommes et les gouvernemens pourroient m'offrir,
je m'arrêtois avec complaisance dans les lieux
et dans les villes qui pouvoient me présenter
des objets dignes de ma curiosité.

Arrivé à Malte, la considération dont mon
oncle jouissoit dans l'ordre rejaillit sur moi; le
Grand-Maître, qui, quoique vieux, aimoit les
jeunes gens et goûtoit ma conversation, m'admit
dans sa familiarité, et tout le temps que je passai auprès de lui, il me témoigna des bontés
infinies. Toutes les langues me virent avec complaisance et me marquèrent de l'amitié. Je cul-
tivois soigneusement cette société, aussi douce
que respectable, et je me promettois de goûter
à loisir tous les agrémens que l'île peut offrir
(agrémens et plaisirs dangereux quelquefois
pour la jeune noblesse qui s'y rencontre), lorsqu'une maladie subite, qui enleva mon oncle,
me jeta dans la plus grande affliction et me fit
résoudre à retourner en France. Le Grand-Maître,
qui fut touché de ma douleur, me donna une
preuve de sa bienveillance en me faisant remise
des effets qui lui appartenoient dans la succession de mon oncle. Je partis bientôt, consterné
de la perte que j'avois faite; mais pénétré de
reconnoissance des temoignages d'attachement
que j'avois reçus à cette occasion.

Je me hâtois de revenir en France par l'Italie,
lorsque, passant à Rome, une maladie grave

m'arrêta dans ma course et me mit à deux doigts
du tombeau. Mon hôte, chez lequel j'avois déjà
logé en allant à Malte, et qui m'étoit fort attaché, me donna tous les secours qui dépendoient
de lui; mais voyant que ma maladie devenoit
toujours plus sérieuse, et craignant qu'elle n'eût
une funeste issue, il crut devoir avertir les connoissances que j'avois à Rome, de l'état critique
où je me trouvois. Je dois rendre ici justice à
la noblesse romaine : tous ceux qui me surent
malade s'empressèrent de me voir et de me faire
mille offres de services. Ils me rendoient de
fréquentes visites, et quelques-uns passoient
une partie du jour et de la nuit auprès de moi.

Du nombre de ceux qui me rendoient ces
offices d'amitié, étoit une jeune et aimable
veuve, chez laquelle mon oncle m'avoit mené
plusieurs fois, et qui nous avoit toujours accueil-
lis avec une politesse distinguée; elle étoit accompagnée d'un de ses parens, et le plus souvent d'une de ses amies, lorsqu'elle venoit me
rendre visite. Elle me donnoit tous les soins
qu'on peut avoir décemment pour un malade,
et elle les continua jusqu'à ma convalescence.
Je ne la remarquai pas d'abord, non plus que
le public; mais dans un pays comme l'Italie,
cette liberté s'éloignoit trop des usages reçus,
pour qu'on ne s'en aperçût pas. Le parent de
la veuve sur-tout, qui lui faisoit sa cour, le trouva fort mauvais; il me crut singulièrement favo-

risé de cette belle, et résolut de se venger, à la
manière de beaucoup de gens de son pays, de
la disgrace imaginaire dont il me croyoit la
cause. J'eusse été la victime de sa perfide jalousie, sans une grace particulière de la providence qui me sauva.

Lorsque ma santé fut entièrement rétablie,
je voulus aller remercier tous ces amis généreux
qui m'avoient donné tant de preuves d'affection, et je commençai le premier jour par les
plus voisins de ma demeure. Je ne pouvois sans
affectation et sans manquer à la politesse,
me défendre d'aller chez la dame à laquelle
j'avois des obligations si récentes; mais comme
je crus devoir me conduire avec circonspection,
après les services trop remarquables que j'en
avois reçus, et comme elle demeuroit dans un
quartier plus éloigné, je remis au lendemain à
lui faire ma visite. Cependant, pour ne laisser
ni soupçon ni équivoque dans mes sentimens,
je lui envoyai demander (par Dubois, valet-
de-chambre de mon oncle, qui me suivoit en
France), la permission de l'assurer de ma respectueuse reconnoissance au moment où elle
seroit visible. J'avois résolu de ne m'y rendre
qu'avec quelqu'un de mes amis.

L'amant de la veuve faisoit épier mes démarches; il jugeoit, d'après son idée, que je ne
manquerois pas d'aller voir sa maîtresse dès que
je sortirois; mais ayant appris que j'avois été

ailleurs, il crut que je n'usois de cette discrétion
que pour tromper les yeux du public, et que
je profiterois sans doute de la nuit pour aller
chez elle. En conséquence, il aposta des espions
autour de mon logis, avec ordre de venir l'avertir dès que je sortirois, et il leur donna rendez-
vous au coin d'une rue, par laquelle je ne pouvois m'empêcher de passer pour arriver chez
la dame.

Dubois sortit de l'hôtel sur la brune : il étoit
de ma taille; on le prit pour moi. Aussi-tôt un
espion le devança, un autre le suivit de près.
Les assassins qui l'attendoient, et qui vouloient
donner à la veuve le spectacle de ma mort, le
laissèrent aller jusqu'à sa porte; mais en cet
endroit ils l'entourèrent; et comme il ne se
méfioit de rien et n'étoit pas sur ses gardes, ils
en firent aisément leur victime en le perçant de
vingt coups de poignard. Le malheureux tomba
en se débattant et en criant de toutes ses forces.
On accourut à son secours, et les meurtriers
qui croyoient avoir accompli leur dessein, voyant
des domestiques sortir de l'hôtel de la dame,
s'éloignèrent rapidement; mais les sbirres, qui
passoient alors dans la rue, les voyant fuir, et
jugeant avec raison qu'ils avoient fait le coup,
les suivirent de loin pour connoître le lieu de
leur retraite, pendant que quelques-uns vinrent
aider à enlever le malheureux, qui n'avoit plus
ni connoissance ni sentiment.

La maison de la veuve étant la plus voisine,
on y transporta Dubois, qu'elle reconnut d'a-
bord ; et sur ce qu'on lui apprit de ce qui venoit
d'arriver, elle se douta de la vérité, et soup-
çonna le lâche auteur d'une action si noire ; mais
elle n'en fit rien paroître. Les chirurgiens visi-
tèrent les plaies du blessé qui respiroit encore,
et en y mettant le premier appareil, les jugèrent
presque toutes mortelles. Elle vouloit garder
Dubois chez elle ; mais les réflexions qu'elle fit
sur les causes de son accident, la déterminèrent
à me l'envoyer.

Je venois de souper et je rentrois dans ma
chambre, lorsqu'on frappa rudement à la porte
de la maison. Un moment après, j'entendis le
bruit confus de plusieurs personnes qui mon-
toient vers mon appartement. Je sortis sur l'escalier pour savoir d'où venoit ce tumulte, et
je pensai tomber de surprise en voyant le pauvre
Dubois dans l'état où il étoit : c'étoit moins un
homme qu'un cadavre sanglant. Je le fis mettre
dans son lit, après quoi j'appris de ceux qui
l'avoient porté, sa cruelle aventure. Les sbirres
qui avoient suivi les meurtriers et accompagné
Dubois jusques chez moi, me dirent qu'ils connoissoient la retraite d'un de ses assassins, et
qu'il seroit facile de l'arrêter ; mais qu'il n'y avoit
pas de temps à perdre, et qu'il falloit en obtenir l'ordre de la police.

Je récompensai la vigilance des Sbirres, et,

suivant leur conseil, je sortis sur le champ pour
aller avec eux chez le magistrat, porter ma
plainte de l'attentat qui venoit de se commettre.
Mais passant près du palais de l'ambassadeur
de France, je jugeai convenable d'en instruire
son Excellence et de lui demander sa protection, pour obtenir par son moyen une prompte
justice. J'avois eu l'honneur de lui être présenté
par mon oncle. Je me fis annoncer; il vint au-
devant de moi, me fit entrer dans son cabinet,
et me prévenant avec un ton de bonté qui re-
levoit encore les grandes qualités de son ame:
« Je juge, dit-il, par l'heure où vous venez me
voir, et sur-tout par votre air, que vous avez
quelque chose d'extraordinaire à me communiquer, et je vous assure davance de tout l'intérêt que j'y dois prendre, et de tout mon crédit
si vous en avez besoin ».

Je lui racontai le sujet de ma visite, et lui
fis part de mes réflexions sur les circonstances
qui avoient préparé ce meurtre. Il en fut indigné, et il me dit : « Je fais mon affaire de la
vôtre, et j'espère que votre lâche ennemi rece-
vra la peine qu'il mérite. Vous avez bien fait
de vous adresser à moi; les crimes de la jalousie
sont facilement excusés dans ce pays. Le scélérat
pourroit échapper; mais j'y mettrai bon ordre,
s'il n'est déjà hors de la ville. Au reste, conti-
nua-t-il, j'ai un conseil à vous donner : il paroît
que vous êtes aimé de la belle veuve et que vous

l'aimez; il vous en coutera peut-être de vous en
séparer; mais la prudence exige que vous quit-
tiez Rome, où la vengeance s'irrite et se mul-
tiplie par les disgraces ».

J'assurai très-sérieusement son Excellence,
que j'ignorois si j'étois aimé de cette Dame, et
que je n'avois pour elle que l'estime et la reconnoissance la plus parfaite. « En ce cas, reprit-
il, vous n'avez rien qui vous retienne. Je me
charge des obsèques de votre homme, car je
vois bien qu'il est mort ». Là-dessus il fit appeler un des secrétaires, et ayant écrit deux mots:
« Allez vous-en, lui dit-il, porter cette lettre au
gouverneur, et assurez-le, de ma part, de l'intérêt que je prends à Monsieur, que vous accom-
pagnerez ».

Le gouverneur donna ses ordres en conséquence, et deux des assassins furent pris la
même nuit; mais le chef échappa pour le moment. Pour moi, pendant qu'on faisoit cette
recherche, je revins au logis, où je trouvai Dubois mourant, et je ne le quittai point, soit
pour lui donner tous les soins qui dépendoient
de moi, soit pour entendre ce qu'il voudroit
me dire en cas qu'il revînt à lui; mais je n'en
pus tirer une seule parole; il demeura toujours
sans connoissance, et vers le point du jour il
expira, me laissant le regret le plus amer de sa
perte, dont je pouvois me regarder comme la
fatale occasion.

Le chagrin que me causa cet évènement, et
les tristes réflexions qu'il faisoit naître, me fournissoient de nouveaux motifs de hâter mon départ. Ainsi, après avoir écrit deux mots à la veuve
qu'on me disoit mortellement affligée, après
m'être recommandé au souvenir de M. l'ambassadeur, je pris la route de France, où j'arrivai, pénétré de douleur des pertes que j'avois
faites, et où j'appris bientôt, par une lettre de
son Excellence, tous les détails du meurtre
que je viens de rapporter, et le supplice de
son auteur.

CHAPITRE II.

Suite de l'Histoire du Chevalier des Gastines.

L'ACCUEIL plein de tendresse que je reçus de
mes parens, les larmes qu'ils versèrent avec
moi sur la mort de mon oncle, étoient une
douce consolation pour mon cœur. Eloigné de
la maison de mon père depuis deux ans, il
étoit bien naturel que je me livrasse à la satisfaction de la revoir : mais ces sentimens, en
faisant diversion à ma douleur, en éloignoient
seulement les accès. Je ne pouvois oublier que
j'avois perdu le meilleur des parens, un bien-

faiteur généreux , et surtout un ami solide.
Tout me le retraçoit dans le château que j'ha-
bitois. Ma tristesse perçoit malgré moi ; mon
père jugea que , pour la dissiper insensiblement,
il falloit m'occuper.

Mes frères étoient au service. La France soutenoit alors la guerre contre toute l'Europe :
convenoit - il que je restasse oisif dans nos
foyers ? On demanda de l'emploi pour moi ,
et j'obtins une compagnie dans le régiment
de Thyanges. J'allai joindre en Flandres l'armée que commandoit-le maréchal de Luxem-
bourg , et je me trouvai à la bataille de Ner-
winde , où je fus blessé. J'ose dire que je
me comportai dans cette journée meurtrière
avec assez de disctinction pour mériter les
éloges de mes supérieurs ; et comme on ap-
plaudissoit d'ailleurs ma conduite, j'avois quelque raison d'espérer mon avancement; mais à
la paix de Riswick je fus réformé. Je rentrai
dans le sein de ma famille , heureux d'avoir
fait mon devoir.

Quelque temps après mon retour de l'armée,
mon père qui ne pouvoit plus voyager à cause
de son grand âge, m'envoya à Bordeaux pour
y soutenir un procès important eu égard à
notre fortune. Une suite de services réciproques
l'avoit lié avec M. d'Aliban, à qui il crut devoir m'adresser , et qui me reçut comme le fils
d'un homme auquel il avoit voué la plus sin-

cère estime , et qu'il desiroit le plus obliger.
Il ne voulut pas que j'eusse d'autre maison que
la sienne , et je fus dès - lors établi chez lui
comme si j'avois l'honneur d'être de sa famille.
Il étoit seul alors ; ma société parut lui faire
plaisir , et il se trouva qu'une conformité de
goûts m'attira sa confiance et son amitié.

Il ne tarda pas à me parler de sa fille avec
une tendresse qui me charma , mais avec un
enthousiasme que j'aurois pris pour la prévention d'un père sensible , si tous ceux qui la
connoissoient, n'avoient tenu le même langage,
par la force de la persuasion et sans intérêt
particulier. Renfermé dans le cercle des soins
qu'exigeoit mon affaire, je n'avois d'autre société que celle de M. d'Aliban , et l'incompa-
rable Eléonore étoit le sujet ordinaire des con-
versations. La beauté d'Eléonore excitoit les
cris de l'admiration : on l'oublioit lorsqu'il s'a-
gissoit de son esprit et de ses talens : quant
à la bonté de son cœur et à la grandeur de
son caractère, c'étoit un enthousiasme général.
J'écoutois d'abord avec le simple intérêt que
je devois prendre à la fille d'un homme que
je respectois beaucoup ; mais je ne sais quel
sentiment de curiosité, qui sembloit présager
ce qui m'arriva , me donna une sorte d'impatience de connoître de près celle dont on me
parloit si favorablement.

J'étois dans ces dispositions lorsque Eléo-

nore revint dans la maison paternelle. Je m'apperçus bientôt que ces éloges qui m'avoient
d'abord paru suspects d'exagération, étoient
au - dessous de la vérité; et lorsque, rentré
dans ma chambre, je voulus me rendre compte
des sentimens que j'éprouvois, je fus surpris
et épouvanté de trouver dans mon cœur les
symptômes les moins équivoques de la passion
la plus violente. Je sentis que je n'étois plus
à moi; que désormais je dépendois tout entier
de la volonté d'un autre, et je fus humilié de
voir qu'un instant eût suffi pour m'enchaîner
à jamais. Qu'est devenue, me disois-je, cette
indifférence, ou plutôt cette insensibilité que
j'ai gardée jusqu'à présent, et dont je faisois
parade? Et quel secours puis-je tirer de ma
raison, dont je me croyois si sûr? Ah! philosophie, que vous avez peu de force contre
les passions! Vous nous inspirez dans le calme
une confiance sans bornes; mais vous nous
abandonnez lâchement dans le combat. Je suis
donc dans le cas de ces hommes pusillanimes,
dont la foiblesse me faisoit pitié; et je suis
beaucoup moins excusable qu'eux, car je vois
tous les périls où je m'engage, sans que j'ose
m'en éloigner.

En faisant ces réflexions, je me promenois
à grands pas dans ma chambre. Cependant honteux de céder si facilement à une première
impulsion, je me mis à examiner ce que je

pouvois faire pour me dérober à cette passion
naissante. Mademoiselle d'Aliban, me disois-je,
est une fille unique, fort riche. Je ne suis qu'un
mince cadet, voué en quelque sorte au célibat.
M'appartient-il d'aspirer à sa main ? Nos parens approuveroient-ils ma tendresse ? Les
miens ne doutent pas de la constance de ma
vocation, et me verroient quitter l'Ordre de
Malte avec beaucoup de peine, lorsque je suis
à la veille de m'y avancer. Le père d'Eléonore
a promis, dit-on, la main de sa fille au fils
d'un ami qui jouit aux Indes d'une immense
fortune ; il ne voudroit point pour moi manquer à sa parole.

Sans espérance d'épouser Eléonore, dois-je
céder à mon penchant ? Dois-je me flatter de
l'attendrir, et, vil séducteur, employer tous
les moyens pour surprendre sa volonté, en me
rendant indigne de l'amitié de son père et de
ma propre estime ? Pourrois-je d'ailleurs réussir dans ce lâche projet ? Eléonore n'est pas
d'un caractère à se laisser séduire. Elle n'est
pas de ces personnes qui ne ménageant rien
pour plaire et s'attirer des hommages, tombent quelquefois dans les piéges qu'elles ont
tendus elles-mêmes. Si j'en dois juger sur ce
qu'on m'en a dit et sur ce que j'ai vu, elle est
aussi sage que belle, et sa vertu, que la solidité de son esprit a fortifiée d'excellens principes, ne se démentiroit point en ma faveur.

Le seul parti qu'il me reste à prendre pour
sauver mon repos, c'est de fuir promptement
un objet si dangereux pour moi. Je ne l'ai vue
qu'un instant, et je brûle. Que sera-ce donc,
si je me livre au plaisir de la voir sans cesse,
si je découvre dans son esprit et dans son caractère de nouveaux motifs de l'aimer ? Mais comment pouvoir m'éloigner décemment de cette
maison ? Je ne puis partir de Bordeaux que
notre affaire ne soit finie ; et tant que je serai
dans cette ville, il ne me conviendroit pas de
sortir de chez mon hôte sans en pouvoir alléguer
une juste raison. Après tant de politesses que
j'ai reçues de cet ami, quitter sa maison et
sa société, m'éloigner de lui quand sa fille arrive, c'est montrer de la bisarrerie, c'est me
rendre coupable envers eux d'une ingratitude
au moins apparente.

Le danger étoit pressant, et ces réflexions
peu solides ; mais la passion commençoit à
troubler ma raison, et je ne voyois plus les
choses dans leur vrai jour. Je trouvai ce raisonnement assez juste pour en conclure que je
ne devois pas me déterminer si brusquement
dans une affaire de cette importance ; et bientôt chancelant dans ma première résolution,
je cherchai un tempérament qui pût accorder
la décence et le devoir. Je ne quitterai point
cette maison, me dis-je ; mais j'y demeurerai
le moins que je pourrai. Mon procès me ser-

vira d'excuse ; d'ailleurs j'éviterai de fixer les
yeux sur Eléonore, et de converser particulièrement avec elle. Ces précautions éteindront
peut-être mon amour, ou du moins en ar-
rêteront les progrès. Insensé ! je ne voyois pas
que raisonner avec la passion, c'est se mettre
dans le danger infaillible d'en être vaincu, et
que pour peu qu'on l'écoute, elle triomphe.

Avec tout cela néanmoins je n'étois pas content de moi ; je me faisois de secrets reproches qui ne me laissoient pas tranquille. On ne
passe pas si brusquement du calme de l'indifférence à l'orage des passions, sans éprouver
dans cette vicissitude un mal-aise bien pénible.
Tant de mouvemens contraires, tant de combats ne me permirent pas de reposer. Je passai
la nuit dans cette agitation sans fermer la paupière. Je me levai tout occupé de mademoiselle
d'Aliban, toujours plein du trouble qu'elle me
causoit, et pourtant dans le dessein de l'éviter et de demeurer toute la journée hors de
la maison, ce que je fis en effet. Mais je revins souper ; et, ce que j'aurois dû prévoir,
je m'enflammai davantage en la revoyant, et
je sortis d'auprès d'elle éperdu et hors de
moi-même. Cependant je résolus de me taire ;
et j'eus assez de force pour imposer silence à
mes sentimens. Mais sans cesse obligé de résister à mon inclination, qui croissoit toujours,
et me consumant en vains efforts, je perdis

peu à peu l'appétit et le sommeil ; mon humeur changea, je devins sombre et mélanco-
lique ; et après avoir quelque temps langui dans
cet état, je tombai sérieusement malade.

Avant cet accident, un changement si remarquable dans mon humeur, avoit frappé
M. d'Aliban. Il fut touché de ma tristesse, et
soupçonnant que j'avois dans l'ame un chagrin
rongeur, il mit en usage toutes les caresses et les
insinuations de l'amitié, pour m'arracher mon
secret et connoître ma peine ; mais je ne me
laissai point pénétrer, et quoique sensible à ces
preuves d'attachement, je résistai à toutes ses
instances. Je sentois alors que je ne devois plus
tenter de me vaincre. Je connoissois en même
temps l'inutilité de mon amour. Je voulois mourir victime de ma délicatesse, et la résolution
de mourir pour Eléonore, flattoit singulièrement mon imagination exaltée. Ainsi j'aimai
mieux céder au mal, que de me dévoiler.

Pour faire diversion à la douleur que j'é-
prouvois, je crus devoir aller passer quelque
temps au domicile de mes parens. J'éprouvai
d'abord une sorte de tranquillité, mais ce
calme ne fut pas d'une longue durée. Il n'y
avoit pas quinze jours que j'étois arrivé, qu'une
lettre de Bordeaux m'apprit que M. d'Aliban
se proposoit de partir pour le Bengale, avec
son aimable fille, qu'il avoit promise en mariage
au fils d'un ancien ami. Je ne saurois exprimer

le trouble et le chagrin que me causa cette nouvelle. Oui, m'écriai-je, si je perds Eléonore, je
perds le jour; sans elle je ne puis exister. Il n'y
a point à délibérer sur ce que je dois faire. Les
conseils de la prudence ne sont plus de saison.
Je veux suivre Eléonore jusqu'au bout du
monde. Elle n'est pas encore dans les bras d'un
autre. Qui sait s'il ne surviendra pas quelque
événement heureux pour ma tendresse? Quoi
qu'il arrive, je jouirai du moins de l'avantage
de respirer le même air qu'elle, et de la voir
quelquefois. S'il ne m'est plus permis alors de
lui dire que je l'aime, aucune loi, aucune puis-
sance du monde, ne peut m'empêcher de l'aimer et de soupirer pour elle, en respectant sa
délicatesse et honorant sa vertu. C'est ainsi que
la passion, dont je n'étois plus maître, m'emportoit sans réflexion, comme sans résistance.

J'allai sur-le-champ trouver mon frère, l'héritier de la maison, dont j'étois beaucoup aimé.
Je lui dis, qu'une affaire d'honneur m'obligeant
de retourner au plus vîte à Bordeaux, je le
priois de me donner le plus d'argent qu'il pourroit pour les dépenses de ce voyage; qu'il n'o-
bligeroit pas un ingrat, et que d'ailleurs je lui
en tiendrois compte sur ma légitime. Mon frère
m'assura que je faisois tort à son amitié, en
lui offrant sous condition l'occasion de m'obliger; qu'il me fourniroit volontiers tout ce qui
m'étoit nécessaire; mais il étoit alarmé du trou-

ble où il me voyoit, et il me demandoit en grace
de lui en dire le sujet ; qu'au reste, si je pouvois suspendre mon voyage, je ferois très-sa-
gement d'attendre que ma santé fût parfaitement rétablie. Je remerciai mon frère de ses
bontés pour moi, et m'excusai de lui apprendre
le motif de mon voyage. « J'en ai un fort pressant, continuai-je, mais c'est un secret que je
ne puis vous révéler encore ; je n'ai eu cependant ni querelle ni dispute, comme je vois bien
que vous le craignez ; il s'agit seulement de
parer à une grande perte dont je suis menacé ;
et quant à ma santé, j'espère que le mouvement
lui sera salutaire, et qu'ainsi le voyage ne fera
que la fortifier. »

Pourvu de l'argent que me donna mon frère,
je partis le même jour, et quittant mes chevaux
pour en prendre à la première poste, j'arrivai
le lendemain à Bordeaux. Mais, quelque diligence que j'eusse faite, j'étois arrivé trop tard,
et je pensai me désespérer en apprenant que
M. d'Aliban étoit parti, et qu'il n'y avoit pas
de vaisseau prêt à faire voile pour l'Angleterre.
Une ame commune, intimidée par la perspective que j'avois devant moi, et rebutée par les
obstacles et les peines sans nombre qu'elle me
présentoit, eût sans doute abandonné le dessein
de suivre M. d'Aliban ; une ame sublime, gui-
dée par les conseils de la sagesse, auroit répri-
mé les élans de sa passion et se fût contenue

dans de justes bornes. La crainte ni la prudence
ne purent me retenir : je méprisai la voix de la
raison, qui me crioit que mon entreprise ne
pouvoit avoir que des suites funestes pour moi :
ainsi rejetant ces sages conseils, je ne m'occupai que des moyens de m'embarquer au plus
tôt. J'écrivis à mon frère que je quittois la
France, et lui renvoyai mon domestique : après
quoi je pris la poste pour me rendre à la Rochelle. J'y trouvai par hasard un navire anglais
tout prêt à partir pour Londres, sur lequel je
m'embarquai, et qui fit voile le même jour.

J'aurois voulu que, pour servir mon impatience, les vents et les flots, de concert, eussent
porté le navire à sa destination, aussi vîte que
la pensée; mais le ciel en ordonnoit autrement.
Nous fûmes à peine dans la Manche, qu'un
vent violent de sud-ouest nous emporta malgré
nous à travers le canal, et après nous avoir fait
craindre cent fois d'être jetés sur les côtes de
Flandres, nous fit aborder à la Brille. Là, je
rencontrai un négociant bordelais qui arrivoit
d'Angleterre; nous parlâmes de M. d'Aliban,
et j'appris que le père et la fille étoient arrivés
à Londres; qu'elle y devoit épouser un homme
excessivement riche, et que vraisemblablement
ce mariage ne tarderoit pas à se faire, parce
que celui-ci, qui avoit un emploi considérable
et de grandes possessions aux Indes, étoit pressé
d'y retourner. Je lui fis cent questions sur mon

rival, sur le temps où il pensoit qu'il dût partir, sur le port où il devoit s'embarquer; mais je ne pus recevoir de mon compatriote aucune lumière là-dessus, et je ne tirai de toutes ses réponses qu'une anxiété plus insupportable.

Je n'avois pas besoin d'un nouvel aiguillon pour hâter mon départ. Le capitaine anglais jugeant à propos de s'arrêter quelques jours à la Brille, je profitai du premier paquebot qui partit, pour arriver où mes vœux m'appeloient, et enfin j'eus la satisfaction de descendre en Angleterre. Il étoit nuit quand nous entrâmes au port d'Harwick. J'aurois pu rester dans la ville pour me reposer jusqu'au lendemain, mais la crainte de perdre pour toujours ma chère Eléonore, me détermina à prendre la poste, pour aller à Londres, où j'espérois trouver des renseignemens propres à diriger ma conduite.

A mon arrivée, je me fis conduire à la bourse, où j'appris, par un négociant de Bordeaux, M. Dessolles, que M. d'Aliban et sa fille étoient partis depuis quelques jours, pour Portsmouth, où ils avoient dû s'embarquer sur un vaisseau de la Compagnie des Indes, qui alloit au Bengale. Je remerciai M. Dessolles, et me hâtai de partir pour Portsmouth, où, après avoir couru tout le reste du jour et toute la nuit, j'arrivai le lendemain au lever du soleil (1).

___

(1) Portsmouth est à soixante-treize mille de Londres, à peu près trente lieues de France. (*Note de l'Editeur.*)

Dès que je fus descendu à l'auberge, je demandai si les vaisseaux de la Compagnie des Indes avoient fait voile. On me dit que les vents contraires les avoient retenus, mais que les équipages et tous les passagers étoient à bord, et qu'ils partiroient dès que le vent seroit favorable. Il n'y avoit pas de temps à perdre. Je me rendis à bord du *Thames;* le capitaine, M. Davison, me fit l'accueil le plus honnête, reçut le prix de mon passage, et me dit qu'il étoit temps que j'arrivasse, parce qu'il observoit que le vent alloit changer, et que nous partirions peut-être avant la nuit. Il ajouta que je mangerois à sa table; et, ce qui me plut bien autant, il me fit donner pour placer mon lit, un petit réduit voisin, me dit-il, de la chambre d'un négociant français qui se rendoit aux Indes avec sa fille.

Ce dernier mot me causa la plus vive émotion. Le sort en est jeté, me dis-je, en entrant dans cet asile, pour y prendre un peu de repos; il n'y a plus à s'en dédire. Je traverse les mers pour retrouver Eléonore; mais que puis-je espérer et que vais-je faire, quand je serai près d'elle, au pays qu'elle doit habiter? Irai-je troubler son repos, par les preuves trop remarquables d'une tendresse rebutée? Voudrois-je lui faire perdre la douceur de l'union qu'elle projette, et l'estime de son époux? Non, dis-je, non, je veux seulement l'aimer et la voir; et,

quoique vaincu par ma passion, je ne cesserai
point d'être vertueux..... Je la reverrai donc,
et c'est-là mon espoir ! Mais à quel prix j'achète
cette satisfaction !... Je quitte, hélas! ma patrie,
mes frères, mes amis. Quel sacrifice pour un
cœur sensible ! O Eléonore ! si vous saviez du
moins ce que je fais pour vous, l'amertume
d'une si grande perte pourroit être adoucie;
mais vous l'ignorerez toujours si vous êtes à un
autre, et vous n'apprendrez jamais de ma bouche
la fidélité d'un attachement que vous ne devez
plus écouter. C'est ainsi que je passai les premiers momens de ma solitude, où quelquefois
cependant une foible espérance venoit adoucir
ma peine, en me représentant les événemens à
venir, comme sujets à de grandes vicissitudes.

Pendant que je faisois ces réflexions, le vent
changea, comme l'avoit prévu M. Davison; les
vaisseaux sortirent du port; on partit, et bientôt on perdit de vue les côtes d'Angleterre. Je
ne jouis point de ce spectacle, qui n'auroit servi
qu'à entretenir le trouble de mon cœur. J'étois
dans ma chambre, couché sur mon lit, où la
fatigue, l'agitation de mon ame et l'incommodité de la mer, me retinrent pendant plusieurs
jours malade.

Il y avoit quatre jours que nous étions en
mer, lorsque je parus pour la première fois à
la table du capitaine. Ce fut pour Eléonore et
pour son père une espèce de coup de théâtre,

quand ils m'aperçurent au nombre des convives.
M. d'Aliban pâlit, et Eléonore demeura toute
interdite. La surprise et l'émotion se peignirent
sur leurs visages, et je sentis que je rougissois
vivement. Je les saluai pourtant d'un air de connoissance, mais dans un embarras visible. Le
père d'Eléonore y répondit très-froidement, et
elle d'un air contraint. Ni l'un ni l'autre ne me
demandèrent le motif de mon passage aux Indes;
mais il me parut dans leur contenance, qu'ils
en pénétroient la raison. Pour moi, quelque
prévenu que je fusse que mes sentimens ne leur
étoient pas agréables, je ne pus m'empêcher
d'être infiniment affligé de cette réception de
la part de deux personnes que je respectois et
que j'aimois tant, et qui m'avoient donné des
preuves si multipliées d'une amitié et d'une
estime sincères.

J'étois assis à table vis-à-vis d'Eléonore. Dans
cette situation, je ne pouvois lever les yeux sans
la regarder; elle ne pouvoit pas non plus les
ouvrir sans me voir; mais elle les retenoit, de
manière que je n'en tirois que la certitude de
son éloignement pour moi, et cette idée augmentoit mon trouble et m'affligeoit toujours
davantage. Je desirois la fin du repas, où je ne
mangeai guère et où je parlai moins, espérant
trouver occasion de lui dire deux mots au sortir
de table. Mais M. d'Aliban, qui se doutoit de
mon intention, se retira si promptement avec

Surprise d'Eléonore et du Ch.er des Gastines
en se retrouvant sur le même vaisseau.

elle, que je ne pus pas réussir dans mon dessein.

Un moment après, il vint me joindre, comme je me retirois dans ma chambre, et après m'avoir dit qu'il avoit quelque chose à me communiquer, il m'y accompagna. Il commença par me rappeler ma naissance, mon éducation, les parens estimables auxquels j'appartenois; ensuite il me reprocha ma conduite, comme démentant les sentimens que j'avois déjà montrés et que je devois avoir. Il traita mon amour de folie, ma persévérance d'indiscrétion, capable de troubler le repos de sa fille et de faire son malheur, et il prétendit que l'amitié qu'il m'avoit toujours montrée ne devoit pas être payée de tant d'ingratitude.

« Arrêtez, Monsieur, lui dis-je, ne m'inculpez pas, je vous prie, ne me condamnez pas sans m'entendre. Il est certain que si c'est un crime d'aimer Mademoiselle votre fille, j'ai ce tort avec tous ceux qui la connoissent, et je l'ai plus que personne. Mais je ne vois pas que mon attachement pour elle puisse m'être aussi cruellement reproché. Je me regarderois comme l'homme le plus vil, si je méritois les plaintes que vous venez de me faire. Quoique je n'offense pas votre fille en l'aimant, je pourrois vous dire que j'ai fait tout ce qu'il m'étoit possible de tenter pour vaincre une passion que j'éprouvois malgré moi, et que tous

3*

mes efforts ont été vains ; mais je veux me borner à justifier ma conduite, sans faire l'apologie
de mes sentimens. Lorsque j'ai vu que je ne
pouvois les surmonter, j'en ai fait l'aveu à Mademoiselle Eléonore. Je n'ignorois pas que vous
la destiniez à un autre ; mais elle ne le connoissoit point ; elle n'avoit pas pris d'engagement
avec lui. La mort de mes parens me rendoit
libre. Si mes prétentions étoient mal fondées,
on ne dira pas du moins qu'elles fussent mal-
honnêtes. Je n'étois pas aussi riche que mon
rival ; mais mon alliance n'étoit point de nature
à vous faire rougir.

» Je n'ai point voulu séduire Mademoiselle
votre fille ; je me suis expliqué comme un honnête homme, et j'étois résolu de respecter son
choix et de me taire dès qu'elle auroit pris son
dernier engagement. Je suis encore dans ce dessein, et quoique la démarche que je fais de passer aux Indes sur ses traces (démarche que vous
blâmez si durement), semble démentir ma résolution, elle n'empêchera pas que je ne con-
somme ce sacrifice. Je ne veux point porter le
trouble ni le désordre dans son union. Une fois
achevée, je vous jure de la respecter, et de
garder toujours sur mes sentimens le plus rigou-
reux silence. Mais pourquoi voulez-vous m'in-
terdire la satisfaction de respirer le même air
que votre fille ? Pourquoi me défendre d'espérer jusqu'au moment où elle doit être à mon

rival ? et qui vous garantit la certitude des événemens à venir ? Si des accidens imprévus rom-
poient ce mariage, me trouveriez-vous indigne
de votre alliance, et penseriez-vous que j'eusse
mal fait de ne point me décourager ?

» J'aime ma patrie, je chéris mes parens ; je
vous respecte à l'égal de mon père, et je ne
vois pas que mon passage aux Indes blesse les
devoirs que m'imposent ces sentimens. Ma patrie
est en paix et n'a pas besoin de mes services.
J'ai donc pu chercher ailleurs l'emploi de mes
talens. Mon père et ma mère sont morts, et
mon frère aîné m'aime assez pour ne pas s'opposer à mon bonheur. Enfin, quelque rigueur
que vous me montriez, quelqu'injuste prévention que vous ayez contre moi, vous ne sauriez
disconvenir qu'en exécutant ce que je viens de
vous promettre, je ne vous témoigne toute la
gratitude et la déférence dont je suis capable,
et que si vous ne me jugez plus digne de votre
amitié, je ne le sois toujours de votre estime.

» Pour vous convaincre, continuai-je, de mon
attachement pour vous, et du desir que j'ai de
vous plaire, si vous n'êtes pas satisfait de ce
que je viens de vous dire, prescrivez-moi la conduite que vous croyez la plus convenable, et je
vous promets de vous obéir en tout, à l'exception de ne point aimer votre fille ; ce qui seroit
démenti par mon cœur, et qu'il me seroit impossible de tenir. Je ne vous demande, pour

prix de ma soumission, que l'approbation de ma tendresse, dans le cas où votre projet de mariage ne viendroit pas à réussir ».

M. d'Aliban ne savoit trop que répondre à cela. Ma soumission l'avoit désarmé; d'ailleurs pouvoit-il exiger de moi, dans notre position respective, plus que je ne lui promettois? Il me pria seulement d'éviter d'entretenir sa fille de ma tendresse, et de lui faire ma cour. Je l'assurai que je tiendrois mes sentimens dans le silence; mais je crus pouvoir me plaindre de sa froideur, et lui demander plus d'indulgence. Il me répondit avec embarras; cependant il ne jugea pas à propos de se lier avec moi comme auparavant, et je m'aperçus ensuite qu'il saisissoit le moindre prétexte d'incommodité pour se dispenser de venir à table, ce qui, nous privant de sa présence, nous déroboit en même-temps le plaisir de voir Eléonore, et m'enlevoit le seul bien qui me restât dans la vie.

Le voyage fut d'abord heureux. Nous touchâmes à Sainte-Hélène, où nous mouillâmes quelques jours, et durant la traversée, qui fut de plusieurs mois, je pus à peine entretenir Eléonore quelquefois à la dérobée, tant son père veilloit sur mes démarches, tant elle appréhendoit de le chagriner. Je vins pourtant à bout de lui faire connoître la constance de mon amour, et mon entière soumission à ses volontés. Je crus m'apercevoir qu'elle avoit quelque

pitié de ma destinée, et il me sembla que
M. d'Aliban, s'adoucissant à mon égard, ne
refusoit pas de me parler lorsque sa fille n'étoit
pas en sa compagnie. C'étoit tout ce que l'un
et l'autre accordoient à mes maux et à la certitude de mon malheur. Je paroissois d'autant
plus à plaindre que j'y touchois de plus près.

Déjà nous étions dans la mer des Indes, à
la hauteur des Maldives, on ne comptoit plus
que quelques semaines de route, et tous les
gens de la flotte, excepté moi, desiroient
la fin de ce long trajet, lorsque le temps, qui
nous étoit favorable, vint tout à coup à changer.
Le ciel se couvrit de nuages qui nous dérobèrent le jour. Le tonnerre gronda, les vents
déchaînés soulevèrent les flots, la flotte fut dis-
persée. Malgré les soins du capitaine et le travail de l'équipage, le Thames fut emporté loin
de sa direction par les vagues furieuses, qui
tantôt l'élevoient jusqu'au ciel, tantôt sembloient le précipiter dans les abîmes, tandis
que la pluie, qui tomboit par torrens, et les
éclairs, suivis d'une obscurité profonde, aug-
mentoient l'horreur de la tempête.

Tout le monde étoit consterné, et je l'étois
comme les autres, mais beaucoup plus par
rapport à Eléonore que par rapport à moi.
J'aurois voulu voler à son aide, la consoler au
moins par mes discours, et fortifier le courage de son père par ma présence ; mais il

m'étoit défendu d'approcher d'Eléonore, et je
n'osois transgresser les lois qu'on m'avoit im-
posées à cet égard. Ce ne fut que quand la continuation de la tempête, qui dura douze jours,
eut fait perdre, pour ainsi dire, tout espoir
de salut, lorsqu'une lame ayant emporté le
gouvernail, le vaisseau devint le jouet des vents
et des vagues, et que le désordre et la terreur
régnoient par-tout sur notre bord, que je hasardai d'entrer dans le lieu qui servoit d'asile
à M. d'Aliban et à sa fille.

« Vous me pardonnerez, leur dis-je, si je
me montre chez vous. Mon dessein n'est pas
de vous désobéir ; mais dans un danger aussi
pressant et aussi terrible, je crois devoir me
tenir près de ceux qui m'intéressent davantage, pour les rassurer, pour les secourir, s'il
est possible, ou pour périr avec eux, s'il faut
périr. »

M. d'Aliban, ému de mes paroles, cédant
aux alarmes que lui donnoit notre cruelle situation, et peut-être aux sentimens de l'ancienne
amitié, m'embrassa tendrement, en me remer-
ciant de l'intérêt que je prenois toujours au
père et à la fille, et me dit qu'il reconnoissoit
dans cette circonstance la vraie affection que
j'avois pour lui.

Il me tira ensuite à l'écart, pour n'être pas
entendu d'Eléonore ; il ajouta, que dans le danger pressant où nous nous trouvions, et dans la

confusion étrange qui en étoit la suite, chacun
n'étant plus occupé que de soi, on les avoit
comme abandonnés ; qu'on ne leur portoit
point de nourriture, et qu'il y avoit déjà long-
temps que sa fille n'avoit mangé; qu'il étoit
sorti la veille pour aller chercher quelque chose
nécessaire à ses besoins, et que dans le roulis
épouvantable du vaisseau, il avoit manqué de
périr en faisant une chute que sa pesanteur,
causée par l'âge et par trop d'embonpoint,
pouvoit rendre plus dangereuse. Il m'apprit
encore qu'Eléonore avoit voulu sortir dans la
même vue, et qu'il s'y étoit opposé, aimant
mieux la laisser souffrir la faim, que de la livrer en quelque sorte à un péril manifeste.

Je me plaignis à M. d'Aliban de son peu de
confiance, et je lui dis, que quand tous les
gens du vaisseau l'auroient abandonné, il n'eût
jamais dû soupçonner mon empressement à lui
rendre service; que n'osant pas me présenter
chez lui, après les défenses qu'il m'en avoit
faites, je passois souvent auprès de sa porte,
pour m'offrir en quelque manière à la première occasion; qu'il pouvoit se reposer sur
moi du soin de pourvoir à tous ses besoins,
et que j'en ferois désormais ma principale affaire. Il me remercia les larmes aux yeux, et
me dit que puisque je m'offrois de si bonne
grace, il acceptoit mes soins, et se confioit à
mon amitié.

Je sortis aussitôt de sa chambre, et plus agile que lui dans ma recherche, je parcourus le vaisseau sans accident; mais je ne rapportai que quelques provisions peu délicates. C'étoit du biscuit, du fromage et une bouteille de bierre, qui, à défaut d'autres alimens, servirent à appaiser la faim. Il nous auroit fallu quelque chose de plus fortifiant, pour soutenir nos forces et ranimer notre courage. La tempête continuoit, le vent redoubloit de furie, et le vaisseau se trouvoit toujours plus en danger de faire naufrage. Les matelots eux-mêmes, pâlissant de crainte, faisoient des lamentations capables d'effrayer les plus résolus. Le jour tomboit. Dans ces cruelles circonstances, je ne voulus pas retourner chez moi, pour ne pas laisser mes amis en proie à leurs alarmes; et M. d'Aliban, qui se sentoit encouragé par ma présence, me pria de tenir compagnie à sa fille, et de ne pas la quitter jusqu'au jour.

Je demeurai donc auprès d'Eléonore; mais tandis que je tâchois de la consoler en lui faisant envisager toutes les espérances qui nous restoient, tout le monde étoit dans des transes mortelles. La violente agitation du vaisseau, la route qu'il faisoit à l'abandon sur une mer inconnue, enfin la continuation du mauvais temps, qui sembloit présager notre ruine, nous glaçoient tous de frayeur. Eléonore s'efforçoit pourtant, ainsi que son père, de modérer ses

craintes, et de montrer de la fermeté pour se
rassurer mutuellement. C'est ainsi que nous
passâmes cette affreuse nuit.

Nous soupirions après le jour, comme s'il
devoit rendre le calme à la mer, et nous montrer un changement favorable dans notre situation. Il parut, mais sa triste clarté ne devoit
éclairer que notre désastre. J'étois sur le point
de sortir de la chambre, lorsque j'entendis
crier *terre*, et presque dans le moment notre
vaisseau heurta sur des rochers. La secousse
nous fit tressaillir; tous les gens de l'équipage
jetèrent un grand cri; tous se crurent perdus
sans ressource. Dans ce moment d'épouvante,
les uns descendent à la cale pour s'assurer si le
vaisseau ne s'est pas entr'ouvert, et la peur leur
fait croire et débiter que l'eau y entre de toutes
parts : les autres qui pensent qu'ils vont périr
s'ils y demeurent plus long-temps, parlent de
s'embarquer dans les chaloupes, pour gagner
la terre qu'on découvre. Ils les descendent à
la mer. La frayeur y précipite tout le monde.

Eléonore me demande la cause de tant de
cris et de mouvemens. Je m'avance sur le vaisseau pour m'en instruire, et je m'aperçois que
le navire engagé de l'avant, entre des écueils,
éprouve des secousses qui font craindre sans
cesse de le voir s'abîmer; que pour arriver à
la terre qu'on voit, tout le monde s'éloigne et
nous abandonne. Je crie au capitaine de nous

attendre; on me répond que sa chaloupe ne peut me recevoir, parce qu'elle est déjà pleine. Je vais à l'autre chaloupe; on me dit de descendre sur l'heure, qu'on va s'éloigner dans le moment. Je demande, au nom de Dieu, qu'on attende M. d'Aliban et sa fille; ils me répliquent que si je tarde à revenir ils seront partis.

J'accours, je me précipite dans leur chambre pour les mener à la chaloupe. Je trouve à la porte le père d'Eléonore qui sortoit pour savoir ce qui se passoit. « Ah! M. d'Aliban, lui dis-je, le vaisseau va couler bas, tout l'équipage s'embarque dans les chaloupes, elles vont s'éloigner. Allez vîte leur dire d'attendre un moment votre fille; et vous, Mademoiselle, dis-je à Eléonore, habillez-vous promptement, si vous voulez partir avec les autres : il n'y avoit pas à délibérer. M. d'Aliban me prie de ne pas quitter sa fille, et de la soutenir. Il va comme il peut jusqu'à l'endroit où l'on doit descendre. Eléonore se lève, je l'emporte. J'entends son père crier aux matelots d'arrêter. Il nous appelle, il veut revenir à nous. Hélas! dans une secousse violente et subite du vaisseau, le pied lui manque; il tombe à la mer en s'écriant, et englouti par les vagues furieuses, il disparoît à nos yeux. »

CHAPITRE III.

Etat cruel où se trouvent le Chevalier et Eléonore, après la tempéte et la perte de l'équipage du vaisseau.

L'affreuse tempête dont nous étions le jouet, éteignoit au fond de nos cœurs tout espoir de salut ; le péril augmentoit à chaque instant ; les désastres se multiplioient autour de nous. Je restois seul sur le navire avec Eléonore. L'équipage, qui nous avoit abandonnés pour gagner la terre, venoit d'être submergé dans les chaloupes ; le respectable père de l'aimable et vertueuse Eléonore, M. d'Aliban, tombé malheureusement dans les flots, avoit péri sous nos yeux ; et notre bâtiment, engagé entre des rochers, au milieu d'une mer épouvantable, ne ne nous laissoit que la perspective du sort le plus funeste.

Tous ces malheurs accabloient mon ame ; mais rien ne la pénétroit autant que la situation d'Eléonore ; elle seule absorboit tous mes sentimens : je la voyois saisie d'effroi, navrée de douleur, environnée de toutes parts des horreurs de la mort. Si elle venoit à périr, en lui

survivant je perdois plus que la vie. Comment
la sauver? c'étoit-là mon unique pensée.

J'éprouvai dans ce moment combien l'amour
peut donner de courage à un cœur sensible et
généreux, je me sentis élevé au-dessus de moi-
même. La vue des dangers pressans qui entouroient Eléonore, qui la menaçoient de toutes
parts, loin de me décourager, me donna de nouvelles forces : dans la chaleur du sentiment, je
fus tout d'un coup frappé d'un trait de lumière,
qui m'éclaira sur les moyens de la tirer du péril.

Jusqu'alors je n'avois vu que le malheur ; je
n'avois senti que la douleur : mais il faut sauver
Eléonore. Mes regards tombent sur des cordages
épars autour de nous ; et je crois avoir trouvé
l'instrument de son salut. Je ne songeois pas à
ma vie.

La position inclinée du vaisseau, et les secousses qu'il éprouvoit, nous faisoient craindre
sans cesse d'être précipités dans la mer. Mon premier soin fut de trouver un point d'appui qui
pût nous soutenir l'un et l'autre. Pour cet effet,
je pris un grelin (1), et m'approchant d'Eléonore, je lui dis avec toute la force des sentimens
qui m'animoient : « Ma chère Eléonore, ce jour
si terrible sera pour moi le plus heureux ou le
dernier des jours; je dois périr ou vous sauver.
Le danger est imminent; mais toute espérance

_____

(1) Petite corde.

n'est pas perdue. Reprenez vos esprits : il n'est
point de péril dont l'amour et le courage ne
puissent nous tirer. » Tout en disant ces paroles,
j'attachai le grelin par un bout au mât près duquel nous étions, ensuite je passai l'autre bout
autour du corps d'Eléonore pour l'y nouer fortement : mais dans le moment même, une secousse du bâtiment lui fit perdre l'équilibre ;
elle tomboit dans les flots, si, faisant un violent effort pour la retenir, et la serrant contre
moi, je n'eusse en même temps résisté à l'impulsion qu'elle avoit reçue, et déployé la plus
grande vigueur pour ne point lâcher la corde.

Le danger auquel elle venoit d'échapper,
me fit sentir la nécessité de prendre des précautions pour moi-même. Je ne pouvois les négliger sans abandonner le soin de ce que j'aimois.
Si je venois à périr, que devenoit Eléonore ?
Je me ceignis donc aussi d'une corde, dont je
nouai le bout autour du mât, ayant seulement
l'attention de la laisser d'une longueur suffisante
pour agir librement sur le navire, et pouvoir
descendre dans l'intérieur.

Continuellement tourmenté par la crainte de
voir notre bâtiment se briser et couler bas,
j'avois résolu de faire incessamment un radeau
pour aborder à la terre, que nous apercevions.
En conséquence je me mis à chercher les matériaux et les outils propres à le construire ; et,
malgré les difficultés et les dangers, je parvins

à l'endroit où étoient les outils du charpentier. J'en tirai une hache, un ciseau et une scie, dont je me servis pour couper les premières pièces du radeau. Mais ce ne fut pas sans un travail incroyable, sans tomber, sans me relever cent fois, que je vins à bout de les transporter sur la poupe et de les assembler.

Mon peu d'expérience dans le travail des mains, rendit l'ouvrage long et pénible; mais l'amour et la nécessité me servoient d'aiguillon; et qu'est-ce qu'on ne fait pas avec leur secours? Après cette première opération, je m'occupai à poser les traverses. A mesure que je croisois mes solives et mes planches, je les liois avec mes cordes aussi solidement que je le pouvois. Tout cela se faisoit sur la poupe, non loin du mât auquel j'avois attaché toutes les parties de mon ouvrage.

Lorsqu'il fut construit, il ne me parut pas répondre à ce que j'en attendois. Pour le perfectionner selon mon idée, je crus devoir le couvrir de quelques matelas que je liai par-dessus; et j'en attachai d'autres sur les bords, pour prévenir les chocs que notre machine pourroit essuyer en abordant à la côte. Mon radeau fini, j'y plaçai Eléonore le plus commodément qu'il me fut possible; je l'entourai de quatre coffres, que je ne manquai pas de bien assurer pour lui servir de remparts, et je mis dans l'intervalle qui séparoit les coffres,

quelques outils et quelques provisions qui nous
devenoient indispensables.

Le plus difficile étoit, après cela, de mettre
la machine à flot. J'en cherchois le moyen,
lorsque je fus arrêté par la chute du jour et par
les dangers d'une obscurité profonde; quoique
je sentisse pourtant une vive appréhension de
passer la nuit au milieu d'une mer furieuse,
toujours dans l'attente de voir le vaisseau s'entr'ouvrir, ou d'être nous-mêmes emportés par
les vagues. Mais dans notre position, il n'y
avoit de remède que la patience.

Je rappelai donc tout mon courage; et pour
ranimer Eléonore, je me montrois ferme et résolu : elle auroit succombé à sa terreur, si j'a-
vois paru effrayé. Je me mis près d'elle, entre
les coffres, et je m'occupai d'abord du soin de
lui faire prendre un peu de nourriture. Je lui
présentai ce que j'avois trouvé de provisions ;
mais toutes mes sollicitations purent à peine
l'engager à en goûter. Elle étoit dans un abattement inexprimable : je ne tirois d'elle que
quelques mots entrecoupés. Cependant, lorsque
la nuit fut venue, et que son obscurité nous
eut dérobé la scène épouvantable d'une mer
courroucée, Eléonore sembla plus sensible à
mes soins et à mes exhortations.

« Croyez, je vous prie, M. le Chevalier, me
dit-elle, que ce n'est pas la crainte des dangers
présens qui me jette dans l'accablement où

je suis. Mais avoir vu périr si misérablement
le meilleur des pères, qui avoit tout quitté
pour m'accompagner; mais vous voir dans l'extrême péril par rapport à moi, et, si nous évitons la mort, ne savoir où trouver un terme
aux maux et à la misère qui nous attendent, c'est-
là ce qui me pénètre de douleur. En effet, dit-
elle, d'une voix plus basse et comme étouffée par
un serrement de cœur, que faire et que devenir, quand nous pourrions échapper aux horreurs de la mer? Quelle sera notre ressource,
en touchant à un écueil ou en abordant à
quelque île déserte?... En tout cas je n'aurai
pas regret à la vie, puisque j'ai perdu ce que
j'avois de plus cher; mais je ne puis me consoler d'être devenue, quoiqu'innocemment, la
cause de votre infortune. »

A ces mots, elle parut s'attendrir et verser
des larmes; et quoique je ne pusse la voir,
l'émotion, le changement de sa voix, et des
soupirs qu'elle ne put retenir, me donnèrent
lieu de juger du trouble et de la sensibilité de
son ame, et me firent éprouver en ce moment
ce que je n'avois jamais senti. Dans le saisissement où je me trouvois, je lui pris les main.
(elle ne songea pas à les retirer), et les pressant tendrement dans les miennes, je lui dis:

« Ne pensons qu'à sortir des dangers qui
nous entourent; la providence nous aidera. Il
me semble que la mer n'est plus agitée; le

balancement du vaisseau s'est ralenti. Si le vent
s'affoiblit encore, nous n'aurons plus tant de
peine à nous embarquer et à gagner la terre,
et notre radeau nous y portera plus sûrement
qu'une chaloupe. Pourquoi nous alarmer sur
ce qui nous attend dans l'avenir? La côte voisine tient peut-être à un pays habité, et alors
nous trouverons du secours : si c'est une île
déserte, qu'avons-nous si fort à craindre? la
terre et la mer seront à nous; et croyez-vous
qu'elles nous refusent les besoins si bornés de
la vie? Je ne vous parle point ici de mes sentimens; les circonstances où nous sommes m'imposent silence : le temps seul pourra vous en
faire connoître toute la pureté. Je vous prie
seulement de ne pas douter que mon respect
pour vous n'égale mon amour, et que si la nécessité me lie étroitement à votre sort, une
cause non moins puissante attache mon être
et mon bonheur au vôtre. »

C'étoit par de semblables discours que je
tâchois de la consoler, et que je détournois sa
pensée des malheurs qui nous menaçoient. Mais
cette assurance dont je faisois parade, étoit loin
de mon cœur. Je ne voyois pas encore comment
nous pourrions aborder à la terre. La côte que
nous apercevions me paroissoit plutôt une longue chaîne de rochers escarpés, qu'une terre
abordable. J'avois à craindre de nous briser
contre le premier écueil, ou du moins de ne

I. 4

pouvoir le franchir. D'ailleurs je m'alarmois
sur ce que nous deviendrions, quand même
nous pourrions surmonter tous ces obstacles.
Si le pays dont nous voyions la côte étoit habité par des peuples anthropophages (comme je
savois qu'on en trouve dans quelques îles de la
mer des Indes), ou si cette côte n'étoit qu'un
assemblage de rochers arides, nous n'évitions
un danger que pour tomber dans un autre.
Toutes ces réflexions se présentoient en foule
à mon esprit; mais je tâchois de les dérober
adroitement à Eléonore, en donnant à mes paroles une fermeté que je n'avois pas.

L'aurore luit enfin pour nous. La mer nous
paroît moins irritée que la veille; mais elle
l'étoit encore assez pour ne nous permettre que
des espérances bien foibles. Il nous falloit toujours traverser l'espace qui nous séparoit de
cette côte où nous voulions aborder, et cet
espace étoit bien considérable pour un bâtiment aussi mauvais que le nôtre, et sur une
mer aussi agitée. Nous avions toujours à redouter l'effort des vagues, qui, venant battre
contre le vaisseau, nous faisoient connoître
qu'elles devoient se briser avec bien plus d'impétuosité contre les rochers de l'île.

Ces considérations puissantes sembloient devoir suspendre notre embarquement; mais un
motif plus fort que l'espérance d'un temps favorable, la crainte de couler bas, me faisoit

une nécessité d'abandonner le vaisseau, qui,
fatigué par tant de secousses, ne nous laissoit
plus attendre que la désunion subite de toutes
ses parties. Cet événement paroissoit même si
inévitable et si prochain à ma tendresse alarmée, que je ne voyois pas le vent changer et
les flots se calmer d'une manière sensible. Trop
convaincu qu'il n'y avoit point à délibérer, dès
qu'il fut jour je remis la main à l'œuvre pour
descendre notre machine, et je parvins à la
mettre à flot, en laissant couler les cordes qui
l'amarroient sur le navire, et en les coupant
d'un coup de hache quand nous touchâmes à
l'eau.

Jusques-là tout alloit bien, et notre radeau
voguoit mieux que je n'avois osé le croire. Cependant un léger défaut dans sa construction
pensa nous être bien fatal : je l'avois fait ou
chargé de manière qu'un côté enfonçoit dans
l'eau plus que l'autre. Malgré ce désavantage,
nous fûmes emportés avec rapidité vers la terre
que nous avions au nord, parce que le vent,
qui les jours précédens étoit à l'ouest, avoit
tourné au sud depuis la pointe du jour. Mais,
à mesure que nous avancions, le danger me
paroissoit plus redoutable ; car la houlle, qui
souvent nous inondoit, nous poussoit avec
violence contre une côte qui sembloit un mur
devant nous.

Chaque fois que le radeau se trouvoit sur le

dos de la vague, j'examinois en frémissant quel
parti nous avions à prendre pour ne pas nous
briser sur ces rochers; et je ne savois comment
éviter notre perte, lorsque je crus m'aperce-
cevoir que la côte s'ouvroit à droite, et pouvoit nous offrir une sorte de baie ou de port,
dans un enfoncement dont je ne distinguois
pas l'étendue. Mais cette observation ne me
donnoit guère qu'une lueur d'espérance. J'é-
tois encore loin de cette baie : il falloit pour
la gagner, doubler une pointe assez avancée,
et je n'avois pour gouverner notre bâtiment,
qu'une longue pièce de bois, dont j'avois formé
une espèce d'aviron. Je me mis pourtant à en
faire usage de toutes mes forces, dans le dessein de longer la côte, et d'éviter d'y être jeté;
mais je ne tardai pas à me convaincre que mes
efforts ne pouvoient seuls surmonter tant d'obstacles.

Déjà je me sentois abattu, et mes bras commençoient à s'affoiblir; je n'osois plus rien dire
à Eléonore que j'avois jusqu'alors encouragée
par mes discours. Elle restoit, la tête penchée
et les yeux fermés, comme pour s'ôter la vue
d'un désastre qui nous paroissoit infaillible,
lorsque tout-à-coup notre radeau change de
direction, emporté avec une nouvelle vîtesse
vers cette pointe de la côte qui battoit l'enfoncement que j'avois déjà remarqué.

Je connus bientôt que nous étions tombés

dans un courant très-rapide. J'ignorois encore
s'il ne nous jeteroit pas dans de nouveaux dangers ; mais du moins il nous déroboit pour
l'heure à un péril certain, et ce changement
favorable dans un moment de crise, pouvoit
avoir des suites encore plus heureuses. Cela
me rendit quelque espoir, et je m'empressai
d'en avertir Eléonore qui, ayant ouvert les yeux
pour s'en assurer, les referma soudain, effrayée
de la rapidité du mouvement qui nous entraî-
noît. « Ah! dit-elle, si nous évitons le danger
qui nous attendoit à la côte, en voici un peut-
être auquel nous n'échapperons pas; » et comme
je lui représentois que le courant n'avoit tant
de force que parce qu'il entroit dans la baie
avec la marée qui montoit alors, et que cela
me faisoit supposer une profondeur considérable où nous pourrions débarquer avec sûreté,
elle me répondit que nous n'avions pas encore
doublé la pointe contre laquelle nous semblions
aller directement, et qu'il nous restoit sans
doute encore bien des dangers à courir avant
de la tourner. La frayeur qui la faisoit parler
de la sorte, n'étoit que trop bien fondée, comme
nous l'éprouvâmes bientôt après; car quoique
je fisse avec ma rame tout mon possible pour
me tenir dans la partie du courant la plus éloignée de la pointe, et que, dans la direction de
notre radeau, nous ne dussions pas en avoir
plus de six pas à tourner, il étoit néanmoins

très-apparent que nous ne pourrions éviter de heurter contre cette pointe : mais un nouvel accident que nous ne prévoyions pas, en prévenant celui dont nous étions menacés, manqua de nous être tout aussi fatal.

J'avois aperçu devant nous et à peu de distance de la pointe, un rocher qui se montroit au-dessus des eaux. Nous devions nécessairement le ranger de très-près. S'il m'étoit possible, en passant, d'appuyer ma rame sur ce rocher, je m'imaginois que l'impulsion que je donnerois par ce moyen à notre radeau, le pousseroit assez loin dans le courant pour nous faire éviter la pointe redoutable ; mais, quoique je prisse bien mes mesures, que ma rame rencontrât juste son but, et que le radeau en reçût l'impulsion que je prétendois lui donner, l'événement qui en fut la suite démentit mon espoir.

Dans le moment où, le corps à demi-penché, j'appuyois fortement sur la rame pour nous éloigner davantage, la partie inclinée du radeau donna si vivement contre un autre rocher à fleur d'eau, que notre frêle bâtiment, à demi brisé et presque renversé, fut repoussé assez loin de la pointe au-delà de laquelle il fut emporté par le courant. Eléonore épouvantée, fit un cri lamentable, tandis que, tombant dans les flots, je fus jeté sur les rochers, à peu de distance de la pointe fatale, sans que j'eusse le temps de me reconnoître.

CHAPITRE IV.

Ce qui arriva au Chevalier après sa chute dans la mer; de l'état où il retrouva Eléonore, et quelle en fut la suite.

Je devois périr mille fois, ou submergé par les vagues, ou écrasé contre la côte; mais un hasard singulier, ou plutôt la providence qui veilloit à ma conservation, me sauva de tant de périls. En tombant dans la mer, je n'avois point lâché ma rame; je la tenois encore des deux mains quand je fus lancé sur le rocher. Le bout de la rame me garantit du choc terrible qui m'y attendoit, et l'instrument en fut à moitié rompu. Jusques-là je n'avois eu ni le moyen ni le loisir de travailler à ma conservation; le trouble de mon esprit ne m'avoit pas permis de réfléchir; mais, ce premier trouble appaisé, je sentis qu'il ne falloit pas perdre un moment, pour empêcher que d'autres vagues né me reportassent à la mer; je me levai avec précipitation, et m'accrochant de rocher en rocher, je montai jusques sur une espèce de cime assez étendue, et que les lames n'atteignoient point.

Hors de toute atteinte, je me laissai tomber sur la plate-forme, ne pouvant plus me soute-

nir après les secousses violentes que j'avois
éprouvées, les contusions que j'avois reçues, et
les efforts incroyables que j'avois faits pour me
sauver. Mais je n'y restai pas long-temps, quoique le repos me fût bien nécessaire dans l'état
d'épuisement et de douleur où je me trouvois
alors. L'inquiétude mortelle où j'étois sur le
sort d'Eléonore, ne me laissoit pas respirer, et
cette peine du cœur étoit bien au-dessus de toutes
les autres. Je me levai donc aussitôt que je pus
me tenir debout, et continuant à grimper au
milieu des rochers qui pouvoient m'offrir un
passage, j'atteignis enfin, avec beaucoup de
peine, la crête qui les terminoit. De-là jetant les
yeux autour de moi pour découvrir le radeau
qui portoit toutes mes espérances, je fus saisi
d'étonnement à l'aspect de la campagne la plus
riante que j'eusse jamais vue; mais n'apperce-
vant pas mon radeau, je ne fus point touché de
ce spectacle, qui n'étoit rien pour moi sans l'objet que je cherchois. Qu'est-elle devenue? Où
pourrai-je la trouver? Voilà ce que je répétois
sans cesse dans ma tendre sollicitude, et ce que
j'entremêlois involontairement des cris les plus
douloureux.

Cependant la longue chaîne de rochers au
haut de laquelle je me trouvois, s'étendant de
l'est à l'ouest, m'empêchoit, par sa situation
tortueuse, de voir au-delà de la pointe où j'avois
perdu le radeau, et par conséquent d'apercevoir

la baie où j'espérois toujours qu'il seroit entré.
Les aspérités de cette crête ne me permettant pas
d'en suivre le sommet, je pris le parti de faire
un détour pour descendre plus sûrement, et
bientôt une pente, quoiqu'assez roide, m'en
fournit le moyen. Je ne marchois pas, je cou-
rois, je roulois, je me précipitois, autant que
mes forces et l'inégalité du terrain pouvoient
me le permettre; et tout en courant, j'examinois
la disposition des objets que me présentoit cette
terre nouvelle, pour mieux me diriger vers le
but où j'aspirois.

Je vis d'abord que cette campagne délicieuse
étoit un vallon immense, enfermé de tous côtés
par une chaîne de rochers pareille à celle que
je venois de franchir. Elle s'élevoit au couchant,
et se terminoit à de hautes montagnes ; mais du
côté opposé, elle s'inclinoit brusquement et s'ouvroit pour donner passage à une rivière, qui,
traversant la plaine en coulant vers l'orient,
changeoit ensuite de direction, et alloit se jeter
dans la mer au midi. Une colline couverte de
grands arbres, me cachoit le tournant de la rivière, et ce ne fut qu'après avoir passé cette
colline, que je l'aperçus, et que je découvris
la baie et l'embouchure tant souhaitée. Une
double enceinte de rochers en formoit un port
magnifique, et le plus sûr qu'on pût desirer.
Mais dans l'agitation mortelle où j'étois, je ne
m'arrêtai guère à le considérer : j'entrevoyois

4*

plutôt que je ne fixois tout ce qui n'étoit pas l'objet de mon inquiétude ; mes yeux se portoient avidement de tous côtés, et néanmoins je tremblois de voir. Enfin, un peu au-dessous de l'endroit où la baie commençoit à s'élargir, j'aperçus de loin, sur la rive opposée, le radeau qui portoit tout mon bien. Poussé jusque-là par la marée, il s'étoit arrêté contre une grosse pierre, qui, tombant de la crête voisine, avoit roulé jusque dans la baie. Un côté du radeau touchoit le sable ; l'autre se balançoit au gré des eaux. A cette vue, je tressaille, je m'écrie ; la joie renaît dans mon ame ; mais ce sentiment délicieux fait bientôt place à la crainte, lorsque je m'aperçois qu'Eléonore est renversée et ne fait aucun mouvement.

J'appelle à haute voix Eléonore ; elle ne me répond pas : je l'appelle encore plusieurs fois ; elle est toujours immobile et muette. Alors la frayeur s'empare de mes sens ; mon cœur se resserre, je tremble : mais il n'y a pas à balancer ; il faut voler vers Eléonore, la secourir s'il se peut ; il faut mourir près d'elle, si le dernier malheur ne me laisse plus d'espoir. Aussi-tôt je me jette à la nage, et quoique harrassé de fatigue, j'arrive à l'autre bord. Je m'élance sur le radeau, et je prends Eléonore entre mes bras, pour la porter sur le rivage. Mais, ô désolation ! elle est froide, inanimée, sans pouls, sans sentiment ; elle est morte : non, il n'y a plus en elle aucun signe de vie, plus de mouvement, plus de souffle. Je la contemple avec un serrement de cœur inexprimable.

Et qui pourroit rendre l'excès de mon désespoir ? J'ose bien accuser le ciel d'injustice. Je me tors les mains comme un furieux. Ma résolution est de mourir. Dans l'état où j'étois, à quelle extrémité, grand Dieu ! ne pouvois-je pas me porter ! mais tout à coup une réflexion m'arrête. L'idée de notre séparation, même après la mort, me paroît insupportable. Ah ! ne souffrons pas, m'écriai-je, que son corps devienne la pâture des bêtes féroces, rendons-lui les derniers devoirs, et mourons enfin auprès d'elle, avec la consolation de penser qu'un jour mes cendres se mêleront avec les siennes.

A ces mots, je retournai vers Eléonore pour la tirer du radeau : je coupai tous les liens qui la retenoient ; et l'ayant mise sur mes épaules, je l'emportai hors du rivage pour l'ensevelir aussi-tôt ; car je me sentois si foible, que je craignois, en succombant à ma douleur, de ne pouvoir dans peu m'acquitter de ce pieux devoir. Je choisis un endroit facile à creuser. Là, déposant ces tristes restes d'une beauté qui m'étoit si chère, je me mis à la considérer avec la douleur et les regrets les plus amers. Je préparai ensuite le lieu funèbre qui devoit la recevoir, je le tapissai de mes habits dont je m'é-

.tois dépouillé, et j'y plaçai Eléonore, à qui je
fis mes derniers adieux.

« C'en est donc fait, lui dis-je, trop cher
objet de ma tendresse, vous m'êtes ravie, et
vous me l'êtes pour toujours... Hélas! et dans
quel temps?... Voilà le fruit de ma vaine prévoyance. C'en est fait, je ne vous verrai plus »....

A cette pensée déchirante, je me précipite
sur le corps d'Eléonore, fondant en pleurs, et
m'abandonnant aux sanglots, je l'embrasse étroitement, résolu de ne plus m'en séparer. Mais
quelle illusion soudaine! Je crois sentir en elle
un mouvement convulsif. L'imagination peut-
être aidoit à me tromper. Cependant l'espoir
renaît. J'entr'ouvre la bouche d'Eléonore; j'y
fais passer à diverses reprises le souffle brûlant
de mon haleine. L'air s'insinue dans ses poumons. O joie! ô transport! elle respire. Ce
n'est plus une erreur de mes sens, un fan-
tôme de mon imagination : un soupir bien pro-
noncé et quelques battemens de cœur ne me
laissent plus douter du prodige qui vient de
s'opérer. Eléonore est vivante (1), et elle le
doit à l'amour.

_____

(1) Il paroît qu'on ne connoissoit pas alors la possibilité de rappeler les noyés à la vie, ni les procédés employés à cet effet avec tant de succès. Ce prodige inouï
étoit une chose toute simple. La chaleur du sable échauffé
par le soleil dans un climat brûlant, les secours et les

Eléonore noyée et près d'être enterrée, est
heureusement rappelée à la vie.

Que les cœurs aimans et sensibles se repré-
sentent, s'il se peut, ce qui se passoit alors dans
le mien. Je ne puis définir ce que j'éprouvois.
L'excès du sentiment accabloit mon ame ; la
joie inondoit mon cœur et m'ôtoit la raison. Je
ne sus, durant quelques momens, que faire ni
que penser ; les impressions contraires qu'en
si peu de temps j'avois reçues des passions les
plus violentes, le passage subit de la crainte à
l'espérance, de la joie à l'abattement, et du
désespoir au bonheur, me rendoient comme
insensé.

Cependant la considération de l'état d'Eléonore, calmant peu à peu mes transports, me
rappeloit à la raison. Eléonore étoit vivante ;
mais elle ne parloit pas ; ses yeux étoient fermés ; elle paroissoit insensible. Devois-je me
livrer à une joie immodérée, lorsqu'elle n'étoit
pas encore dans son état naturel ? Je m'occupai
donc du soin de lui rendre le sentiment, après
être parvenu à lui rendre la vie.

En touchant sur le rocher, notre radeau
avoit éprouvé de fortes secousses ; il avoit plusieurs fois plongé dans la mer. Ce n'étoit que

---

mouvemens donnés à Eléonore, et plus que tout cela,
l'air poussé dans ses poumons par un souffle puissant,
devoient opérer ce miracle. Le chevalier des Gastines
pouvoit en être d'autant plus étonné, qu'il n'en connoissoit pas d'exemple. (*Note de l'Editeur.*)

par la marée montante, qu'Eléonore avoit été
poussée jusqu'à l'endroit du rivage où je la
trouvai. Il étoit vraisemblable qu'elle avoit avalé
une grande quantité d'eau : cependant je ne
voulus pas la suspendre par les pieds, comme
il est d'usage; j'en avois vu souvent les plus
funestes effets; mais, en la tirant de la situation où je l'avois mise, je la plaçai tantôt sur
un côté, tantôt sur l'autre, espérant que la
nature feroit des efforts salutaires pour la dégager; et je ne fus pas trompé dans mon espoir:
ayant d'ailleurs le corps un peu plus élevé que
la tête, elle rendit un peu d'eau. De nouvelles
tentatives furent encore plus heureuses. Enfin
elle entr'ouvrit les yeux, prononça quelques
mots, et essaya même de se lever; mais son
extrême foiblesse ne le lui permit pas d'abord. Ce
ne fut qu'un peu de temps après qu'elle recou-
vra assez de forces pour se lever à demi et pour
prendre une posture plus commode. Jetant alors
les yeux autour d'elle avec surprise, puis les
fixant sur moi, et revenant comme d'un profond sommeil : « Où suis-je, Monsieur, me dit-
elle, et que signifie cette fosse sur laquelle nous
sommes assis? Ah! vous m'êtes rendue, lui
dis-je, en me jetant à ses genoux et en faisant
éclater la joie la plus vive; vous m'êtes rendue,
chère Eléonore : ce lieu étoit creusé pour vous
servir de tombeau: ce devoit être le mien. J'y
attendois la mort, lorsque le ciel, touché de

mon infortune, vous a rappelée à la lumière ».

Je lui fis à l'instant le récit de tout ce qui nous étoit arrivé, et je lui appris le succès inespéré de mes efforts. Elle leva les yeux au ciel, en joignant les mains ; elle frémit, elle trembla au seul détail des périls auxquels nous venions d'échapper. Ses yeux se mouillèrent de larmes. Pénétrée de reconnoissance : « Il est donc vrai, me dit-elle, après Dieu, c'est à vous que je dois la vie ». Elle garda un moment le silence ; et prenant ensuite un air de reproche mêlé de tendresse : « Mais, pour vous-même, Monsieur, qu'aviez-vous fait de cette élévation de senti-mens, de cette force d'ame que j'ai tant de fois admirée en vous ? Quoi ! vous vouliez mourir ! Et de quel droit prétendiez-vous disposer de vos jours ? Ah ! le ciel, m'écriai-je, excusera l'excès de ma douleur : je ne voyois plus que la grandeur de la perte que je venois de faire ; je ne me possédois plus, je n'étois plus à moi. Non, ce n'est en effet que dans l'emportement de la passion, que l'homme peut oublier sérieusement qu'il y a un Dieu, que c'est de lui seul qu'il dépend, et que, sous les yeux de ce grand Juge, en cessant de vivre, nous ne mourons pas tout entiers. Dieu, me dit Eléonore, pardonne au repentir... » Elle me serra la main ; et sa bonté tendre et compatissante me consola de ma foiblesse.

CHAPITRE V.

Recherches et travaux du Chevalier. Industrie d'Eléonore.

Cependant le soleil avançoit déjà dans sa course; il étoit plus de huit heures. Eléonore, qui n'avoit presque rien mangé depuis deux jours, sentoit le plus grand besoin de prendre de la nourriture et de réparer ses forces épuisées d'ailleurs par la douleur, la crainte et le naufrage. Quoique plus robuste, j'éprouvois le même besoin qu'elle. Il fallut donc s'occuper du soin de chercher des alimens, et cela m'obligea de m'éloigner pour quelques momens d'Eléonore. Je repris mes habits, et je courus au radeau.

Je retrouvai dans un sac attaché au pied d'un coffre, toutes les provisions que j'y avois mises; mais outre qu'elles étoient peu convenables par elles-mêmes à l'état de foiblesse de ma compagne, elles avoient été si avariées par la mer, que je doutois si je pourrois en user moi-même. Je ne savois comment y suppléer. J'avois vu, à la vérité, en parcourant l'île, des bêtes fauves passer assez près de moi, sans que ma présence parût les effrayer. Peut-être eût-il été facile d'en

prendre quelqu'une ; mais il falloit quitter Eléonore et la laisser seule ; il falloit ensuite apprê-
ter le gibier que je prendrois. Tout cela demandoit un temps précieux et des moyens que je
n'avois pas.

Alors il me vint à l'esprit de fouiller nos
coffres. Je les avois pris au hasard ; mais ils
pouvoient renfermer des choses nécessaires, et
peut-être quelques liqueurs fortes. Aussi-tôt
je cherchai mes outils de charpentier, que fort
heureusement j'avois bien amarrés sur le radeau, et qui n'étoient pas tombés. Je pris le
ciseau et la hache ; puis ayant placé le ciseau
en façon de coin, entre la serrure et le cou-
vercle d'un coffre, je me servis de la hache
comme d'un maillet, et la serrure sauta.

Je trouvai dans ce coffre des habits et du
linge de matelots, mais pas autre chose. Le
second fut également forcé, et quoiqu'il appar-
tînt à un homme plus opulent, il ne m'offrit
pas ce que je cherchois. Il renfermoit seulement de petites provisions qui, quoiqu'inutiles
pour le présent, devoient m'être précieuses
dans la suite. C'étoient quelques paquets d'ail,
d'oignons, de ciboules, dont le propriétaire
s'étoit sans doute muni comme d'un préser-
vatif contre le scorbut ; quelques pommes de
terre qui me parurent germées, et une boîte
de fer blanc, contenant un assez grand nombre
de pastilles, qu'à l'odeur je jugeai devoir être

des tablettes de bouillon. Le troisième coffre que j'ouvris, étoit une grande malle qui appartenoit à quelque riche passager. Elle étoit pleine de choses utiles pour la commodité d'un long voyage, et d'ustensiles de table et de cuisine, d'un goût recherché et d'un grand prix. Il y avoit plusieurs boîtes faites en forme de cassettes, partagées pour la plupart en loges et en compartimens, qui contenoient d'autres boîtes et des bouteilles bien bouchées. C'étoit du thé, du café, du chocolat, du sucre, des vins du Cap et de Madère, des liqueurs, des confitures, et plusieurs sortes de sirops.

Très-satisfait de cette bonne fortune, je ne poussai pas plus loin mes recherches. Je me saisis d'une boîte de confitures et d'un flacon d'eau des Barbades. Je mis dans mes poches une bouteille de vin de Madère et un gobelet, et revins, toujours courant, auprès d'Eléonore. Depuis que je l'avois quittée, elle avoit encore rejeté de l'eau; et, quoique son état fût plus satisfaisant, elle se trouvoit d'une foiblesse extrême. Je lui présentai ma boîte, dont elle tira quelques noix confites, sur lesquelles elle but un doigt de liqueur; puis, me rendant le verre: « Ce n'est pas pour moi seule, dit-elle, que j'ai pris ce que vous m'avez présenté, c'est pour vous donner l'exemple de la résignation et du courage; c'est aussi pour acquitter par mes services, tout ce que vous avez fait pour

moi. Pleine de confiance et dans les secours du
ciel et dans vos vertus, je me soumets à toute
ma destinée ».

« Et je bénis la mienne, lui dis-je, qui m'as-
socie à votre infortune pour la soulager. Je vous
aime au-delà de toute expression ; mais l'amour
le plus ardent n'altérera jamais dans mon cœur
les sentimens respectueux que je vous ai voués.
C'eût été par-tout ailleurs un devoir pour moi
de vous en donner des preuves. Combien ce
devoir ne devient-il pas plus sacré dans cet
asile, où vous n'avez que moi pour appui, où
l'honneur et l'amour lui-même me font une
loi d'être votre sauve-garde et votre soutien ? »...

Eléonore m'interrompit pour me demander
si j'avois pris quelque nourriture ; et comme
je lui dis que non, elle voulut que je satisfisse
sur le champ au besoin pressant que je devois
en avoir, et se plaignit obligeamment de mon
empressement à la secourir, tandis que je m'oubliois en quelque sorte pour elle.

J'obéis, et quoique je ne pusse faire avec
un peu de vin de Madère et des confitures,
qu'un repas bien léger, il suffit pour calmer
ma faim et me rendre toutes les forces qui
m'étoient nécessaires.

Ce qui demandoit mes premiers soins, c'étoit
de donner d'autres vétemens à Eléonore ; les
siens étoient encore moites sur son corps, ce
qui pouvoit nuire à sa santé. Je devois, après

cela, songer à nous faire un gîte qui pût nous
servir d'abri contre l'influence de l'air durant
la nuit, et nous garantir de l'attaque des bêtes
féroces, s'il y en avoit dans l'île. La chaleur du
climat et de la saison n'empêchoit pas que les
nuits n'y fussent fraîches et humides, comme
je l'avois remarqué sur le vaisseau; d'ailleurs,
sans asile, Eléonore, saisie de frayeur, n'eut
pas trouvé le sommeil au milieu d'une campagne que nous ne connoissions pas.

Ces deux objets exigeoient de ma part beaucoup de promptitude et d'activité; ainsi j'an-
nonçai à Eléonore que j'allois la quitter encore
une fois pour remettre la main à l'ouvrage. Elle
approuva mes projets; mais elle me dit qu'elle
ne vouloit pas demeurer seule, et qu'elle me
prioit de trouver bon qu'elle m'accompagnât.
J'eus beau lui représenter sa foiblesse, elle m'assura que je ne ferois rien sans elle, et que le
mouvement lui seroit salutaire. Tout ce que je
pus obtenir de sa complaisance, fut qu'elle
mangeât de nouveau quelques confitures sèches,
et bût encore un verre de vin. Je l'aidai ensuite à se relever, et lui donnant le bras, nous
allâmes ensemble vers les coffres que j'avois
tirés du vaisseau, elle sans rien dire, et n'osant
presque me regarder, tandis que je ne voyois
qu'elle, et que mon cœur tressailloit de joie
de se trouver si près du sien.

Nous arrivâmes à petits pas à notre radeau,

d'où nous descendîmes nos coffres à terre. Nous
les visitâmes l'un après l'autre, et nous en
trouvâmes deux où l'eau n'avoit pu pénétrer.
Comme il ne falloit pas y regarder de trop
près dans notre situation, je tirai de l'un des
deux une chemise, des bas et une redingotte
légère pour ma compagne, avec du linge, des
bas et un habit complet pour moi; après quoi
je m'éloignai par décence et me mis à l'écart,
pour donner à Eléonore le temps de quitter
ses vêtemens mouillés et d'en prendre de nouveaux. Je changeai moi-même de chemise et
d'habillement, et je me couvris d'un bon cha-
peau, qui répara la perte du mien. Enfin je
revins auprès d'Eléonore, quand je jugeai
qu'elle pouvoit être vêtue. Elle m'attendoit dans
son nouvel équipage, qui, quoiqu'extraordinaire, ne diminuoit rien de sa beauté : mes
yeux, mieux que mes discours, lui dirent que
je la trouvois charmante : elle se contenta de
me remercier de nouveau de mes attentions.

Cependant nous ne perdions pas le temps
en complimens, car tout en parlant je tirois
des coffres toutes les choses que je m'imaginois devoir nous convenir, et Eléonore choi-
sissoit ce qu'il en falloit emporter pour arranger notre demeure. Nous mîmes à part des
matelas, quoique mouillés, du linge, des étoffes et des toiles en pièce, un fromage de Hollande et quelque peu de biscuit le moins gâté,

une bouteille de vin du Cap, et mes outils.
Je me chargeai d'une partie du fardeau, ne
pouvant tout emporter dans un voyage, et
malgré mes instances, ma compagne voulut
m'aider à ce transport. Elle s'étoit munie, sans
rien dire, de choses fort utiles qu'elle avoit
découvertes dans nos magasins, et que je n'a-
vois pas apperçues, étant occupé d'un autre
côté, et elle les tenoit sous sa redingote, pour
m'en cacher le poids et le volume. Arrivé à
l'endroit qui nous parut le plus commode pour
passer la nuit, je fus fort surpris de voir qu'elle
portoit dans une serviette ou dans ses poches
des chandeliers, un paquet de bougies, une
théière, du sucre, du café et des pierres à fusil,
avec un briquet et de l'amadou. Je me plaignis
de l'excès de son zèle, qui lui faisoit entreprendre au-delà de ce qu'elle pouvoit, et je
la suppliai de me laisser faire, sans agir davantage : mais elle me répondit que dans une
société comme la nôtre, surtout en ce moment,
les travaux devoient se partager; qu'elle venoit
d'éprouver combien l'exercice lui avoit été favorable, et que non-seulement je la chagrine-
rois en m'opposant à ce qu'elle m'aidât, mais
que je nuirois à son parfait rétablissement;
qu'au surplus il étoit moins prudent de la laisser
seule et sans secours, que de l'emmener avec
moi, pour lui servir de soutien et la défendre
en cas d'accident.

N'ayant rien à répliquer, je me contentai de lui offrir mon bras, et nous reprîmes ensemble le chemin de la baie. Elle marchoit d'un pas plus ferme, nous arrivâmes bientôt; mais, au lieu de s'asseoir et de se reposer pendant que je lierois ensemble les effets que j'avois laissés en tas, elle se mit de nouveau à fureter dans les malles, ce qui me donna occasion d'y revenir. Je ne pus l'empêcher de prendre un paquet de gros linge, consistant en draps de lit, en serviettes et en nappes; et comme je lui représentois qu'elle se chargeoit là de choses fort inutiles pour le moment : « Vous verrez, me dit-elle, qu'elles pourront nous être plus utiles que vous ne pensez. En ce cas, lui dis-je, permettez que je les joigne au reste de nos meubles; je suis assez fort pour tout emporter. Cela me chargera peu, reprit-elle, et vous aurez d'ailleurs un fardeau assez considérable. Voilà encore deux couvertures de coton et une robe de chambre, qui vous dédommageront de ce que vous me laissez ».

Alors ayant tiré de la malle les deux couvertures et la robe, je découvris dessous un fourniment que son poids me fit juger plein de poudre, une gibecière où je trouvai des balles et du menu plomb; enfin, dans un sac de cuir, deux pistolets de grandeur médiocre, fort propres et très-bien montés. Quoique ma charge fût déjà bien pesante, je voulus em-

porter ces armes et ces munitions ; je les mis
dans mes poches : après quoi ayant refermé
les malles et chargé mon paquet sur mon dos,
je me retirai doucement, avec ma compagne,
vers l'endroit où nous devions camper.

Il me restoit encore à travailler à notre logement pour la nuit ; je tins conseil avec Eléonore : « Voici ce que je pense , me dit-elle ; il
faut nous construire une longue cabane, que
nous puissions partager en deux. J'en occuperai
le fond , si vous le voulez bien , et vous serez
logé vers l'entrée. Dans un temps plus commode, nous étendrons notre demeure. Le plan
que j'ai en vue est fort simple , et le travail
n'en sera pas long ». Alors elle m'expliqua son
dessein en peu de mots; puis elle ajouta : «Ne
soyez pas surpris que je connoisse cette archi-
tecture champêtre. J'ai long-temps habité la
campagne , où nos bergers se faisoient de pareils logemens. Il s'agit seulement ici d'en faire
un plus spacieux et plus commode. Les matériaux ne nous manqueront pas ; mais le jour
décline , et vous devez être bien fatigué ».

« Nous ferons , ma chère compagne , lui dis-
je, tout ce que vous prescrirez. Ma volonté
vous est soumise, et j'ai encore assez de force
pour travailler. Je vous laisserai volontiers le
soin de la distribution de nos appartemens,
ils vous en plairont davantage. Mais , en attendant que je puisse m'occuper de la construc-

tion de ce logement, qui, quelque simple qu'il
soit, exige plus de temps qu'il ne m'en reste
ce soir, cherchons à nous mettre à couvert au
moins pour cette nuit. Il est trop tard pour
achever un long ouvrage. C'est assez d'un asile
où vous puissiez trouver le repos. C'est assez
pour moi, sans doute, me dit Eléonore ; mais
vous, qui ne songez qu'à moi, comment pas-
serez-vous la nuit ? Une grotte nous eût suffi,
lui répondis-je ; mais je l'ai bien examiné, il
n'y en a point dans les environs de la baie.
Cependant soyez tranquille, je n'aurai plus rien
à craindre quand vous serez en sûreté ».

Je pris aussitôt ma scie et ma hache pour
aller couper dans un bois voisin les pièces principales de l'agreste édifice. Eléonore m'accompagna. J'abattis un assez bon nombre de fortes
branches, et après les avoir dépouillées des me-
nus rameaux, je les sciai en plusieurs rouleaux
de différentes longueurs, et les portai vers le
lieu que nous avions choisi.

Pendant que je transportois les pièces les
plus pesantes, Eléonore traînoit après elle des
branches feuillées et de longues perches, en
sorte que la charpente de notre bâtiment fut
bientôt voiturée. Je mis à l'instant la main à
l'œuvre pour construire à Eléonore une cabane :
de fortes branches et des rameaux en compo-
sèrent la cage ; des roseaux mêlés à des bran-

I. 5

ches feuillées en formèrent le toit ; et ma compagne eut, avant la nuit, un humble asile.

Je n'avois pas travaillé seul à cet édifice,
Eléonore m'avoit beaucoup aidé ; elle m'avoit
fourni de ses mains délicates les roseaux et la
ramée. Cependant elle me témoigna bien de la
reconnoissance de ce travail. « Graces à vos
soins, me dit-elle, j'ai maintenant un gîte où
je serai la nuit à couvert et en sûreté : mais
je ne vois pas sans peine que vous en manquiez. Profitons, je vous prie, du jour qui
nous reste pour vous dresser une espèce de
tente, à l'abri de laquelle vous puissiez trouver
le repos que vous méritez si bien. Nous la
placerons au devant de la cabane, dont elle
sera comme le vestibule. Plusieurs des draps
de lit que nous avons tirés des coffres, cou-
sus ensemble et tendus sur des perches jusqu'à
terre, au moyen des cordes que nous avons et
des piquets que vous ferez, vous formeront
cette tente. Préparez les piquets et les cordes,
je vais coudre à la hâte ces draps de lit ».

J'applaudis à cette heureuse invention de ma
compagne, et j'adoptai son projet. En conséquence j'attachai les cordes sur les piquets que
j'avois éguisés, et quand Eléonore eut achevé
sa couture, je m'empressai de monter la toile
et de la tendre ; mais, par hasard, elle se trouva
trop courte, et ne put aller jusqu'à terre ; et
comme il étoit déjà nuit, et qu'il eût été diffi-

cile de remédier à ce défaut durant l'obscurité (1), je me contentai d'enclorre le côté ouvert de la tente, en fichant un rang de pieux
au-devant de l'ouverture. Enfin, lorsque la nuit
fut bien noire, nous fûmes obligés de nous arrêter pour penser à autre chose. Eléonore se
souvint alors du briquet et de la bougie dont
elle s'étoit pourvue à mon insçu ; elle fit du feu,
et nous cherchâmes nos provisions pour le
repas, dont nous avions un besoin extrême.

Nous ne savions d'abord où poser nos plats
et notre bougie ; nous n'avions, ni chaise, ni
table, et l'intérieur de la tente étoit assez embarrassé pour ne pas nous permettre de nous asseoir sur le sol ; mais nous nous avisâmes de
mettre l'un sur l'autre tous les matelas que nous
avions apportés ; nous en fîmes une pile que
nous couvrîmes d'une nappe. Nous y posâmes
notre lumière et nos provisions, et nous étant
assis aux deux bouts, chacun de notre côté,
nous satisfîmes ainsi au premier besoin de la
nature.

Eléonore, accablée de fatigue et toujours
pénétrée de douleur, mangea peu et but encore
moins, malgré mes instances pressantes. Nous
n'avions que de mauvais biscuit au lieu de pain,

_____

(1) Il étoit possible de remédier à cet inconvient, en
donnant moins de hauteur à la tente ; mais alors nous
n'aurions pu nous y placer et nous y tenir debout.

qu'elle eût mieux aimé que tout autre aliment,
et nous manquions d'eau, parce que je n'avois
pas eu le temps de nous en pourvoir. Mais quand
notre nappe eût été couverte de mets plus déli-
cats, je vis bien que ma compagne n'eût pas été
mieux disposée à en profiter. Je m'étois pourtant aperçu, avant le repas, que l'eau nous
manquoit, et je voulois en aller chercher malgré la nuit; mais Eléonore s'y étant opposée,
je ne sortis pas de la tente.

Eléonore, qui s'alarmoit de ce que mon habitation demeuroit entr'ouverte durant la nuit,
vouloit coudre une toile où manquoit celle de
la tente; mais je ne pus y consentir; je ne lui
laissai poser qu'une espèce de rideau sur l'ouverture de la cabane : du reste je lui fis observer que j'avois des armes, et qu'elles suffisoient
pour ma défense.

Il ne fut donc plus question que du soin d'arranger nos lits. Nous plaçâmes deux matelas,
du linge, des couvertures dans la cabane. Je ne
gardai pour moi qu'un matelas et la robe de
chambre, n'ayant pas dessein de me déshabil-
ler, pour être plutôt prêt en cas d'événement.

Nos arrangemens ainsi faits, Eléonore revint
dans la tente, et me regardant avec un air touchant et majestueux à la fois : « Couronnons,
me dit-elle, cette journée par une action de
justice et de reconnoissance; rendons graces au
ciel des faveurs que nous en avons reçues, et du

secours inespéré qui nous a sauvés. Une protection si marquée et si singulière, manifeste
évidemment ses vues sur nous. Conformons-
nous à ses volontés, et n'oublions jamais des
bienfaits aussi mémorables. »

Aussitôt tombant à genoux, joignant les
mains et se prosternant d'une manière touchante, elle fit, en versant des larmes qui exci-
tèrent les miennes, cette courte et fervente
prière :

« Souverain Auteur de toutes choses, qui nous
avez donné l'existence et la raison pour nous
en servir suivant les lois de votre équité, qui
nous avez conservés depuis notre naissance, et
qui venez de nous soustraire à la mort, recevez
ici le tribut d'hommages, d'amour et de gratitude que nous devons à votre bonté puissante.
Vous entendez notre voix, vous voyez jusques
dans nos cœurs, vous êtes notre père ; que votre
volonté soit faite en tous lieux et en tout temps.
Nous nous soumettons sans réserve à votre divine providence ; soit qu'elle veuille nous affliger en nous privant de ce que nous avons de
plus cher, soit qu'elle nous destine à passer
nos jours sur cette terre déserte. Donnez-nous
la force et la volonté de vous obéir avec résignation et avec confiance, et ne nous refusez
pas les secours de votre grace dans la circonstance où nous nous trouvons. »

Puis, s'adressant à moi : « Je vous reconnois,

après Dieu, me dit-elle, pour mon libérateur;
je vais vivre sous votre tutelle. Tout autre que
vous pourroit m'inspirer des alarmes; mais pour
vous, Monsieur, je connois trop bien les sentimens d'honneur qui vous sont naturels, et vous
estime trop pour vous craindre. »

« Ah! prenez ces armes, lui dis-je, en lui
présentant les deux pistolets; prenez ces armes,
et punissez-moi vous-même, si jamais je manque dans la moindre chose au respect que je
vous dois. C'est assez, dit-elle en refusant ce que
je lui présentois; je serois moins assurée par ces
armes, que par l'opinion que j'ai de la noblesse
de votre caractère. »

A ces mots elle se retira, laissa tomber la
toile de sa porte, et se coucha. De mon côté, je
m'étendis sur mon matelas, pour trouver le
repos nécessaire après tant de fatigues; et cependant je ne pus sitôt m'endormir. La nuit
avoit renouvelé toutes les peines d'Eléonore,
en fixant toutes ses idées sur son malheur. Je
l'entendois gémir : ses soupirs attristoient mon
ame, que le souvenir du passé et le soin de l'a-
venir agitoient déjà vivement.

Notre situation étoit si extraordinaire par ses
circonstances et par les événemens qu'elle devoit naturellement amener; elle exigeoit de ma
part tant de vigilance, de circonspection, de
travail, qu'on doit peu s'étonner si, malgré
l'extrême besoin que j'avois de goûter le som-

meil, j'étois néanmoins si peu tranquille. Je voyois toutes les privations, toutes les peines qui nous attendoient, sans trop imaginer quelles seroient nos ressources. La crainte de manquer de vivres m'alarmoit plus que tout le reste ; car nos provisions de bouche étoient si peu de chose, qu'à peine en avions-nous pour quelques jours. Tout cela me donnoit de justes inquiétudes. Mais l'assurance de vivre auprès d'Eléonore, même dans un désert, le bonheur de lui être utile et de la servir, l'espoir, quoique vague, de trouver les moyens de pourvoir à nos besoins, et celui bien plus doux encore, d'obtenir un jour d'elle-même son cœur et sa main, adoucirent peu à peu l'amertume des premières réflexions, et me procurèrent enfin un sommeil paisible.

CHAPITRE VI.

Songe remarquable de l'Auteur, et quelle en est la suite.

JE dormois profondément, lorsque, sur le matin, mes esprits, sans doute émus encore par l'idée des objets qui m'avoient frappé la veille, me donnèrent occasion de faire le songe remarquable que je vais rapporter.

Il me sembla que j'étois avec Eléonore sur le rivage de la baie où elle avoit abordé. Elle étoit étendue à terre, et ne pouvoit plus se soutenir d'inanition et de défaillance; moi-même, dans un désordre inexprimable, je ne savois comment appaiser la faim dévorante qui nous consumoit. Nous n'avions plus de provisions, et je cherchois en vain quelques moyens de subsistance; les bêtes et les poissons fuyoient devant moi. J'étois désolé de ce nouveau malheur, qui nous menaçoit d'une ruine prochaine, lorsqu'une belle femme s'offrit à mes regards, et s'approchant avec un air riant, me dit ces paroles consolantes : « Pourquoi vous laisser abattre par une infortune qui doit vous conduire au plus grand bonheur ? Avez-vous essayé tout ce que vous pouvez faire, et convient-il à un grand

cœur de perdre ainsi l'espoir? Si la terre aujourd'hui vous refuse la nourriture, la mer vous
offre des secours auxquels vous ne pensez pas.
Retournez au vaisseau, vous trouverez ce qui
vous manque. Les vents et les flots vous res-
pecteront. Voyez comme la mer est calme,
comme l'air est tranquille. Profitez de ces temps
heureux, embarquez-vous, et portez avec vous
dans l'île les germes de l'abondance dont vous
et votre compagne devez jouir dans la suite. »

A ces mots elle disparut, et l'émotion que
me causa ce rêve, ou plutôt la lumière du soleil, qui éclairant l'intérieur de la tente, vint
frapper ma paupière, me réveilla en sursaut. Je
me trouvai délassé de mes fatigues, bien portant et satisfait, non pas de mon songe que
je ne pouvois prendre que pour un prestige des
sens; mais d'entendre Eléonore qui reposoit
tranquillement, et de voir le beau jour que le
ciel m'accordoit pour elle.

Aussitôt je me levai le plus doucement qu'il
me fut possible, et marchant sur la pointe du
pied, de peur de l'éveiller, je sortis de la tente,
considérant avec attention tous les objets qui
l'environnoient. Sa position étoit si riante,
qu'il seroit difficile d'imaginer un site plus
charmant.

Sans être trop élevée, elle l'étoit assez pour
dominer sur la plaine. Un bois qu'elle avoit au

5*

nord, là défendoit des grands feux du jour (1).
Assez loin aux environs, la terre étoit tapissée
de verdure. On voyoit de cette éminence tout
le vallon, que terminoit un lointain azuré. Des
prairies sans fin, émaillées de fleurs, les tours
et les détours de la rivière, et des côteaux agréablement espacés, qui, couverts de bois çà et là,
couronnoient des deux côtés ce vaste amphi-
théâtre, faisoient de ce paysage une scène en-
chantée.

La vue de ce spectacle magnifique, que le
soleil du matin embellissoit encore me jeta dans
l'admiration. Occupé la veille des grands événemens du jour, j'avois été peu touché des agrémens de notre demeure; mais dans ce moment
où j'étois plus tranquille, je me livrai au plaisir
de les contempler, et à l'espoir flatteur d'y faire
le bonheur d'Eléonore. Je bénis la divine Providence qui sembloit me destiner à cet heureux
sort; et le cœur plein de douces émotions de
mon songe, je me mis à réfléchir sur le parti
que j'avois à prendre relativement au voyage
vers notre vaisseau, dont il m'avoit donné
l'idée.

D'abord je regardai ce projet comme une
chimère. La difficulté de l'entreprise, et le sou-

_____

(1) L'île, située au-delà de l'équateur et près du tropique du Capricorne, doit avoir le soleil au nord la
majeure partie de l'année. (*Note de l'Editeur.*)

venir récent des dangers que j'avois courus pour arriver jusqu'à notre île, me le faisoient rejeter avec frayeur. Mais me rappelant, comme malgré moi, toutes les circonstances de mon songe, et cédant en quelque sorte à une impulsion secrète, je vins peu à peu à me persuader qu'il seroit non seulement possible de retourner au vaisseau, mais même que ce voyage ne seroit plus si difficile.

Je remarquai avec complaisance ce qu'on sembloit m'avoir prédit. Le ciel étoit sans nuages, on ne sentoit pas le plus léger souffle de vent. La mer devoit être parfaitement calme. On ne risquoit donc plus de s'embarquer. C'est ainsi que je raisonnai; car les choses qu'on desire sont toujours faciles, et je desirois ardemment de faire le voyage, pensant qu'il nous fourniroit les objets de première nécessité dont nous étions si peu pourvus, et dont j'appréhendois de manquer bientôt entièrement.

Il y avoit pourtant, dans l'exécution de ce projet, deux choses qui me peinoient et me faisoient balancer de l'entreprendre. Je craignois également de laisser ou d'emmener Eléonore, et je ne savois si je ne retrouverois pas le furieux courant qui, la veille, nous avoit jetés sur les rochers. Dans cette perplexité, je me promenois lentement le long de l'esplanade, pour examiner alternativement les raisons contraires que j'avois de me déterminer. Je me fatiguois à réfléchir sans pouvoir me fixer, lorsqu'absorbé tout entier dans cet examen, et suivant, sans m'en apercevoir, la pente douce qui conduisoit à la rivière, je fus agréablement tiré de ma rêverie par le murmure d'un petit ruisseau, qui, prenant sa source au milieu de la colline, s'échappoit à travers le gazon, après avoir formé un petit bassin de l'eau la plus claire.

A cette vue je m'arrêtai, et content de ma découverte, j'en fis le premier essai. L'eau de la fontaine me parut excellente. Aussitôt je revins au logis, à dessein d'y prendre un vase pour en puiser. Si ma compagne dormoit encore, j'étois bien aise de lui en porter une petite provision avant qu'elle fût éveillée, afin qu'elle pût s'en servir, si elle vouloit en faire usage à son lever. C'étoit pour l'ordinaire sa seule boisson. Si ma compagne étoit levée, je voulois lui faire part de ma découverte, et conférer avec elle sur mon projet.

Je m'occupois de ces pensées en allant à la cabane, et je m'aperçus en arrivant, qu'Eléonore étoit encore au lit. Son rideau n'étoit point levé ; je l'entendois respirer. Je repris donc le chemin de la fontaine avec une théière et une bouteille, nos seuls vases propres à contenir des liquides ; et après les avoir remplis d'eau, je les reportai où je les avois pris. Eléonore sommeilloit toujours. La crainte et le chagrin l'avoient tenue éveillée toute la nuit, comme

je le sus ensuite; elle ne s'étoit endormie que
vers le point du jour, en cédant comme par
force à l'excès de la fatigue et du besoin. Je me
doutai de la vérité, et pensant qu'elle pourroit
bien reposer toute la matinée, je déjeûnai, ensuite je pris le parti de me retirer chargé de
mes outils, après avoir eu soin de mettre non
loin de la porte d'Eléonore, les petites provisions nécessaires pour restaurer ses forces et
pour la rafraîchir.

Dès que je fus dehors, l'idée de mon songe,
qui me poursuivoit sans cesse, me donna l'envie
d'examiner l'état de la mer, et d'aller faire des
recherches touchant notre navire, que je craignois bien de ne plus retrouver. Je pris donc
le parti de monter, par le plus court chemin,
jusqu'à la crête voisine, qui, dominant sur une
partie de la baie à l'ouest, et sur la mer au midi,
pouvoit aisément satisfaire ma double curiosité. Je ne me déterminai pourtant à m'éloigner de la cabane, qu'après m'être assuré que
mon absence ne feroit courir aucun danger à
Eléonore. Je ne voyois aucune apparence que
l'île fût habitée, ni qu'elle recélât des bêtes
féroces; et quand il y en auroit eu, j'avois tout
lieu de croire qu'elles ne sortiroient pas de leurs
tanières pour se montrer au grand jour.

Je gravis avec peine jusqu'à la cime du rocher
qui s'élevoit à l'est de la baie. De-là, portant
avidement mes regards vers l'endroit où j'avois

laissé le vaisseau, je vis, à ma grande satisfaction,
qu'il étoit à la même place et dans la même
situation que la veille. Aussi loin que la vue pouvoit s'étendre devant moi, la mer paroissoit tranquille. Ce n'étoit plus cet élément terrible, qui
menaçoit, la veille, de tout engloutir, et qui venoit
frapper avec fureur contre les rochers de l'île,
comme pour l'arracher de ses fondemens; c'étoit
l'image du repos et de la paix : sa surface alors
étoit unie comme une glace. Un changement
si remarquable, et ce calme heureux annoncé
dans mon songe, m'étonnoient malgré moi,
lorsqu'un autre événement, que je ne prévoyois
pas davantage, acheva de me surprendre d'une
manière bien agréable.

Comme j'examinois avec attention si je ne
verrois pas le courant que je craignois toujours de rencontrer au sortir du port, je m'a-
perçus bientôt que sa direction étoit alors contraire à celle qui nous avoit été si funeste. La
veille, il alloit, avec la marée montante, vers
la pointe qui barroit l'embouchure de la rivière;
en ce moment où la marée commençoit à descendre, il s'en éloignoit avec le reflux. J'en fus
bientôt convaincu par la vue de quelques morceaux de bois détachés du radeau, qui, portés
de la baie jusques dans la mer par le reflux,
dépassoient alors l'embouchure : ils firent un
coude devant la pointe fatale, et furent emportés en s'éloignant à l'ouest.

Ce changement de direction, quand la marée descendoit, me fit comprendre la cause de la variation du courant. Le flux le dirigeoit à travers les rochers vers la baie; le reflux lui donnoit un cours opposé. Il devoit parcourir alternativement en sens contraire, le fond d'une vallée, dont les ouvertures venoient déboucher d'un côté, à l'entrée de la rivière, et de l'autre, non loin des rochers où le navire étoit arrêté, et j'en conclus que le courant devoit changer de direction à chaque marée, comme le cours de la rivière à son embouchure; ce que la suite servit à confirmer. Après avoir fait ce raisonnement, je descendis de mon observatoire, et m'étant rendu promptement au radeau, je me hâtai de le réparer pour profiter du reflux.

La réparation que j'avois à faire pour le mettre en état de voguer, ne fut pas aussi considérable ni aussi longue que je l'avois cru d'abord : je ne fis qu'en resserrer les liens, changer quelques pièces de bois d'un endroit à l'autre, pour donner au radeau l'équilibre qui lui manquoit, et il flotta mieux qu'auparavant. Il me falloit une rame pour me conduire; je courus vite au bois voisin, d'où je rapportai une longue branche que je façonnai sur le radeau; après quoi je le poussai dans le courant, et je sortis de la baie.

Ce voyage fut très-heureux. Tout contribuoit à le rendre favorable : le temps, le calme, la

marée, et sur-tout la précaution que j'eus de
tourner la pointe de fort loin, et d'éviter de
donner dans le milieu du courant. Ainsi je
joignis bientôt le vaisseau, sans aucune rencontre fâcheuse. J'amarrai contre ses flancs
mon radeau, au moyen d'une corde que j'y
attachai, et dont l'autre bout étoit noué autour
de mon ciseau, que j'enfonçai avec effort
entre deux planches. Je montai facilement sur
la proue, à l'aide du ciseau, sur lequel je posai
le pied, après avoir saisi le reste de la corde
que j'avois coupée la veille pour nous mettre
à flot.

Je parcourus toutes les parties du bâtiment,
pour y chercher les choses qui nous étoient le
plus nécessaires, et je vis d'abord que la frayeur
nous l'avoit fait quitter trop tôt. Je le visitai
de la proue à la poupe, dans l'entrepont, dans
la cuisine, j'entrai dans les chambres, dans
les soutes, dans la cale, et j'y remarquai bien
des choses utiles ou agréables, que j'aurois
voulu pouvoir emporter avec moi mais il fallut
me borner à celles que ma force me permettoit
de descendre. Je fis provision de tout le pain
que je trouvai, et de beaucoup de biscuit et
de viande salée, et je n'eus garde d'oublier les
bestiaux que je pouvois enlever. Le vaisseau,
en mouillant à Sainte-Hélène et au cap de Bonne-
Espérance, en avoit pris un assez bon nombre,
dont quelques-uns étoient encore en vie. Outre

ceux qu'on avoit mangés, on avoit perdu quelques chevaux que je regrettai beaucoup ; mais
il restoit encore deux vaches et un veau, plusieurs moutons et brebis, trois ânes, deux cochons, des chiens, des chats et beaucoup de
volaille.

Tous ces animaux, abandonnés depuis la fin
de la tempête, étoient exténués de faim et de
soif. Dès que je parus, leurs cris me demandèrent de la nourriture. Ils avoient sur-tout
besoin d'eau. Je leur fournis à boire et à manger, et tandis qu'ils se rassasioient, je disposois sur le bord du vaisseau les choses qui devoient être du voyage. Après les provisions de
bouche, j'y portai les ustensiles de cuisine ;
une crémaillère, des pots, des marmites, des
chenets, des casseroles, etc.

Je n'oubliai point les effets qui m'appartenoient, et je tirai de la chambre du capitaine
un lit meilleur que les nôtres, deux malles que
je ne m'amusai pas à fouiller, et deux fusils. Je
montai de la sainte-barbe un baril de poudre
avec un sac de balles ; après quoi, ayant enlevé
les portes de deux chambres avec leurs ferremens, les planches et les montans d'une cloison
que j'avois abattue, j'en couvris mon radeau,
et j'arrangeai dessus tout mon butin dans le
meilleur ordre ; ensuite j'allai chercher les animaux que je pouvois emporter.

Je liai aux moutons les jambes sous le ventre, je les descendis sur mes épaules, un à un, et les couchai sur les planches. Je mis auprès des moutons deux cages de poulets ; avec un sac de grain nécessaire pour les nourrir ; et bien fâché de n'y pouvoir joindre les ânes et les vaches, je voulus au moins emporter les cochons; mais je ne vins à bout de cette entreprise qu'avec des peines infinies.

On sait que le cochon est un animal intrai-table, et qu'il ne se laisse maîtriser qu'en faisant des cris affreux. Il me fallut employer toute ma force et toute mon industrie pour réduire les miens, et surtout pour les traîner jusqu'au radeau et les y placer, quoiqu'ils ne fussent que d'une grandeur médiocre.

Une semblable occupation m'eût sans doute paru fort ignoble lorsque j'étois en Europe ; le nom même du cochon m'eût semblé bas dans la bouche d'un écrivain ; mais ici les choses avoient changé de face. Je regardois cet animal comme fort utile. Je vis que les délicatesses de convention ne tenoient pas contre un intérêt réel. Je ne dédaignai donc pas de traîner sur le pont et de descendre sur le radeau ces ani-maux criards ; et après avoir surmonté toutes les difficultés qu'il y avoit à les y placer, je fus bien satisfait de les voir en ma possession. J'em-portai les chats dans une cage ; et les chiens, que je n'avois pas emmenés, voyant que je me disposois à m'éloigner, sautèrent à l'eau et vinrent me joindre.

Alors me trouvant une charge suffisante, je me tins prêt à partir pour retourner vers Eléonore, à laquelle j'étois bien aise de porter toutes ces provisions. J'eusse voulu sur-tout lui dérober l'inquiétude que devoit lui causer mon voyage ; ainsi, lorsque je m'aperçus que la marée montoit, je repris le chemin de la baie, où les mêmes précautions que j'avois eues en sortant de l'île, me firent aborder sain et sauf.

CHAPITRE VII.

Retour de l'Auteur; plaintes d'Eléonore; douleur qu'elle conserve de la mort de son père; moyens employés par le Chevalier pour la tirer de son affliction.

Je n'avois pas employé plus de six heures pour faire ce double trajet, et je me flattois, en revenant, de retrouver ma compagne endormie. Il n'étoit guère plus de midi. Combien de femmes, et même combien d'hommes, dans nos villes d'Europe, étoient alors dans les bras du sommeil, n'ayant, pour perdre la plus belle moitié du jour, d'autre raison que leur mollesse !

Eléonore avoit bien de plus justes raisons
de reposer. Il paroissoit très - vraisemblable
qu'elle dormoit encore, et cependant le premier objet qui frappa mes regards, avant même
que d'entrer en port, ce fut Eléonore, qui
guettoit mon retour, du haut du même rocher
où j'étois monté le matin. Dès que j'approchai,
elle en descendit pour venir au-devant de moi.
A peine avois-je mis pied à terre, qu'elle me
joignit, et ses premières paroles furent de doux
reproches.

« Ah! dit-elle, du ton le plus touchant, que
vous m'avez causé d'alarmes et d'inquiétudes!
Pourquoi me quitter sans m'en prévenir? Me
croyez-vous un cœur indifférent, ou peu capable de reconnoissance? Mon intérêt personnel
ne suffiroit-il pas d'ailleurs pour m'effrayer sur
les dangers que vous courez? Si vous veniez à
périr, que deviendrois-je moi-même? En faisant secrètement ce voyage, vous avez voulu
me soustraire aux risques que j'aurois dû partager avec vous, et à la crainte qu'il auroit pu
me causer, si vous m'en aviez instruite; mais
ce ménagement fait tort à mon courage; en
me l'annonçant, vous m'eussiez fait moins de
peine que je n'en ai senti lorsque j'ai connu
votre départ ».

L'intérêt et la bonté qui perçoient à travers
ces plaintes, me firent connoître toute la générosité de son cœur, et le mien fut vivement

ému par cette tendre sollicitude. Je lui exposai
les motifs qui m'avoient déterminé à la quitter
sans l'avertir, et l'espoir que j'avois de lui dérober la connoissance de ce voyage. Au reste,
je n'étois parti qu'après m'être bien convaincu
qu'elle ne couroit aucun danger à demeurer
seule, et que, par le temps qu'il faisoit, il n'y
avoit pour moi aucun risque dans le trajet de
l'île au vaisseau, ni du vaisseau à l'île.

Je lui fis le récit de mon songe, et le détail
de mon expédition. Elle me dit à son tour qu'elle
avoit été bien surprise à son lever de ne pas
me trouver dans la tente, et bien alarmée en
ne me voyant pas aux environs, sur-tout lors:
qu'après m'avoir long-temps appelé sans que
je répondisse, elle s'étoit aperçue que le radeau
n'étoit plus dans la baie, et que je devois être
parti.

« La cruelle incertitude où j'étois sur votre
compte, ajouta-t-elle, ne m'a pas permis de
rester à la cabane. Je suis montée sur cette
roche, pour m'assurer si vous étiez en mer, et
pour épier votre retour. J'ai découvert le vaisseau, mais je n'ai pu d'abord vous apercevoir,
et je ne saurois vous dire le trouble et la peine
que j'ai ressentis jusqu'au moment où j'ai vu
le radeau s'avancer de mon côté : ma crainte
alors s'est affoiblie ; mais je n'ai été entièrement
rassurée qu'en vous revoyant au port ».

« Bannissons, lui répondis-je, tout sujet de

crainte, en voyant combien la providence prend
soin de nous. Si elle nous destine à vivre dans
cette île déserte, elle fournit avec complaisance
à nos besoins. Voyez, continuai-je, le butin
que je rapporte ; il suffiroit long-temps à les
contenter. Le nécessaire ne nous manquera
point : mais si le temps continue à nous favoriser, nous aurons bien d'autres richesses : nous
pourrons rapporter du vaisseau tant de choses
commodes ou agréables, que nous aurons le
superflu dans une abondance dont les particu-
liers les plus opulens ne jouissent pas ».

Alors j'étalai, avec une sorte d'ostentation,
tout mon chargement, en faisant remarquer à
Eléonore le prix de chaque chose. Elle applau-
dissoit à ma prévoyance et à mon attention,
lorsque tout à coup ses yeux se couvrirent de
larmes : « Hélas ! dit-elle, faut-il que j'aie perdu
mon père ! Que je serois heureuse, si le ciel
qui m'en a privée, l'avoit laissé parmi nous !
C'est alors que j'aurois trouvé le bonheur sur
cette terre inconnue, et que les biens dont vous
me parlez auroient pu me flatter, en les goûtant avec lui : mais cette perte me rend indif-
férente à tous les biens de la terre, qui ne sauroient en adoucir la trop juste douleur ».

Je tentai de la consoler en approuvant le sentiment dont elle étoit pénétrée, et en détournant ensuite son attention sur d'autres objets.
Cependant je poussai mon radeau vis-à-vis notre

demeure, pour m'épargner les longueurs du
transport. Eléonore m'accompagnoit : elle voulut m'aider à mettre tout sur le rivage, et je ne
m'y opposai pas. La veille, j'avois refusé son
secours; mais, dans ce moment, je la laissai
faire. Cette distraction pouvoit suspendre ses
chagrins. Je prenois pourtant la précaution de
ne la charger que des choses les plus légères,
en me réservant les fardeaux les plus pesans.
Tout fut bientôt débarqué; et je me serois occupé sur-le-champ du soin de les transporter à
la tente; mais Eléonore m'ayant avoué qu'elle
n'avoit pas déjeûné, et n'ayant pas encore d'endroit propre à enfermer nos animaux, je crus
qu'il étoit plus convenable de dîner d'abord,
me réservant de faire le reste de nos affaires,
après que nous aurions pris quelque nourriture.

Je ne me chargeai donc que des provisions qui
pouvoient nous être plus nécessaires, comme du
pain et de quelques salaisons cuites. Nous avions
déjà du vin et du fromage. Je mangeai d'assez
bon appétit : Eléonore ne prit que ce qu'il lui
falloit pour se soutenir; mais, ce qui me fit
plaisir, c'est que jeus lieu de remarquer pendant le repas, qu'elle parloit plus qu'à l'ordinaire, et je tâchai d'augmenter en elle, par mes
discours, cette disposition à se distraire de sa
tristesse.

Je m'étois aperçu, en abordant au port, que

j'avois oublié les malles d'Eléonore ; et au moment où nous allions dîner, je vis que nous manquions d'une table, dont j'aurois pu me pourvoir. Je relevai ces inadvertances, pour faire parler ma compagne. Eléonore prit aussitôt ma défense, et me trouva des excuses dans le grand nombre de choses que j'avois faites depuis le matin, parmi lesquelles elle eut soin de compter la provision d'eau que je lui avois portée avant de quitter la cabane.

Je tâchois ainsi de détourner son esprit des sujets de tristesse que son cœur ne cessoit de lui présenter ; et je puis assurer, d'après l'expérience que j'ai faite de cette méthode long-temps continuée, qu'elle aura toujours un succès plus heureux que le vain débit d'une morale employée à contre-temps.

Pour prolonger l'illusion que je faisois à Eléonore, je me mis à lui parler de différentes choses, en évitant de retomber sur celles qui pouvoient réveiller son affliction ; et quand le dîner fut fini : « N'êtes-vous pas d'avis, lui dis-je, que je reprenne l'ouvrage suspendu hier au soir ; faute de temps ? Nous sommes si mal logés. Je vais retourner au bois, pour couper le reste de la charpente de notre logement. Si vous voulez m'accompagner, nous irons voir la fontaine qui nous donne une eau si excellente. Elle n'est qu'à deux pas d'ici. Vous serez peut-être bien aise d'en connoître la source, et ce sera toujours une promenade que vous ferez.

« Allons, dit-elle, partons, me voilà prête à vous suivre. Donnons, si vous voulez, un moment à la curiosité ; mais n'oublions pas que nous avons beaucoup de choses à faire avant la nuit. J'espère que vous ne me refuserez pas aujourd'hui le plaisir de vous aider. Je suis assèz rétablie pour mettre la main à l'œuvre. Je souffre de savoir nos animaux dans la posture gênante où ils sont. Il faut nous hâter de leur préparer une loge pour les délivrer. Mais cependant quelle sera leur pâture ? Avez-vous eu soin de porter de quoi les nourrir » ?

« Je n'ai pris, lui dis-je, pour cela qu'un sac de grain, mais j'y suppléerai demain, si le temps nous le permet. J'aurai ce soin moi-même. reprit-elle : il n'est ni juste ni profitable que vous ayez seul toute la peine et tous les dangers ; et c'est d'ailleurs une chose qui me regarde ; l'intérieur du ménage et le gouvernement de la basse-cour devant être de mon district. Je ne sais pas, lui dis-je, car, pour peu que le temps nous menace, vous ne pourrez point m'accompagner. — Ah ! dans ce cas, vous ne sauriez partir vous-même ! — Ce qui me fâche, ce sont ces pauvres animaux que j'y ai laissés, ne pouvant les emporter. — Voilà donc encore une richesse perdue, si je ne vous suivois pas au vaisseau.

Tels étoient les propos que nous tenions en marchant, et dans lesquels j'eus toujours occasion de remarquer l'excellent naturel d'Eléonore. J'eus l'attention, dans cette promenade, de conduire ma compagne par le haut de la colline, pour lui donner lieu de remarquer l'agrément du site et la beauté du point de vue. Elle ne s'en étoit pas encore apperçue, ou du moins elle ne l'avoit pas considéré d'un œil bien attentif. Elle en fut frappée de surprise.

» Convenez, lui dis-je, qu'il seroit difficile d'offrir aux yeux un tableau plus charmant. Cela est vrai, dit-elle avec un long soupir, s'il n'y manquoit une chose. Je vis qu'elle alloit retomber dans ses tristes réflexions; et, sans avoir l'air de m'en appercevoir, je tournai la conversation sur une autre matière. Nous sommes si voisins de ce beau lieu, continuai-je, que nous pourrons avoir le plaisir d'y revenir quand nous voudrons. Ne nous y arrêtons pas davantage en ce moment ; passons où nos travaux nous appellent. Il faut s'empresser de délivrer nos animaux de leurs entraves, et soulager en même temps votre âme compatissante de la peine qu'elle souffre pour eux ». Aussitôt nous descendîmes la colline, et après avoir examiné le bassin de la fontaine et le petit ruisseau d'eau claire qui en sortoit, et qu'Eléonore considéra avec beaucoup de satisfaction, nous remontâmes vers le bois voisin, où je coupai les pièces de charpente qui nous manquoient encore, ainsi qu'un bon nombre de piquets et de menues branches. Nous portâmes le tout auprès de la tente, et je me mis sur le champ à les employer.

CHAPITRE VIII.

Continuation des travaux de l'Auteur et d'Eléonore.

Je voulus travailler d'abord au bercail, afin que les bêtes y étant une fois renfermées, je pusse m'occuper avec plus de liberté de la construction de notre logement. En conséquence je commençai par abattre la tente. Je débarrassai le sol et l'intérieur de la cabane des choses que j'y avois déposées ; j'entrepris ensuite de continuer la palissade que j'avois plantée la veille, et d'en faire une espèce de parc pour les animaux.

Comme nous n'avions pas besoin dans ce moment d'un espace considérable pour les contenir, les principales cloisons en furent bientôt achevées, au moyen des piquets que j'enfonçai en terre, assez près l'un de l'autre, et des branches flexibles que j'y entrelaçai en quelques endroits. Je divisai cette enceinte en

trois logemens , également séparés par des cloisons à claire-voie , et je fis à chacun une porte
en coulisse avec quelques planches que j'abais-
sois et que je levois à volonté. Je destinai la
cabane aux cochons ; et des trois enceintes du
parc , une fut réservée aux ânes et aux vaches,
la seconde aux moutons , et la troisième devoit
servir de basse - cour et renfermer la volaille.

Ces choses ainsi préparées , nous allâmes
chercher nos animaux ; nous coupâmes les liens
qui les retenoient , et leur ayant rendu la liberté , nous les conduisîmes dans les loges qui
leur étoient destinées. Les moutons trouvèrent
assez d'herbe dans leur parc , pour avoir de
quoi vivre le reste du jour. Eléonore ne voulut
pas donner aux autres le grain que j'avois porté;
un esprit d'économie et de prévoyance le lui
fit réserver pour un meilleur usage : elle y
suppléa par le biscuit que la mer avoit gâté ,
et qu'elle leur abandonna , après l'avoir laissé
tremper dans l'eau. Ensuite elle tourna ses soins
vers la volaille , dont nous plaçâmes les cages ,
suivant son projet, dans la basse - cour.

Nous trouvâmes que beaucoup de poulets
avoient été tués par les secousses du vaisseau durant la tempête , ou par la chute des cages du
bord du navire sur le radeau , mais il en restoit
encore un bon nombre. Outre une douzaine de
l'espèce des poules d'Europe , il y avoit des
poules noires d'Afrique , des pintades et quel-

ques pigeons. Tout cela composoit une petite
famille qu'Eléonore se proposoit de gouverner
elle-même avec soin, et dont elle espéroit tirer
un profit qui la payeroit bien de ses peines.
Nous tirâmes des cages, et nous jetâmes hors
de la basse-cour tout ce qui étoit mort, à
l'exception d'un poulet et d'une pintade qui
s'étoient brisés la tête en tombant, et que j'a-
vois mis à part pour notre table.

Il étoit temps enfin de nous occuper de
la construction de notre logement. J'avois
marqué la place et tracé sur le sol la grandeur
de cet édifice, qui devoit avoir dix-huit pieds
de profondeur et neuf de largeur. Tous les
bois étoient rassemblés, la plupart façonnés ;
il ne s'agissoit plus que de les employer. Je
fis d'abord, tant bien que mal, une échelle
dont je ne pouvois me passer pour lever ma
charpente, après quoi j'aiguisai les montans par
un bout, je les réduisis à une hauteur égale,
puis j'en plaçai six de chaque côté, et je les enfonçai dans la terre à coups redoublés. J'en mis
trois pour le fond, quatre pour le devant et la
porte, et autant pour la cloison du milieu. Je
posai ensuite sur le bout de ces montans, en
suivant leur alignement, de fortes barres, que
je liai avec de menues branches que j'avois tor-
dues. Sur la traverse des barres qui couronnoient les montans du fond, du milieu et du devant, j'élevai perpendiculairement des branches

fourchues, que j'assujétis par le bas avec des
harts, le mieux que je pus, et sur le haut je
posai dans la direction de la cabane d'autres
barres pour servir de faîte à notre bâtiment.
Enfin, liant deux à deux par un bout de grosses
perches au-dessus de ce comble, et les laissant
pendre de chaque côté, en manière de chevrons,
la carcasse de notre nouvel édifice se fit voir,
et nous montra quelle en seroit la forme.

Durant mon travail, Eléonore n'étoit pas oi-
sive, elle me préparoit des harts et des cordes;
et quand elle s'aperçut que j'en avois suffisamment, elle alla dans l'intérieur s'occuper du toit
et du revêtement des côtés. Je n'étois pas descendu du haut de la cage, que je la vis apporter
la tente, qu'elle avoit décousue, taillée, et assez
ralongée pour pouvoir couvrir tout notre bâtiment. Je la plaçai sur les chevrons; et quand la
toile en fut tendue, elle suffisoit pour nous parer
de la pluie.

J'avois encore à entourer la cabane d'une
cloison qui nous tînt lieu de mur. Pour cet effet,
j'enfonçai de longs pieux entre les montans, et
j'y entrelaçai des branches feuillées longues et
flexibles, que je serrai autant que je pus l'une
contre l'autre; en sorte que cet ouvrage, qui
ne ressembloit pas mal à une claie, pouvoit
très-bien nous mettre à couvert durant le beau
temps; mais il fallut, dans la suite, la revêtir
en dehors de planches bien jointes, et rehausser

le sol de la cabane, pour nous préserver de l'humidité des grandes pluies durant la mauvaise
saison.

Tandis que je m'occupois à la clôture de ce
logis rustique, Eléonore travailloit à orner le
dedans; elle tendoit tout autour une sorte de
tapisserie, en cousant à la toile qui servoit de
toit, quelques pièces d'étoffes que nous avions
tirées des coffres du radeau. Quand nous eûmes
rempli cette double tâche, il ne nous resta plus,
pour compléter notre logement, qu'à poser les
deux portes que j'avois enlevées du vaisseau,
une pour fermer la chambre du fond, et l'autre
pour fermer celle qui servoit d'entrée.

Ces portes, que je voulois placer avec solidité, me donnèrent beaucoup de peine et d'embarras; car, quoique j'eusse bien pris mes dimensions en posant les montans qui devoient
leur servir de jambages, je devois toujours en-
tailler ces montans tout autour pour recevoir
les portes et y poser ensuite les ferremens, les
gonds et les serrures, ce qui faisoit un ouvrage
auquel j'étois fort neuf; mais, avec les avis
d'Eléonore, et à force de combiner et d'essayer,
nos portes furent placées, tournèrent bien sur
leurs gonds, et fermèrent, si ce n'est avec grace,
du moins assez solidement pour nous rendre
tranquilles.

Notre cabane étoit finie, et cependant il lui
manquoit encore bien des choses commodes ou

agréables qu'on pouvoit y desirer : je n'y avois
pas fait de fenêtre, et il n'y avoit point de cheminée ; mais, quand les portes étoit ouvertes,
la lumière entroit jusqu'au fond des appartemens, et lors même qu'elles étoient fermées,
un jour doux y pénétroit à travers la toile de
la couverture, en sorte qu'il y avoit toujours
assez de clarté pour distinguer facilement tous
les objets.

Quant à la cheminée, je n'avois pas dessein
d'en construire, et pour l'âtre de la cuisine, je
résolus de le placer en dehors, comme je fis
bientôt après. La façon n'en fut ni longue ni
difficile : un trou creusé dans le gazon en devint le foyer, deux piquets fourchus enfoncés
dans la terre de chaque coté, et qui portoient
une barre en travers, servirent de chenets et
de soutiens à la crémaillère, au bout de laquelle
on put suspendre la marmite sur le feu.

Je construisis dans la suite des fourneaux aussi
simples et plus commodes, et quand nous eûmes
fait du charbon, nous les employâmes de préférence pour y cuire nos alimens, qui tous s'y
préparèrent, à l'exception des pièces rôties, ré-
servées, ainsi que les marmites et les chaudrons,
à l'âtre placé sous la crémaillère.

Je me contentai, pour le moment, de l'établissement de ce foyer ; et lorsque cela fut fait,
nous portâmes dans la cabane la partie la plus
essentielle des effets que nous avions déposés

sur le rivage, laissant le surplus pour le lendemain, à cause du peu de jour qui nous restoit
alors. Nous rangeâmes par ordre ces effets tout
le long des cloisons, pour avoir plus d'espace
et de liberté dans notre logement, où nous devions encore placer nos lits, des tables et des
siéges.

Je fus si bien secondé par Eléonore, dans
tous les ouvrages entrepris depuis le dîner, qu'il
n'étoit pas encore nuit quand nous les eûmes
achevés. Cependant, pour des ouvriers comme
nous, il étoit temps de se reposer, et surtout
de prendre de la nourriture; mais, pour cet effet,
il falloit la préparer. Je voulus, pour cette fois,
en éviter le soin à ma compagne, que j'étois
charmé de régaler, ce soir, de mets plus nourrissans et plus flatteurs pour son goût, que ceux
qu'elle avoit pris depuis plusieurs jours.

Dans ce dessein, je fis un grand feu avec les
copeaux des bois que j'avois façonnés, et les
débris d'une mauvaise planche; et tandis qu'E-
léonore, comme une bonne ménagère, alloit
visiter tous nos animaux pour les pourvoir de
ce qui leur étoit nécessaire avant la nuit; je
plumai nos deux pièces de volaille, que je trouvai très-grasses. Je les préparai, je les embro-
chai, et j'allois les tourner devant le feu, lorsque je vis Eléonore qui sortoit de la cabane en
portant à la main deux sceaux ou marmites de
cuivre.

6*

« Où allez-vous donc, ma chère compagne, lui dis-je, avec ces deux sceaux ? Tandis que vous vous occupez du souper, reprit-elle, je m'en vais chercher de l'eau à la fontaine. Nous en avons besoin pour abreuver nos bestiaux et pour nous rafraîchir nous-mêmes. Changeons d'ouvrage, lui répliquai-je, nous nous occuperons plus convenablement, ou plutôt laissez-moi faire, je mettrai peu de temps à revenir, et j'acheverai tout sans me fatiguer. Vous vous excédez de travail, continuai-je; je doute que vous fussiez capable de porter à la main un de ces sceaux plein, de la fontaine ici, et vous doublez votre charge. Je les porterois moi-même aussi peu commodément, si j'en prenois deux à la fois; mais, pour me soulager dans cet office, je vais me servir d'une machine fort simple, qu'emploient les servantes de ma province pour transporter l'eau de la fontaine à la maison. »

Aussitôt, cédant la broche à Eléonore, qui avoit bien voulu poser les sceaux, je pris une branche d'environ deux pouces et demi de diamètre; je la réduisis à quatre pieds de longueur, je l'applatis d'un côté, en l'excavant dans le milieu, pour lui donner une légère courbure; puis ayant fait du côté opposé une entaille assez profonde vers les deux bouts (1), je

_____

(1) Cette machine est un levier mis en équilibre,

mis l'anse des deux sceaux dans les deux en-
tailles ; ensuite posant le côté plat de la machine
sur mon épaule, et la maintenant avec la main
dans un juste équilibre, je courus légèrement
à la fontaine, où je remplis mes sceaux, et je
fus de retour un moment après.

Eléonore loua mon industrie et ma diligence ;
mais lorsque j'eus posé ma charge, elle vouloit
quitter la broche pour aller distribuer à nos
animaux l'eau nécessaire pour les abreuver. Je
la priai de garder encore son emploi, et, sans
attendre sa réponse, je vaquai aux fonctions
qu'elle vouloit se réserver pour elle seule.

Que l'on a bien raison de dire, que le véritable amour répand un charme inexprimable
sur tout ce qui vient de l'objet aimé, et sur
tous les services qu'on peut lui rendre; qu'il n'y
en a pas de si vils qu'il n'ennoblisse, de si pénibles qu'il ne change en plaisirs! Je l'éprouvois
avec une satisfaction délicieuse. Une attention,
un mot d'Eléonore me ravissoient; et cette île
déserte, où je devois travailler peut-être toute
la vie pour Eléonore, où je devois la servir, je

---

dont le centre de gravité change selon la différence des
poids qui chargent les deux bouts ; car si l'un des côtés
du levier est plus chargé que l'autre, il ne faut, pour
tenir l'équilibre, qu'approcher plus près de l'épaule
le poids le plus lourd, par une loi de statique qu'il est
inutile de rapporter ici. Cette machine s'appelle, dans
ma province , *tchambalou*.

ne l'eusse pas changée pour l'empire le plus
florissant et le plus riche, ni ma destinée pour
celle du monarque le plus heureux.

Faut-il donc s'étonner qu'après avoir fait
une chose, je misse tant d'empressement à en
faire une autre, et que je cherchasse à dérober
à ma compagne une partie des peines qu'elle
se donnoit sans ménagement? Je n'étois pas
moins soigneux de trouver ce qui pouvoit lui
plaire ou lui convenir; ainsi plein de cette idée,
je me souvins, en revenant au logis, des tablettes
de bouillon que j'avois vues la veille dans une
boîte de fer-blanc, et je résolus de m'en servir
pour faire une bonne soupe, persuadé qu'elle
seroit plus agréable et plus salutaire à Eléonore,
que tout ce que je pourrois lui présenter à
manger.

Je retrouvai la boîte de fer blanc, d'où je
tirai aussi-tôt trois pastilles. Je mis de l'eau
dans un petit pot de terre, que je portai près
du feu. Muni des choses nécessaires à son assai-
sonnement, je le garnis dès qu'il vint à bouillir,
et j'eus de très-bon bouillon en peu de minutes.
Alors je trempai la soupe, je mis la nappe, et
nos volailles étant cuites, je les tirai de la
broche, et nous allâmes souper.

Mon attention ne fut pas inutile, et j'eus lieu
de m'en applaudir. Eléonore, qui ne s'en doutoit pas, fut surprise en voyant la soupe. Elle

le fut davantage en la goûtant, parce qu'elle la
trouva fort bonne, et qu'elle ignoroit comment
je l'avois faite. Je l'en instruisis en deux mots.
Eléonore fit honneur à ma cuisine: la bonté
des mets et l'aiguillon du besoin l'engagèrent à
manger un peu plus que les jours précédens.
Pour moi, qui trouvai nos volailles excellentes
et qui avois grand'faim, je fis un très-bon repas,
et me dédommageai sur elles de la diète forcée
à laquelle m'avoit réduit la nécessité des circonstances. —

Cependant le plaisir que je trouvois à satisfaire mon appétit, ne me faisoit pas oublier
la méthode dont j'avois déjà fait usage pour
distraire Eléonore de sa tristesse, c'est-à-dire
que je m'amusois à tromper son attention, en
la détournant sur d'autres objets, et en l'intéressant dans ce qui étoit à faire : ainsi je l'en-
tretenois tantôt du voyage que nous projetions
pour le lendemain, et des préparatifs qui devoient le rendre plus commode, tantôt des
malles du capitaine que j'avois portées, et de
ce qu'elles pouvoient contenir. Je piquois son
émulation et sa curiosité, j'agaçois quelquefois
son amour-propre, en contredisant son avis,
quoiqu'au fond il fût bien difficile d'en avoir
un qui différât du sien.

Lorsque la nappe fut levée, je me montrai
curieux de savoir ce que contenoient les nouvelles malles. Eléonore s'en approcha, et mon-

tra aussi quelque envie de s'en assurer. J'en forçai les serrures, et je les ouvris toutes deux. Je ne saurois faire le détail de ce qu'elles renfermoient de précieux et d'agréable. Le capitaine étoit un homme instruit et riche, qui ne se refusoit pas les choses qui pouvoient lui faire plaisir. Outre de fort belles nippes, l'une contenoit une jolie cassette pleine d'argent et de bijoux d'un goût exquis. Il y avoit dans l'autre, bien des sortes de rafraîchissemens et de petites provisions, des livres de sciences et d'histoire, des instrumens de mathématiques, beaucoup de musique notée, un hautbois et un violon, des crayons, des couleurs, des pinceaux, et tout l'attirail d'un dessinateur et d'un peintre, enfin de beau papier, des plumes, de l'encre, et un excellent télescope.

La première malle fut regardée avec indifférence : nous dédaignâmes sur-tout les bijoux et l'argent, recherchés par-tout ailleurs avec tant d'avidité ; mais les choses contenues dans la seconde nous firent un plaisir extrême. Je dis nous, car Eléonore ne put s'empêcher d'en témoigner quelque satisfaction. Elle étoit pleine de talens et beaucoup plus instruite que ne le sont d'ordinaire les personnes de son sexe, et j'aimois avec enthousiasme les lettres et les arts. De quelle ressource n'étoient donc pas pour nous des choses utiles et agréables en toute société ; mais ici d'une valeur inappréciable dans la situation étrange où nous nous trouvions, et avec les connoissances que nous avions acquises.

Quand je n'aurois pas connu les goûts d'Eléonore, j'aurois pu m'en assurer dans ce moment. Elle examinoit la musique, les instrumens, et sur-tout les crayons et les pinceaux avec une complaisance si remarquable; et tout en les maniant, son action étoit si vive, et sa physionomie si animée, qu'il m'étoit facile de conjecturer qu'elle avoit coutume de s'en servir, et qu'elle se proposoit d'en faire un grand usage.

Mais la musique ne pouvoit de long-temps convenir à l'état de son ame, et je respectois sa douleur. Nous n'en parlâmes donc pas; je n'osai même essayer devant elle aucun des instrumens. L'entretien tomba naturellement sur les peintres, sur leurs manières, sur les beaux ouvrages qu'ils ont laissés, et Eléonore en parla de façon à étonner les peintres mêmes qui l'auroient écoutée. Quelques petits tableaux que je tirai alors de la malle, me donnèrent une nouvelle occasion de l'admirer. Ils étoient de peintres Flamands ou Hollandais, dont elle distingua fort bien la touche, et dont elle fit, en peu de mots, une critique juste et modérée.

Une bonne partie de la soirée se passa dans ces douces occupations, en sorte que l'heure du coucher vint sans nous en apercevoir, et que le seul besoin du sommeil nous en avertit.

J'exhortai ma compagne à profiter du temps du repos, afin de reprendre des forces et d'être prête à s'embarquer le lendemain de bonne heure. Elle se retira et ferma sa porte. De mon côté je ne tardai pas à me coucher, assez content de ma journée, dans la flatteuse espérance que le temps et mes soins assidus dissiperoient un jour la douleur d'Eléonore, et songeant aux moyens de trouver dans notre voyage plus de succès et de commodité.

CHAPITRE IX.

Eléonore et le Chevalier font un voyage au vaisseau. Industrie de celui-ci pour mieux diriger le radeau, lui donner plus de force, descendre les animaux. Quelle est la suite de ce voyage.

LE projet de ce voyage fortement imprimé dans ma pensée, me réveilla dès le point du jour. Eléonore, qui vouloit m'accompagner, ne dormit pas davantage. Je l'entendis se lever, et je fus sur pied dans l'instant. Je voulois mettre un gouvernail au radeau, pour lui donner une marche plus assurée : j'allai chercher de quoi en faire un à la forêt prochaine ; et

tandis qu'Eléonore distribuoit la nourriture à
nos animaux, et pourvoyoit d'avance aux besoins qui nous attendoient au retour, j'abattis
un jeune arbre propre à mon dessein; je le
façonnai de mon mieux, et l'emportai sur le
rivage. Je rejoignis ensuite ma compagne, avec
laquelle je repris le chemin de la rivière. Dès
que j'eus placé le gouvernail, j'en confiai le
soin à Eléonore, après l'avoir instruite à le
tenir. Je ramai vigoureusement; nous sortîmes
bientôt de l'embouchure, et cinglant vers le
vaisseau en nous éloignant de la pointe, nous
arrivâmes bientôt et très-heureusement au terme
de notre voyage.

Je fus d'autant plus satisfait de nous voir
sous le vaisseau, que quoiqu'il fît aussi beau
temps que la veille, et que notre radeau mar-
chât mieux, je n'avois pu me retrouver en mer
avec Eléonore sans inquiétude, et même sans
trembler chaque fois que je me rappelois ce
qui nous étoit arrivé sur ce perfide élément.
Mon chargement étoit d'un tel prix pour moi,
et ma sollicitude si grande à cet égard, que
j'appréhendois toujours quelque accident funeste. Dans le calme, je redoutois l'orage. Le
vent pouvoit s'élever; nous pouvions donner
sur des écueils : d'ailleurs Eléonore, qui s'étoit
montrée si empressée à m'accompagner, ne me
rassuroit pas par sa contenance. A travers la
sécurité qu'elle affectoit, je lisois sa frayeur dans

ses yeux : à peine répondoit-elle lorsque je lui
parlois, et ses sens ne se calmèrent qu'après
que nous eûmes fait le trajet.

Alors elle retrouva son courage, et me se-
conda bien vivement dans la recherche et le
transport des choses que nous avions à charger.

J'employai, pour monter sur le vaisseau, la
même industrie dont j'avois déjà fait usage, et
j'enlevai ma compagne jusques sur le pont, au
moyen d'une corde que je lui jetai. Dès qu'elle
fut sur le tillac, elle se hâta d'aller donner de
la nourriture aux animaux ; son bon naturel
ne lui permettant pas de leur en laisser plus
long-temps souffrir la privation. Pour moi, je
descendis aussi-tôt dans les chambres, pour en
abattre les cloisons. Les planches m'étoient nécessaires pour construire un pont en talus, qui
me donnât le moyen facile de rouler du tillac
sur le radeau les fardeaux que je n'aurois pu
transporter sans une machine. L'expérience de
la veille m'en faisoit sentir le besoin. J'arrangeai
donc dans leur longueur et l'une contre l'autre,
six planches les plus longues et les plus fortes;
j'en fis comme une table, que j'assujettis solidement, au moyen de plusieurs traverses que
je clouai dans toute sa largeur. Ensuite, laissant tomber un des bouts de ce pont volant
sur le radeau, et l'autre portant sur le bord
du navire, je le fixai par des chevilles qui l'ar-

rêtèrent sur le radeau et sur le bord du vaisseau.

Lorsque j'eus fait cet ouvrage, j'entrepris de
donner au radeau plus d'étendue et de capacité, afin qu'il pût transporter plus de charge,
et je vins à bout de ce dessein en flanquant le
radeau d'un cordon de tonneaux vides, que j'eus
la précaution d'amarrer fortement des deux
côtés. J'en couvris le milieu de planches; ensuite, avec le secours d'Eléonore, j'y descendis
ses malles qu'elle avoit retrouvées, celles de son
père, ainsi que tout son bagage, dont la vue
lui fit encore verser des pleurs. J'y joignis bientôt tout ce qu'Eléonore avoit noté comme plus
nécessaire ou plus commode; d'abord, tout
autant de provisions de bouche qu'il s'en trouva
de bonnes; du lard, de la graisse, du beurre,
de l'huile, du fromage; quelques pièces de sa-
laison; quelques restes de biscuit; le tout en
moindre quantité (1) que je ne pensois en trouver dans un si grand vaisseau; deux sacs
de farine, et trois de diverses sortes de grains
mêlés ensemble, en partie échauffés ou rongés
des rats; trois pièces de vin de Bordeaux, et

---

(1) Soit parce qu'il y avoit beaucoup de provisions
gâtées, soit parce que l'équipage, en s'embarquant dans
les chaloupes, en avoit pris une partie, soit enfin à cause
du long temps que le vaisseau étoit en mer. Il y avoit
six mois qu'il étoit parti d'Angleterre.

une d'eau-de-vie, que nous vidâmes dans de grandes jarres.

A ces comestibles, j'ajoutai plusieurs caisses de chandelles, un tourne-broche, une belle pendule, une enclume, des limes, des marteaux, des clous, des bêches, des pics, des pioches, différens outils de taillandier et de serrurier; beaucoup de fer en barres et en feuilles; des commodes, une armoire, des tables, des chaises, des fauteuils, des affûts de canon, et, ce qui me fit autant de plaisir que tout le reste, toutes les pièces d'une petite chaloupe numérotées et mises en fagot. Enfin, je m'occupai du soin de descendre nos animaux, et voici quelle fut mon industrie pour les transporter sans risque, du tillac sur le radeau.

Mon pont de planches m'avoit très-bien servi pour faire glisser dessus toutes les choses pesantes que je voulois emporter; mais il ne nous offroit point la même commodité pour descendre nos bestiaux. Le poli des planches en rendoit la pente dangereuse pour des animaux à pied solide, qui d'ailleurs effrayés par le péril, refuseroient d'y passer. Je ne pouvois adoucir la pente, parce que mes planches étoient trop courtes; mais j'y remédiai en la rendant moins glissante. Je levai le pont et le retournai; en sorte que le côté uni se trouva dessous, et que celui où j'avois cloué les traverses devint le dessus, qui nous présenta une surface rabo-

teuse, dont les saillies, comme autant d'éche-
lons, devoient donner un point d'appui aux
pieds des animaux à chaque pas qu'ils feroient
pour descendre. Je jugeai à propos de couvrir
cet escalier d'un tapis de laine, que je clouai
sur l'enfoncement de tous les degrés.

Il nous fallut encore prendre bien des précautions pour mener nos animaux jusqu'au
bord du talus; car quoiqu'ils fussent cabanés
sur le pont du vaisseau à la manière anglaise,
et que le calme laissât le navire sans mouvement, j'avois toujours à craindre que sa position inclinée ne leur occasionnât quelque chute
funeste, et qu'ils ne tombassent à la mer. Pour
prévenir cet accident, j'étendis sur le tillac,
depuis leurs cabanes jusqu'au pont volant, des
couvertures ou de grosses étoffes de laine, que
je clouai en quelques endroits sur le plancher.
Ce n'est pas tout : je fis avec de larges sangles
une sorte de collier, aux deux côtés duquel
j'attachai une corde assez longue. Je devois
placer ce collier au cou de chaque animal, et
les deux cordes, que nous tiendrions par derrière, devoient nous aider à le soutenir dans
la descente.

Tout ceci fut exécuté comme je le projetois,
et réussit à souhait. Nous allâmes chercher nos
bêtes l'une après l'autre; nous les menâmes en
les tenant de près, enfin nous les descendîmes
sur le radeau en nous servant du collier. Le

veau fut le premier ; la mère le suivit avec empressement. L'autre vache et les ânes , après quelque résistance , y descendirent sur ses traces. Il ne nous resta plus qu'à porter du fourrage pour les nourrir quelques jours, durant lesquels nous n'aurions peut-être pas le temps de les mener paître. Enfin au montant de la marée, nous nous remîmes en route pour retourner à notre île , et après un trajet d'environ une demi-heure , nous entrâmes dans la rivière. Nous la remontâmes jusqu'à la cabane, devant laquelle nous eûmes la satisfaction d'aborder.

Avant de débarquer notre cargaison , nous mîmes à terre toute notre ménagerie. Nous conduisîmes nos animaux jusqu'au parc, où ils furent renfermés. Éléonore , qui, dès le matin s'étoit occupée de la cuisine, m'avertit bientôt qu'il falloit dîner, mais tandis qu'elle songeoit à donner la dernière façon aux choses qu'elle avoit préparées, j'arrivai en deux sauts au radeau, d'où je rapportai deux chaises et une table qui manquoient encore à la commodité de nos repas. Ma compagne mit le couvert, et nous servit un bon potage au riz, une langue de bœuf salée , et le reste de nos volailles de la veille. Il est inutile d'assurer que je dînai bien ; mais elle fut toujours sobre à son ordinaire.

Le reste du jour se passa , d'abord à cons-

truire une sorte de brouette fort basse sur
les roulettes d'un affût ; j'avois imaginé cette
machine pour nous faciliter le transport de
nos bagages , et elle nous fut d'un grand secours pour voiturer , à l'aide des ânes, jusqu'à
la cabane tout ce j'avois enlevé du vaisseau.
Nous nous occupâmes ensuite à en arranger une
partie dans l'intérieur du logis, et à commencer
à l'opposite du parc une petite grange ou plutôt
un hangard qui pût contenir l'excédant de nos
meubles , avec toutes les choses que nous
avions projeté de tirer encore du navire. Enfin
je mis par écrit une partie des aventures que
je viens de rapporter, et dont je pouvois d'autant mieux faire le détail, qu'elles étoient plus
récentes.

~~~~~~

CHAPITRE X.

Date de l'arrivée de l'auteur dans l'île déserte. Quel étoit alors son âge et celui d'Eléonore. Triste rencontre qu'ils font, et qui interrompt les voyages au navire et divers travaux.

Avant de reprendre le fil de ma narration, je dois dire ici pour l'instruction de ma postérité, à laquelle je destine ces Mémoires, que nous abordâmes à notre île l'an 1699, un lundi 23 novembre; ce qui, dans la latitude où elle est située au-delà de la ligne, revient à la fin de mai pour le climat de la France.

Eléonore n'avoit guère plus de dix-huit ans; je n'en avois pas plus de vingt-deux; mais j'ose dire que nous pensions plus solidement qu'on ne fait d'ordinaire à cet âge. L'amour et l'infortune, encore plus que l'étude, avoient mûri mes réflexions; et l'esprit et la raison d'Eléonore, comme ses graces, étoient un prodige, même dans son sexe, chez lequel la nature se plaît à les développer beaucoup plus tôt que chez nous. Je ne l'aimois pas seulement pour sa beauté, mais pour les rares qualités de son ame, pour

l'excellence de son caractère et la bonté de son
cœur. Je l'adorois, et néanmoins dans une circonstance et dans un âge aussi critiques, j'étois
timide, respectueux ; je tremblois de lui déplaire.
J'attendois que le temps et mes soins assidus me
fissent encore mieux connoître, et disposassent
Eléonore à répondre à mes vœux, après qu'ils
auroient dissipé sa tristesse ; mais de long-temps
je ne vins à bout de la consoler. Un événement
imprévu renouvela même toutes ses douleurs.

Le matin du troisième jour, j'étois allé chercher des bois qui m'étoient nécessaires pour finir notre grange, lorsque les chiens, qui m'a-
voient suivi, me quittèrent pour courir vers un
endroit du rivage que je n'avois pas encore vi-
sité, quoiqu'il ne fût pas loin de la cabane.
Aussitôt ils se mirent à aboyer fortement contre
un objet que je ne distinguois pas, mais que je
fus curieux de reconnoître. Comme j'étois près
du logis, je revins chercher mon fusil. Eléonore,
qui me vit prendre cette arme, et qui entendoit
les chiens, m'en demanda la raison. « Je crois,
lui dis-je, que les chiens ont arrêté quelque
bête. J'ignore ce que c'est, car je n'ai pu le
voir ; mais je me précautionne en cas d'événement ; et si la bête veut m'attendre, j'espère
vous en rendre compte avant qu'il soit peu. »
Eléonore, sans me répondre, prit un autre fusil
et me suivit. « Si vous manquiez votre coup,
dit-elle, voici de quoi y suppléer. » Nous descen-

I.   7

donc la colline, nous allons vers les chiens,
qui aboient toujours autour d'un animal qui ne
fait aucun mouvement, et quand nous sommes
à cent pas de lui, nous découvrons que c'est une
belle tortue. « Bonne fortune ! dis-je à ma compagne, voilà de quoi faire grande chair durant
quelques jours. » J'écarte les chiens, j'approche
de la tortue, et passant mon fusil sous son
écaille, je la renverse sur le sable.

A peine ai-je fait cette opération, que j'entends du bruit sous un saule au bord de la rivière. J'avance jusques-là, et je vois plusieurs
oiseaux aquatiques, qui, épouvantés par nos
mouvemens, battent de l'aile et commencent à
fuir. Aussitôt je tire au milieu de la troupe. Deux
demeurent sur la place en s'agitant ; le reste, qui
fait des cris aigus, s'éloigne en nageant avec rapidité ; car ces oiseaux, de l'espèce des pingoins,
ne voloient pas. Je prends le fusil des mains
d'Eléonore, et je fais encore feu sur des traî-
neurs. J'en atteins un, qui, quoique blessé,
s'efforce d'échapper en suivant la marée qui
montoit alors. Je retire avec une longue branche
les deux premiers, que le flux approche du rivage. Ils pesoient chacun plus de douze livres.
C'étoit une bonne capture. Cependant je ne
voulus pas perdre le dernier, et je le suivis
avec Eléonore jusqu'à l'endroit où je l'avois vu
se gîter.

Il semble que nous ayons quelquefois un

pressentiment des choses qui nous arrivent, où du moins la situation d'esprit dans laquelle on est alors, paroît favoriser cette opinion. Eléonore, que nos succès devoient naturellement distraire de sa mélancolie, étoit néanmoins plus triste qu'à l'ordinaire. Elle m'accompagnoit, toute pensive; et comme je lui vantois notre chasse, dont je lui attribuois l'honneur pour l'égayer, elle me répondit en soupirant, qu'elle m'étoit bien obligée du compliment, et qu'elle sentoit tout l'avantage de nos prises; mais qu'elle avoit quelque chose sur le cœur qui l'empêchoit de s'en réjouir comme il étoit naturel de le faire.

Sur ce propos, nous arrivâmes à l'endroit du rivage où le pingoin blessé s'étoit réfugié. Il étoit entré sous les branches d'un arbre, qui, insensiblement miné par le courant de l'eau, étoit tombé dans la rivière, en tenant pourtant toujours à la terre par quelques racines. Comme j'apercevois l'oiseau à travers les feuilles, et qu'il ne faisoit aucun mouvement, je jugeai qu'il étoit mort, et je me déterminai à l'aller prendre où il étoit, en suivant le corps de l'arbre, dont je me fis un pont. Mais quelle fut ma surprise, lorsqu'après avoir écarté les branches, et me baissant pour retirer l'oiseau, je vis le cadavre d'un homme noyé, dont la tête étoit engagée au-dessous de l'arbre, et dont le corps caché par le feuillage, se balançoit sur l'eau!

A cet aspect inattendu, je fis un cri que je
ne fus pas le maître de retenir. Eléonore en fut
épouvantée. « Que vous est-il arrivé, dit-elle en
s'approchant avec une émotion très-vive? et
qu'est-ce qui peut vous effrayer »? La réflexion
m'étoit revenue. Je sentis l'effet qu'avoit dû produire sur Eléonore ce mouvement irréfléchi.
Je compris en même temps celui que produiroit
sur son cœur la triste vue de ce cadavre, et je
voulus lui en dérober le spectacle. Mais les
foibles raisons que j'alléguai, mon air embarrassé et la posture que je gardois pour ne pas
lui laisser voir la véritable cause de ma surprise, lui donnèrent des soupçons qu'elle voulut vérifier. Elle remarquoit que je ne fuyois
pas. Ce qui m'avoit fait écrier n'étoit donc pas
un objet fort redoutable; et cependant mes réponses et ma contenance annonçoient un mystère que je voulois lui cacher. Il y avoit là quelque chose qui devoit l'intéresser, et qu'on ne
vouloit pas lui dire. Tout cela l'inquiétoit et
piquoit sa curiosité. Elle me pria très-instam-
ment de ne pas la laisser dans cette pénible incertitude. J'hésitois encore à répondre; mais
voyant qu'elle prenoit le parti de passer sur
l'arbre pour venir à moi, je fus forcé de lui
dire la vérité.

« Ah mon Dieu, s'écria-t-elle, c'est peut-être
le corps de mon père. En grace, M. le Chevalier, tirez de l'eau ce corps misérable pour le

Découverte du corps de M. d'Alibon père d'Eléonore.

porter jusqu'ici, nous lui rendrons les derniers
devoirs; et si c'est celui de ce père tendre à qui
je dois tout, nous lui élèverons un monument
qui en perpétuera le souvenir avec celui de ma
tristesse et de ma reconnoissance. »

Je revins à terre chercher mon fusil, avec
lequel ayant dégagé le corps de dessous l'arbre,
je le fis sortir d'entre les branches, et je l'a-
menai sur le rivage.

C'est alors que j'eus lieu de me convaincre
de l'excellent naturel d'Eléonore. Je ne me
rappelle point cette scène attendrissante sans
verser des pleurs. Le corps est à peine hors de
l'eau, qu'Eléonore, qui le reconnoît à ses vêtemens plutôt qu'à sa figure, se précipite sur
lui en versant un torrent de larmes; et, sans
considérer l'état où il est, elle l'embrasse de
toutes ses forces, en lui adressant les paroles
les plus touchantes. J'eus beaucoup de peine à
la détacher de ce corps chéri (1).

Sexe aimable et sensible, qu'on calomnie
souvent avec tant d'indécence, recevez ici de
ma part l'hommage que méritent vos vertus.
Vous nous devez les vices et les travers qu'on

---

(1) Je trouvai quelques jours après, un peu au-dessus
de cet endroit, les corps de trois hommes noyés, deux
matelots et un mousse, que j'enterrai sur le rivage; mais
je n'en parlai point à Eléonore, de crainte de renouveler
encore sa douleur.

vous reproche; mais vos vertus sont à vous, et
elles font le bonheur et le charme du monde.
C'est vous surtout, qui, fidèles à la nature, con-
servez le feu sacré du sentiment dans les familles dont vous êtes le doux lien, en nous donnant les plus touchans exemples d'amour maternel et de tendresse filiale.

La vue d'Eléonore fondant en pleurs sur le
corps de son père, ses plaintes, ses sanglots auroient ému le cœur le plus barbare. Quelle impression ne devoit-elle pas faire sur un homme
sensible et qui l'aimoit si tendrement? Je sentois son affliction jusqu'au fond de l'ame, et sa
piété envers son père, faisoit couler mes pleurs
en abondance.

Nous demeurâmes quelque temps dans cette
situation, sans qu'Eléonore s'occupât d'autre
chose que de sa douleur, et sans que j'osasse
l'interrompre. Mais enfin, ayant levé les yeux
sur moi, et me voyant si pénétré de tristesse,
elle sentit une sorte de consolation de cette
marque d'attachement; et elle m'a dit depuis,
que son inclination pour moi avoit été principalement déterminée par l'idée qu'elle s'étoit
faite alors de mon bon cœur, et par la reconnoissance qu'elle avoit des larmes que je versois
sur M. d'Aliban.

Enfin, je rompis le silence en lui disant que
rien n'étoit plus juste que de pleurer une si
grande perte, mais que du moins c'étoit une

consolation pour nous de trouver les restes d'un
père si cher , et d'avoir l'espérance de les posséder avec nous dans cette île ; que cette terre
désormais ne nous seroit plus étrangère, puisque le dépôt que nous allions lui confier , devoit nous la faire regarder comme un héritage
acquis par nos parens, et comme le lieu où
leurs cendres attendoient les nôtres ; que nous
devions nous occuper , dans ce moment, du
soin de rendre à la terre ces dépouilles mortelles, et que lorsqu'Eléonore auroit choisi l'endroit qu'elle leur destinoit pour sépulture, nous
consacrerions à ce corps respectable le monument le plus beau que notre situation nous permettoit de lui ériger.

Cette idée religieuse et sombre , qui entroit
si bien dans les sentimens et dans la façon de
penser d'Eléonore, ainsi présentée à sa tendresse, ne pouvoit manquer de lui plaire par ce
qu'elle avoit de lugubre et de touchant : aussi
en fut-elle flattée autant qu'elle pouvoit l'être
dans la douleur tendre et profonde qui l'absorboit. Sa peine en parut soulagée, ses pleurs
s'arrêtèrent, et elle me répondit que de tous
mes services, les soins dont je m'occupois pour
rendre les derniers devoirs au corps et à la mémoire de son père, étoit ce qui l'obligeoit le
plus; qu'il falloit le transporter au bout de l'esplanade, où elle pourroit aller plus souvent
verser des pleurs sur sa tombe, et s'acquitter

ainsi du tribut de reconnoissance que sa tendresse lui inspiroit pour toujours ; mais qu'avant de l'enlever du rivage, il convenoit de le dépouiller de ses habits, pour lui donner son dernier vêtement, et qu'elle me prioit de lui rendre cet office, dont elle ne pouvoit s'acquitter. « Allez, dit-elle, à la cabane chercher le linge nécessaire, tandis que je lui servirai de garde. Quand vous serez de retour, je m'éloignerai pour vous laisser le loisir de l'envelopper. »

Je retournai donc au logis, où je portai nos pingoins que j'avois laissés en chemin, et tout en marchant, je ne pouvois m'empêcher de réfléchir sur cet événement imprévu, et d'admirer surtout l'excellent caractère et la prodigieuse tendresse d'Eléonore. Heureux, disois-je, celui qui doit posséder un jour ce cœur d'un si grand prix! heureux les enfans qui seront élevés par une mère si digne de l'être! heureuse enfin la société où de tels sentimens venant à s'étendre par l'éducation, fourniront de fréquens exemples de l'amour réciproque qui doit unir tous les membres d'une famille, et lier entre elles intimement toutes les familles qui la composent.

Je revins bientôt auprès d'Eléonore, toujours plus occupé d'elle et plus touché de sa douleur, portant sur la brouette, attelée de deux ânes, une longue caisse vide que j'avois trouvée

parmi nos effets. J'avois mis dans cette caisse
tout ce qui étoit nécessaire au défunt. Elle m'a-
voit paru propre à suppléer la bière que j'aurois mal façonnée.

A mon approche, Eléonore s'éloigna par
bienséance. Je dépouillai le corps, je le changeai de linge, et l'enveloppai d'un linceul; et
quand Eléonore fut revenue, nous le mîmes
dans la caisse, et nous en chargeâmes la brouette;
ensuite nous prîmes à pas lents le chemin de
l'esplanade, où le convoi funèbre s'arrêta, près
de l'endroit désigné par Eléonore pour le lieu
de la sépulture. J'avois porté les instrumens
propres à creuser la fosse. Elle fut bientôt faite,
parce que la terre s'y trouvoit profonde.

Pendant que j'y travaillois, Eléonore, à genoux à côté du corps, inclinée et les bras éten-
dus, prioit en silence; je n'entendois que ses
soupirs. Mais lorsqu'il fallut descendre le cer-
cueil dans la tombe, cette dernière séparation
rouvrit toutes les plaies de son cœur. Elle se
jetoit sur la bière, et je pus à peine la retenir.
Ses lamentations et sa douleur me déchiroient
l'âme. Je me hâtai de combler la fosse, et d'arracher Eléonore d'un lieu si cher et si pénible
à sa tendresse.

Sa douleur excessive l'occupant tout entière,
je ne jugeai pas convenable pendant quelques
jours, de la quitter un moment. Nos voyages
maritimes et nos travaux furent suspendus.

7*

Quant aux soins du ménage, auxquels je vaquois exactement, j'engageois Eléonore à me diriger en toutes choses, à m'aider quelquefois elle-même, à m'accompagner partout, afin de la faire sortir peu à peu, par ces petites occupations, de sa grande tristesse. Sa complaisance naturelle ne lui permettoit pas de s'y refuser. Elle mangeoit même un peu des mets que j'apprêtois, s'étant aperçue que je ne mangeois pas lorsqu'elle se privoit de nourriture. Telle fut ma conduite à son égard, jusqu'à ce que je la visse plus tranquille. Mes soins et sa raison vinrent à bout de la calmer ; mais il n'y avoit que le temps qui pût entièrement guérir une blessure aussi profonde.

CHAPITRE XI.

Monument dressé au père d'Eléonore ; derniers voyages au vaisseau ; travaux divers ; occupation chérie d'Eléonore ; conversation qu'on ne prévoit pas.

C'étoit par ménagement pour Eléonore, que j'avois suspendu nos travaux, et même l'exécution du monument que j'avois promis d'élever sur le tombeau de son père. Ce fut pour lui donner une nouvelle preuve d'attachement et un sujet de consolation, que je m'occupai de ce monument. Mais outre que je n'étois pas un habile ouvrier, c'est que je ne savois où prendre les matériaux propres à sa construction, et que je n'avois pas les outils nécessaires pour leur donner les formes convenables. Je cherchai long-temps des pierres de taille, et je trouvai quelques carrières d'un assez bon granit ; mais comme il n'étoit pas possible à un homme seul de les exploiter, et qu'il m'eût fallu fabriquer moi-même les instrumens propres à en tirer les pierres, je fus obligé, pour le moment, de me contenter des pierres brutes éparses, les plus belles que je pus trouver en différens endroits de l'île, que je transportai sur l'esplanade, et que je taillai comme je pus avec un pic et quelques mauvais ciseaux de serrurier.

Quand, ces pierres eurent reçu toute la façon que je sus leur donner, j'en construisis une sorte d'autel en tombeau, que je couvris dans toute sa longueur de pierres larges et plates. J'élevai derrière l'autel une pyramide de dix pieds de hauteur, au-dessus de laquelle nous plaçâmes une croix, signe salutaire des Chrétiens, et leur plus douce consolation dans leurs peines. Sur le devant je fis une espèce de marche-pied de bois, afin qu'Eléonore pût se mettre commodément à genoux, lorsqu'elle viendroit en ce lieu faire sa prière. Pour toute épitaphe, je gravai en gros caractères sur une pierre placée au milieu de la pyramide, du côté de l'autel, le nom, l'âge du défunt, la date de sa mort, et ce peu de mots, qui contenoient son éloge, et attestoient le sentiment que nous conservions de sa perte.

Ci-gît le meilleur des pères et le plus regretté.

Eléonore fut aussi contente de cette production grossière de mon industrie, qu'elle l'eût été du chef-d'œuvre du plus habile artiste. La bonne intention de l'ouvrier lui faisoit excuser tous les défauts de l'ouvrage, et elle me tenoit compte de la peine qu'il m'avoit donnée et du temps que j'avois mis à le faire. Je n'avois pas été moins de trois mois à l'achever.

Il ne faut pas croire néanmoins que dans cet espace de temps, je n'eusse été occupé d'autre chose que de la construction de ce monument. J'avois encore fait avec Eléonore plusieurs voyages au vaisseau, dont nous avions tiré d'abord tout ce qui étoit à notre bienséance, ensuite un grand nombre de choses inutiles ou superflues dans notre position actuelle, mais qu'un changement de fortune, ou des événemens qu'on ne sauroit prévoir, pouvoient nous rendre très-avantageuses. On pouvoit compter entre celles-ci plusieurs caisses de piastres qu'on avoit prises à Cadix pour le commerce de l'Inde; deux mille marcs d'argenterie qui venoient de Londres; une grande quantité de marchandises en balles; dix petits canons (car nous ne pûmes pas enlever les gros, même avec le cabestan); soixante barils de poudre et plusieurs milliers de boulets, des fusils, des grenades, des pistolets, etc.

Les choses plus utiles étoient quelques arbres, quelques pieds de vigne plantés en caisse, qu'on portoit du cap de Bonne-Espérance, beaucoup de graines pour le jardin, plusieurs sortes de pois et de haricots, un peu de riz en épis, et quelques grains de maïs, dix demi-pièces de bière, du verre en table, un alambic, des briques, du fer, de la poterie, des poulies, des voiles, et tout ce que nous pûmes arracher et emporter du corps même du vaisseau.

Toutes ces choses avoient exigé un temps

considérable pour les enlever, les voiturer, et les placer dans le grand magasin. J'avois de plus construit un four avec de la brique et de la terre grasse dont je fis du mortier; j'avois enclos d'une bonne palissade notre cabane avec toutes ses dépendances, c'est-à-dire, notre grange ou magasin, les étables, l'avant et l'arrière-cour, enfin, du côté du midi et joignant la palissade, j'avois entouré d'un fossé un terrein spacieux. Je me proposois de faire un champ de la partie la plus basse, et je fis, de la plus voisine, un petit jardin potager, où je semai une partie de nos plantes et légumes. Tout y réussit à merveille, à l'exception des pommes de terre, qui, sans doute pour être trop germées, ne donnèrent qu'un seul rejeton.

Eléonore m'aida dans la plupart de ces ouvrages, et cependant, si l'on veut y faire attention, l'on conviendra qu'il ne falloit pas avoir perdu son temps, pour avoir achevé tant de choses dans trois mois; il y en eut plusieurs auxquelles ma compagne ne coopéra point. Elle s'occupoit alors à un ouvrage qu'elle avoit fort à cœur, et dont elle vouloit en quelque sorte me dérober la connoissance, jusqu'à ce qu'elle l'eût achevé; mais le hasard me dévoila ce petit mystère.

Un jour que je travaillois seul au fossé du jardin, la soif me fit quitter mon travail pour aller boire à la cabane. Il y avoit plus de deux

heures que je n'avois vu Eléonore, qui, lorsqu'elle ne travailloit pas avec moi, ne manquoit
pas de venir me voir de temps en temps, et particulièrement quand elle passoit et repassoit
pour mener paître nos bêtes aux environs, ou
pour les ramener; elle me portoit même l'eau
nécessaire pour me désaltérer. Cette absence
inusitée me fit croire qu'Eléonore devoit s'être
retirée dans sa chambre pour se dérober au
grand chaud, et qu'elle s'y étoit endormie. En
conséquence de cette idée, j'évitai de faire du
bruit en entrant dans le sallon ; je bus le plus
doucement que je pus, et j'allois ressortir, lorsque j'entendis dans la chambre voisine Eléonore
qui parloit à voix basse, mais avec une action
remarquable.

Alors, curieux de savoir à qui elle adressoit
la parole et ce qui causoit son émotion, j'approchai de sa porte qui étoit entr'ouverte, et je
fus tout étonné de la voir à genoux devant un
tableau posé sur un chevalet. Elle venoit de lui
donner encore quelques touches. C'étoit le portrait de son père, qui frappoit par sa ressemblance, et qui sembloit respirer. Ses yeux surtout auroient fait croire cette toile animée. Eléonore paroissoit en extase devant ce portrait, et
son imagination s'étoit exaltée au point que ce
n'étoit plus un tableau pour elle, mais le bon,
le respectable M. d'Aliban.

L'air de cette fille adorable ne sauroit se

dépeindre : son attitude, son geste, son visage
exprimoient la vénération la plus profonde,
l'amour, l'attendrissement. Elle tenoit encore
le pinceau d'une main et la palette de l'autre
(mais sans s'en apercevoir) : sa respiration étoit
pressée comme celle d'une personne vivemént
émue. Sa bouche restoit à demi close. Ses yeux,
fixés sur ceux de son père, laissoient échapper
des larmes qui, coulant doucement sur ses belles
joues, venoient tomber sur son sein : elle n'entendoit rien autour d'elle ; elle ne voyoit rien ;
elle étoit hors d'elle.

Après un moment de silence, elle reprit la
parole sans élever la voix ; mais, comme j'étois
fort près d'elle et que je prêtois une oreille
attentive, je ne perdis rien de son discours.

« O mon père ! vous savez combien je vous
ai aimé.... Vous savez avec quelle obéissance
j'ai fait taire mon penchant pour le Chevalier ;
avec quelle déférence à vos ordres j'ai traversé
les mers pour vous suivre, et pour aller former
au loin avec le fils de votre ami une union qui
coûtoit à mon cœur..... O père vénérable et
tendre ! voyez maintenant les dangers qui m'environnent, et secourez votre fille.... Séparée
du Monde connu par des mers immenses, seule
avec un jeune homme dans ce désert, que vais-je
devenir ?... Mais que n'a-t-il pas fait pour moi !
Comment refuser ma confiance à tant de sagesse ? Comment n'être pas sensible à de si

grandes preuves d'attachement et à tant de
vertus? et cependant comment écouter sa tendresse?.... Ah! mon père, que n'êtes-vous
parmi nous, vous seriez le soutien de votre
fille et l'arbitre de son sort »....

Ce discours, où Eléonore me donnoit, sans
le vouloir, un témoignage si touchant de ses
sentimens, et qui montroit dans une ame sublime, une timidité si respectable, me causa
tant d'émotion, que, ne pouvant plus retenir
mes transports, j'allai me jeter à ses genoux,
sans songer que se croyant seule, Eléonore se
trouveroit peut-être offensée de voir que je
l'écoutois; mais, au lieu de se plaindre de cette
indiscrétion et de m'en faire des reproches, elle
fut si interdite à ma vue, qu'elle resta muette
de surprise.

« Au nom de Dieu, lui dis-je, chère Eléonore, éloignez de votre ame cette crainte qui
m'humilie. Pourquoi redouter un amant qui
sacrifieroit ses jours et son bonheur à votre
repos? Ai-je manqué jamais au respect qui vous
est dû, et me suis-je montré indiscret ou téméraire? Depuis le jour heureux où je vous vis
pour la première fois, ma conduite ni mon cœur
ne se sont point démentis. Rien n'égale l'ardeur
vive et tendre que j'eus toujours pour vous, et
je n'ai pas cessé de vous aimer lorsque vous
m'enleviez tout espoir, lors même que vous
portiez à un autre un cœur qu'il ne connois-

soit pas. Je ne vous dirai point que j'ai tout
quitté pour vous suivre, puisque le bonheur de
vous servir m'en a si bien dédommagé ; mais
depuis que nous sommes dans cette île déserte,
depuis que nous habitons le même logement,
vous savez jusqu'à quel point j'ai porté la retenue, crainte de vous offenser, et quel soin j'ai
eu de ménager votre extrême délicatesse.

» Je vous aimois, continuai-je, lorsque j'étois
en Europe, et je pouvois, sans crime, attendre
de votre part quelque reconnoissance : vous
croiriez-vous plus coupable de devenir sensible
à mon amour, aujourd'hui que tout vous prouve
la sincérité de mon ame, et lorsque tout nous
fait une loi de nous aimer? Non, ma chère
Eléonore, ce seroit une erreur de le croire.
Votre cœur, né sensible, n'est pas fait pour
être ingrat.

» Il est vraisemblable que nous sommes éloignés pour toujours du reste des hommes. La
vaste étendue des mers qui nous sépare des lieux
habités, ne nous laisse plus d'espoir que dans
notre union. Voudriez-vous vous opposer aux
décrets de la providence qui nous en fait une
nécessité ? Si votre respectable père vivoit encore, s'il habitoit parmi nous, je lui demande-
rois votre main, je le presserois avec instance
d'écouter les vœux de ma tendresse ; et si vous
m'étiez favorable, il consentiroit à nous unir,
non-seulement pour faire notre bonheur, mais

parce que ce seul moyen peut prévenir notre
ruine commune. Peut-il désapprouver où il est,
ce qu'il approuveroit s'il étoit dans ce désert?

» O mon père! m'écriai-je en me tournant
vers le portrait, car quel autre nom puis-je
donner au père d'Eléonore, s'il vous est permis
de connoître ce qui se passe ici-bas, vous voyez
que mon cœur est sincère, que je respecte votre
fille autant que je la chéris, et que je consacre
ma vie à faire son bonheur. J'implore votre
appui auprès d'elle. Vous avez eu tant de pouvoir sur son cœur; rendez-le moi favorable, et
bénissez-nous comme vos enfans ».

Eléonore parut touchée de cette apostrophe,
et, me regardant d'un air timide, elle me dit
en rougissant : « Vous savez que je vous aime;
vous m'avez dérobé ce secret que j'aurois voulu
me cacher. Je ne le dissimule plus; mais qu'at-
tendez-vous de cette découverte et même de
cet aveu? Pensez-vous que je doive approuver
une union si peu régulière? et pourrois-je y
consentir avec honneur, lorsque la mort récente
de mon père me tient encore en deuil. Nous
sommes chrétiens l'un et l'autre, suivons donc
les préceptes de notre religion. Si nous ne pouvons être benis suivant l'usage, parce que nous
n'avons pas ici de prêtre, le temps ou le hasard
peut nous le procurer.

» Toutes les nations européennes et chré-
tiennes qui font le commerce aux Indes, peu-

vent fort bien nous en fournir le moyen. Pourquoi quelque vaisseau ne viendroit-il pas jusqu'à
notre île, puisque le nôtre y est venu? Il convient donc d'attendre quelque temps encore;
et si ce 'que je projette n'est pas possible, si
nous sommes tellement éloignés de la route des
vaisseaux, qu'aucun ne vienne jusqu'à nous,
nous aurons du moins la consolation d'avoir
fait notre devoir, et, forcés par la circonstance, nous ne pourrons pas nous reprocher
d'y avoir manqué.

» Peut-être que les vaisseaux qui passent près
de cette ile ne la visitent pas, parce qu'ils la
prennent pour un écueil stérile et désert. Ils y
viendroient sans doute, s'ils la croyoient habitée.
Nous ne pouvons pas, à la vérité, nous tenir
toujours en sentinelle pour les guetter; mais
qui empêche que, sur la pointe de l'île la plus
apparente, nous ne placions une balise avec un
drapeau blanc, qui, s'annonçant de loin, leur
indiqueroit que des êtres vivans, relégués dans
cette île, réclament leur assistance? Alors ils y
aborderoient; et si, comme je le pense, le temps
confirmoit de plus en plus la bonne opinion
que j'ai de vous, si l'habitude de nous voir étendoit la confiance et nos sentimens réciproques,
je consentirois volontiers à vous donner ma
main ».

L'aveu naïf d'Eléonore fit éprouver à mon
cœur une satisfaction délicieuse qu'il ne con-

noissoit pas; mais la conclusion de sa réponse
étoit bien propre à modérer les transports de
ma joie, en me présentant, à l'égard de notre
union, une perspective si éloignée. Je tâchai de
lui faire comprendre tout ce que je sentois, et
la vive reconnoissance dont j'étois pénétré. Cependant je combattis sa résolution, par toutes
les raisons que l'amour et la prudence surent
me suggérer; mais quoiqu'Eléonore ne parût
pas désapprouver mes discours, elle demeura
ferme dans sa pensée, et tous les efforts que
je fis pour la dissuader furent inutiles. Il fallut
donc soumettre mes desirs à sa volonté, attendre
une circonstance plus favorable, et lui promet-
tie même d'élever un signal sur la pointe de
l'île la plus voisine; ce que je fis quelque temps
après, en attachant une pièce de voile à un
petit mât que je plantai sur mon observatoire,
et en y transportant un petit canon, qui toujours prêt à tirer, pouvoit avertir de notre
existence les vaisseaux qui passeroient assez près
de nous pour être remarqués.

~~~~~~

CHAPITRE XII.

Les occupations du Chevalier se multi-
plient; partage des travaux; premier
défrichement; visite de l'île; choses re-
marquables qu'elle contient; les avan-
tages de cette solitude comparés à ceux
de la société chez les peuples corrompus.

On a vu quelles ont été jusqu'ici mes occupations depuis mon entrée dans l'île. Elles pouvoient suffire à exercer ma force et mon activité;
et cependant elles furent suivies d'autres non
moins importantes. A mesure que notre établissement devenoit plus solide, les soucis de
la prévoyance s'étendoient. Nous n'avions pu
faire des acquisitions ni augmenter nos possessions, sans agrandir le cercle de nos travaux,
sans nous préparer de nouvelles fatigues. Il ne
s'agissoit pas seulement de pourvoir aux besoins du lendemain. La longue perspective que
nous avions devant nous, devoit nous engager
à prendre des précautions pour assurer notre
subsistance, à employer nos soins dans le
temps présent pour recueillir dans l'avenir.

Nous avions encore des provisions de bis-

cuit et de grains : mais elles diminuoient tous
les jours, et si nous ne songions pas à les renouveler par la culture, nous devions nous
attendre à une privation entière des denrées
precieuses de première nécessité. Nous avions
le superflu dans la plus grande abondance,
mais le nécessaire alloit nous manquer. Cette
observation aiguillonnoit ma vigilance qu'excitoit aussi la considération du temps des travaux, qui s'écouloit. Je mis donc, sans tarder,
la main à l'œuvre, et pour perdre de la journée le moins qu'il se pourroit, dès le grand
matin je bêchois la terre ; et quand la grande
chaleur me forçoit de me retirer, j'allois m'occuper de travaux moins pénibles dans l'intérieur du logis. Tantôt j'y façonnois une charrue légère, tantôt j'y fabriquois un moulin à
bras. J'y forgeois mes outils, j'y employois le
rabot et la lime, après la hache et le marteau.
Quelquefois, avec une lunette, je volois à mon
observatoire, d'où je revenois toujours sans
rien découvrir. Enfin, jaloux de soulager ma
compagne, je prenois des soins du ménage tout
ce que je pouvois lui en dérober.

Eléonore me fit d'abord à ce sujet de douces représentations ; elle me pria ensuite plusieurs fois de ne pas m'excéder de travail, et
surtout de ne pas empiéter sur ses fonctions.
Mais quand elle vit que pour lui en éviter la
peine, je cherchois toujours à la prévenir,

elle prit un air plus sérieux, et me dit d'un ton grave :

« Ne m'avez-vous pas assuré que j'étois votre souveraine maîtresse ! —Oui, vous l'êtes, chère Eléonore, et pour toujours. — Ne m'avez-vous pas juré de m'être soumis de cœur et de volonté ? —Oui, je l'ai promis, et je le jure de nouveau pour la vie.— Eh bien, je prétends faire usage de mon autorité ; je vous ordonne en conséquence de ne plus vous mêler des soins du ménage que je me suis réservés, et ne veux point de réplique ».

Elle usoit rigoureusement de son droit ; mais il étoit trop légitime pour m'en plaindre : d'ailleurs cette défense venoit d'une attention trop délicate, et j'étois trop charmé de voir qu'Eléonore me regardoit comme sien, et prenoit en quelque manière possession de moi par cet acte de souveraineté, pour me soustraire à ce commandement et pour en murmurer. Je me soumis donc de bonne grace, et les travaux furent ainsi partagés. Eléonore resta en possession des soins de l'intérieur, des étables, de la volaille et de la boulangerie. Le transport de l'eau, qui m'étoit contesté, me demeura. Mon privilége exclusif fut le labourage, la construction de la chaloupe, la chasse, la coupe du bois et du fourrage. Enfin il fut convenu que le jardinage, la pêche, la construction des édifices, la moisson, les travaux extraordinaires

et les voyages seroient communs , c'est-à-dire
que nous devions nous y employer ensemble.

Le traité fut fidèlement exécuté. Eléonore
s'occupoit assidûment de sa partie, et moi de
la mienne. Avec le secours des vaches , je donnai toutes les façons à nos champs ; car, non
content de celui que j'avois entouré d'un fossé
près de la cabane , j'ouvris un autre champ
sur le bord d'un ruisseau qui pouvoit l'arroser.
Je semai du riz dans celui-ci , et dans le premier du froment , du seigle et de l'orge. Mais
comme j'ignorois les qualités du sol et le changement du temps et des saisons dans ce climat,
je ne hasardai qu'une partie de mes grains , et
cela fut très-heureux. J'avois semé trop tôt.
Tous les grains du champ , au-dessous du jardin , levèrent bien et poussèrent de longues ti-
ges ; mais ils avortèrent par le grand chaud ,
avant le temps des pluies. Le riz réussit mieux ,
quoique médiocrement.

Cette chétive récolte , dont je ne parle ici
que pour éviter d'en faire mention une autre
fois, n'étoit pas encore en état d'être levée ,
que je resolus de parcourir l'intérieur de l'île ,
pour bien connoître nos possessions, et pour
m'assurer par moi-même de la variété de ses
productions naturelles , des différens animaux
qui la peuploient , et des ressources en tout
genre qu'elle pourroit nous fournir. Je m'étois
jusqu'alors si fort occupé de l'établissement de

I.   8

nos affaires domestiques , et de la culture de
nos terres , que je n'étois allé à la chasse qu'une
ou deux fois , encore peu loin de la cabane ,
et que je n'avois pas essayé de pêcher. Je ne
pouvois avoir que des notions imparfaites de
nos domaines ; il étoit donc convenable qu'en
bon administrateur je cherchasse à m'instruire
et que je prisse à cet égard tous les renseignemens que je pourrois me procurer.

Mais avant d'entreprendre cette tournée , qui
demandoit plus d'un jour , il étoit nécessaire de
s'y préparer de loin , et de prendre ses précautions pour faire commodément et sûrement
le voyage. D'ailleurs, comme Eléonore vouloit
m'accompagner , et que la cabane devoit rester
seule , il falloit , avant de partir , pourvoir si
bien aux besoins de nos animaux , qu'ils ne pussent souffrir de notre absence.

Cette grande affaire bien examinée et bien
discutée entre nous , il fut conclu que je cons-
truirois au plutôt la chaloupe , parce que nous
remonterions d'abord la rivière aussi haut que
nous pourrions voguer ; que j'enclorrois, entre
le champ voisin et le rivage , une portion de
la prairie suffisante pour renfermer et nourrir
nos animaux domestiques , qui , sans cette précaution , pourroient aller vaguer au loin et s'é-
garer. Nous devions de plus porter avec nous
de quoi vivre et de quoi camper , et je songeois secrètement au moyen de donner à Eléo-

nore une douce voiture pour la transporter
par-tout, lorsque, sortant de la chaloupe, nous
nous éloignerions du rivage.

En conséquence de ces résolutions, je mis
l'esquif sur le chantier, et j'entrepris d'en rassembler les pièces. Cet ouvrage eût eté fort au-
dessus de mon industrie, s'il eût fallu les préparer et leur donner les dimensions convenables ; mais comme elles étoient toutes façonnées
et numérotés, et qu'il ne s'agissoit que de les
assembler, je me tirai à mon honneur de cette
construction. Je calfatai et j'espalmai cet esquif, qui étant fort petit, fut lancé fort heureusement à l'eau avec le secours de ma compagne : après quoi je l'armai d'un gouvernail,
j'y posai un petit mât qui portoit une voile
triangulaire, et je le garnis de deux rames.

La clôture du pâturage suivit ce premier travail, et n'ayant pas exigé un temps considérable, je passai à l'exécution d'une entreprise
bien différente. Je m'avisai de faire une sorte
de selle pour un de nos ânes que je destinois
à servir de monture à Eléonore. Pour cet effet
je tirai du crin d'un vieux matelas ; je le battis
avec une corde, et l'ayant placé entre deux
toiles neuves, je le piquai. J'eus soin de donner à cette selle la forme et la grandeur re-
quises, et pour y joindre toutes les commodités que je pouvois lui procurer, je la garnis
de deux arçons, que j'attachai, l'un sur le de-

vant et l'autre sur le côté, et je plaçai de plus
vers le montoir un étrier de bois propre à
soutenir, durant la marche, les pieds de notre
voyageuse ; mais je lui dérobai la connoissance
de cet ouvrage, ne voulant lui communiquér
mon dessein qu'au moment où il faudroit le
mettre à exécution.

J'imaginai encore d'emporter avec nous un
matelas et une couverture pour faire coucher
Eléonore, avec une grande pièce de voile pour
enclore l'enceinte des lieux où elle devoit s'arrêter. Je me pourvus d'un parasol pour la garantir du soleil, de deux fusils et de munition
pour la chasse, de filets et d'une ligne pour la
pêche. Enfin, Eléonore fournit la chaloupe
des vivres nécessaires pour un voyage de plusieurs jours. Ces provisions consistoient en biscuit, en eau fraîche, en vin, et en quelques
pièces froides.

Tout étant prêt dans la chaloupe, nous sortîmes un matin par un très-beau temps, au
montant de la marée, emmenant de la cabane
nos chiens et deux de nos ânes, dont ma compagne n'imaginoit pas la destination, et, nous
étant embarqués aussitôt, nous voguâmes doucement vers le haut de l'île.

J'aurois pu accélérer notre course en ramant,
ou encore mieux en déployant la voile, car il
faisoit un petit vent frais qui la favorisôit; mais
j'étois bien aise de voir et d'observer tout ce

qui se présentoit de remarquable sur notre route ;
et dans ce dessein je laissai aller la chaloupe
au gré de la marée, me contentant de la diriger
avec le gouvernail. Assise à côté de moi, Eléonore gardoit le silence ; mais je lisois dans ses
yeux qu'elle se faisoit une fête de ce voyage,
que tout sembloit concourir à rendre plus
agréable.

Son cœur avoit été si long-temps affaissé par
la tristesse ; elle s'étoit nourrie de sa douleur
avec tant de soin, qu'il n'étoit pas étonnant de
la voir se laisser aller d'elle-même, et sans s'en
douter, aux douces impressions du plaisir que
la vue d'une campagne riante produit toujours
sur une ame simple et naïve.

Nous voguions entre les rives d'une belle rivière qui formoit devant nous un canal à perte
de vue. L'air pur et frais du matin, la gaîté du
vallon à l'aspect du soleil levant, le mélange de
lumière et d'ombre, qui varioit la scène de la
campagne de tant de nuances de verdure ; enfin, les saphirs et les rubis de la rosée qui bril-
loient sur les plantes, donnoient un air d'en-
chantement à notre promenade. A mesure que
nous avancions, elle devenoit toujours plus intéressante par la nouveauté des objets qu'elle
nous présentoit, et par l'agréable odeur de divers arbres fleuris qui parfumoit au loin tous
les environs.

Nous aperçûmes bientôt quelques bêtes fauves

courir sur les collines ; nous entendîmes beaucoup d'oiseaux dans les bois ; nous en trouvâmes
plusieurs troupes sur la rivière (1) ; et quand le
soleil fut un peu haut, nous vîmes quelques
tortues qui alloient pondre sur le rivage dans
les endroits où il y avoit du sable, et nous en
prîmes une d'une grandeur médiocre, qui devint la meilleure pièce de nos provisions. Mais
lorsque nous eûmes fait quelques lieues, nous
remarquâmes que le gibier étoit encore plus
abondant de ces côtés. Plusieurs sortes de poissons qui donnèrent dans nos filets ou se prirent
à l'hameçon, achevèrent de nous convaincre
que le côté de l'île que nous parcourions n'étoit
pas le moins favorisé de la nature.

La marée nous porta jusqu'à une demi-jour-
née de la cabane, et lorsqu'elle nous manqua,
j'observai avec surprise que la rivière conservoit
une largeur beaucoup plus considérable et beaucoup plus profonde qu'elle ne devoit en avoir
si elle ne venoit que de la montagne qui bornoit l'horison. Son cours d'ailleurs étoit peu
rapide, ce qui me fit soupçonner que l'île avoit
plus d'étendue du côté de l'ouest qu'elle n'en

_____

(1) Des pingoins, des courlis, des sarcelles, une sorte
de gros plongeons, et des bécassines en très-grand nombre. Je ne voulus pas les tirer, pour ne pas nous charger
de provisions, voyant bien que nous en trouverions dans
les endroits où nous voudrions nous arrêter.

offroit d'abord ; et cette observation se trouva
justifiée dans la suite.

Lorsque nous arrivâmes à cet endroit, nous
avions déjà fait un repas dans la chaloupe, de
sorte que nous pûmes nous occuper entièrement
du soin de la conduire. Le vent étoit bon, je
déployai la voile, et, pour aller plus vîte, je
me mis à ramer des deux mains, tandis qu'E-
léonore tenoit le gouvernail. Nous voguâmes
ainsi légèrement jusqu'à quatre heures, que le
vent tomba. Alors nous abordâmes à la rive
droite, et nous attachâmes la chaloupe à un
arbre du rivage. La montagne nous paroissoit
éloignée de plusieurs lieues de nous, et nous
jugeâmes qu'il nous restoit une petite journée
de chemin à faire pour y arriver. La largeur du
vallon étoit ici plus grande que je ne l'avois encore remarqué.

Quand nous eûmes mis pied à terre, je dé-
barquai quelques provisions, et je fis sortir les
ânes de la chaloupe. Ensuite ayant cherché la
selle, qu'Eléonore n'avoit pas vue parce que je
l'avois cachée, j'en harnachai un de ces animaux, que je lui présentai pour le monter. Eléonore fut sensible au soin que j'avois pris de lui
dérober la fatigue, et à l'espèce de mystère que
je lui avois fait de ma précaution, pour lui
donner le plaisir de la surprise ; mais elle m'assura qu'elle n'en profiteroit pas dans ce moment,
si je le voulois bien.

« Dieu m'a pourvue de deux bonnes jambes,
me dit-elle, et je trouve beaucoup de plaisir à
les exercer : elles n'ont rien fait aujourd'hui.
Voulez-vous qu'à l'exemple de nos dames d'Europe, je dédaigne d'en faire usage, et qu'elles
me soient inutiles ? Les biens que nous tenons
de la nature, la liberté, la santé, la bonne disposition du corps, sont des biens véritables ; les
autres n'ont rien de réel, et tirent tout leur
prix de l'opinion ; mais ici nous rentrons dans
nos droits, et le préjugé ne doit pas y avoir
d'empire. »

J'admirai le bon esprit d'Eléonore dans cette
manière de penser, et, sans insister sur la
mienne, je la laissai faire à sa volonté. Je chargeai de notre équipage un de nos ânes, et je
pris directement le chemin des collines, d'où
je voulois monter jusques aux derniers bords
de l'île du côté du midi. Nous allâmes ainsi
doucement, ayant le soleil à dos jusqu'à ce que
nous eûmes passé la plaine, et que le chemin
devînt raboteux : alors Eléonore ne fit plus difficulté d'employer son âne. Je lui indiquai la
route qu'elle devoit tenir, et, sans la perdre
de vue, je m'écartai à droite et à gauche pour
mieux observer tout ce qui étoit aux environs,
et pour chasser. Nous parvînmes de la sorte
aussi haut que nous pûmes grimper, et nous
nous arrêtâmes près d'un arbre touffu, au pied
duquel nous déchargeâmes nos bêtes. Ce fut là

que je déposai parmi nos provisions une jeune gazelle que j'avois tuée, seul gibier que j'eusse tiré.

Le soleil, qui se cachoit derrière la montagne lorsque nous arrivâmes, nous avertissoit qu'il étoit déjà temps de préparer le souper. Je fis du feu; Eléonore s'occupa de la cuisine, et tandis qu'elle y travailloit, je lui dressai, avec des branches et la voile que j'avois portée, une espèce de tente qui pût la mettre à l'abri des influences de l'air. Pour moi, je devois reposer de l'autre côté de l'arbre, enveloppé dans une couverture dont je m'étois muni. Ma couche étoit toute prête; ainsi l'arrangement du gîte fut fait avant même que le soupé fût cuit. Mais, comme il restoit encore plus d'une heure de jour, j'allai à la découverte sur la crête voisine, persuadé que j'aurois le temps de revenir avant que les apprêts de nos alimens fussent achevés.

Nous n'étions guère qu'à deux portées de fusil de l'endroit le plus haut. J'y parvins en peu de minutes. La côte de l'île n'étoit là ni moins droite ni moins dangereuse; elle me parut même plus élevée que partout ailleurs; en sorte que, du haut de cette espèce de rempart, on voyoit, d'un côté, la mer dans une étendue immense; de l'autre, une partie de l'île dans sa plus grande largeur, et le cours de la rivière, qui sembloit sortir du pied de la montagne. La nature, qui

8*

se montroit autour de moi si magnifique ou si
riante, avoit du côté de l'ouest un aspect fier et
imposant, et y déployoit moins sa richesse que
sa grandeur.

Je tournaï ma lunette vers la montagne ; mais
comme l'ombre la couvroit déjà, je ne vis dans
cette longue masse qu'une chaîne continue de
rochers escarpés, qui, fermant ce côté de l'île
comme d'une barrière, me donnèrent lieu de
croire qu'il étoit inaccessible. J'observai seulement entre les cimes inégales de ces rochers,
d'autres cimes de montagnes éclairées du soleil, et plus éloignées que les premières, qui
me firent juger que l'île s'étendoit beaucoup au
nord-ouest, et que nous n'en voyions que la
moindre partie.

Je retournai vers Eléonore, tout occupé de
ces observations dont je lui rendis compte. Elle
estima, comme moi, que l'île devoit être plus
grande qu'elle ne le paroissoit, et qu'il importoit de nous en convaincre autant qu'il étoit
possible, ce qui étoit aussi mon dessein, pour
l'exécution duquel j'aurois voulu que la nuit
fût déjà passée. Cependant ma compagne éten-
dit la nappe sur la pelouse, et nous servit chair
et poisson : tout étoit cuit à propos ; nous fîmes
un très-bon repas, après quoi, ayant attaché
les ânes non loin de nous, et mis nos chiens en
sentinelle, nous allâmes nous coucher de bonne
heure, pour nous lever plus matin.

A peine étoit-il jour, que j'entendis ma compagne se lever. Je fus debout à l'instant. Notre toilette fut bientôt finie. J'arrangeai tout pour le départ, et nous nous remîmes en route avec tous nos compagnons, pour rejoindre la chaloupe sur le rivage. Eléonore vouloit, comme la veille, faire le chemin à pied; mais sur mes représentations, elle reprit sa monture, pour éviter d'être mouillée par la rosée. L'herbe de la plaine que nous allions traverser en étoit couverte. Nous rentrâmes bientôt dans notre esquif; et quand tout y fut à sa place, la brise s'étant levée fort à propos, nous fîmes voile, et je ramai de mon mieux pour remonter le courant jusqu'à la montagne.

A mesure que nous en approchions, l'aspect nous en paroissoit plus effrayant. Ce n'étoit plus ce lointain azuré, qui, vu de l'autre bout de la plaine, charmoit les yeux par son agrément. Depuis le milieu de sa hauteur, elle n'offroit que des rochers nus, escarpés, élevés inégalement l'un sur l'autre, et profondément sillonnés en certains endroits par des crevasses et des ravines énormes. En même temps nous entendions à notre droite un bruit sourd comme d'un tonnerre éloigné ou d'un torrent rapide, sans que nous pussions imaginer d'où ce bruit provenoit.

Nous étions dans l'étonnement que devoient nous causer tous ces objets, lorsque je m'aperçus

que le courant de la rivière avoit beaucoup plus
de vîtesse, et que la difficulté d'avancer augmentoit à mesure que nous la remontions. Je
pris donc le parti de descendre sur la rive
gauche, et ayant attaché la chaloupe, je me
mis en route avec Eléonore pour gagner des
collines fort élevées que nous avions au nord-
ouest. Il me sembloit que, de leur sommet, il
me seroit facile d'examiner l'état de la montagne, de reconnoître la mer du côté du nord,
et ces cimes élevées que j'avois aperçues la veille
dans l'éloignement, de découvrir enfin ce qui
causoit le bruit que nous entendions. Mais,
quoiqu'à cet égard mon attente ne fût point
trompée, je trouvai les choses bien différentes
de ce que je les croyois. Les collines qui me
paroissoient contiguës à la montagne, s'en trouvèrent séparées par une vallée profonde; la
montagne elle-même, comme déchirée et coupée du haut en bas, donnoit par cette ouverture un passage à la rivière, qui, venant d'un
terrein supérieur et tombant avec fracas non
loin de-là, faisoit une cataracte d'une très-grande
hauteur. C'étoit le bruit de cette cataracte qui
nous avoit surpris.

J'en approchai autant que je pus, et j'allai
au-dessus des précipices qui l'environnoient jusqu'à une pointe fort avancée, d'où je pouvois voir
la montagne à revers le gouffre bouillonnant de
la rivière. Eléonore m'avoit suivi. Je n'y avois

consenti qu'avec peine, et je vis plus d'une fois
le moment. où j'aurois lieu de m'en repentir.
Tout ce qui frappoit la vue dans cet endroit
faisoit frissonner. Il seroit impossible de faire
une description exacte des objets superbes et
terribles qui nous entouroient.

A gauche, et assez loin de la montagne qui
n'avoit pas beaucoup de largeur, on voyoit une
enceinte de rochers noirs au-dessus d'un creux
très-vaste. Cette coupe immense, ou plutôt cet
abîme, paroissoit avoir été le foyer d'un volcan
éteint. Autant qu'on pouvoit en juger par la
distance, les pierres en étoient calcinées. Le
terrein au sud-ouest étoit sans doute le reste
d'une montagne bouleversée par quelque tremblement de terre. Tout y montroit le désordre
et la confusion. Devant nous, la rivière tomboit à travers des roches pendantes dans une
cavité si profonde et si couverte, que le soleil
n'y pouvoit pénétrer, et qu'on éprouvoit une
sorte d'horreur en la sondant de l'œil. Enfin
nous avions à droite la chaîne de rochers qui
entouroient l'île, et elle étoit là tellement es-
carpée, qu'elle ne sembloit qu'un mur d'une
hauteur prodigieuse entre la rivière et la mer.

Notre curiosité, bientôt fatiguée de ce spectacle, nous invitoit à porter nos recherches sur
d'autres objets. Ainsi nous quittâmes ces cimes
redoutables pour chercher des scènes plus satisfaisantes. Nous tournâmes nos pas vers la crête

du nord, d'où nous découvrîmes une mer sans
bornes et la partie de l'île dont j'avois soupçonné l'existence. La lunette m'y fit voir une
terre fort élevée, des côtes fort droites, et à
une grande distance une montagne qui fumoit
et que je pris pour un volcan (1).

La connoissance que nous venions d'acquérir
de cette partie de l'île, devoit naturellement
nous faire estimer davantage celle que nous
habitions, et nous la rendre plus agréable. Aussi
tournai-je mes regards avec bien de la complaisance du côté du vallon. Eléonore en fit de
même et se trouva charmée de le revoir. C'est
ainsi que les choses brillent ou acquièrent du
prix par les contrastes, que le repos nous plaît
davantage après la fatigue, et le bonheur après
l'adversité.

Eléonore fit cette réflexion comme moi, et
je fus bien aise de la voir dans cette idée, où
j'avois dessein de l'entretenir. Nous descendîmes
au-dessous de la crête; et la position où nous
étions alors, nous donnant la facilité de voir presque tous nos domaines, nous nous assîmes pour
avoir le plaisir de les contempler, tandis que
nous ferions notre dîner des restes de la veille.

---

(1) La partie de l'ile que nous avions parcourue, avoit
à peu près la forme d'une navette, dont la baie et la
montagne faisoient les deux bouts. La totalité représen-
toit une jambe et un pied, ou l'Italie renversée.

Nous mangeâmes de bon appétit; mais ce qui fit pour moi le plus grand charme du repas, ce fut la confiance qu'Eléonore me montra dans les propos que nous tînmes, et la complaisance avec laquelle elle reçut l'effusion de mes sentimens. Nous revînmes insensiblement sur nos aventures, et nous reportâmes nos pensées jusques sur notre patrie.

Au nom chéri de la France, je vis Eléonore soupirer, et ses yeux se couvrir de larmes. L'amour que j'ai pour mon pays m'attendrit aussi, et je ne pus cacher ma sensibilité. La mémoire des lieux chers à mon enfance, mon affection pour mes parens et pour mes amis, enfin ce que je devois au gouvernement qui m'avoit protégé, et aux hommes qui m'avoient rendu service, excitoient naturellement des regrets dans mon cœur, en réveillant ma reconnoissance. Mais c'étoit plutôt un souvenir tendre, qu'une véritable affliction. Eléonore me tenoit lieu de tout. Mes desirs ne s'étendoient pas au-delà de mon île.

C'étoient sans doute les mêmes causes qui agissoient sur l'ame d'Eléonore, et qui produisoient ses regrets. Sa sensibilité n'annonçoit que son bon cœur. Mes soins et ma constance m'avoient fait aimer. Elle ne me cachoit pas sa tendresse, et cependant, le dirai-je! je craignis un moment d'avoir encore à combattre dans son ame le souvenir d'un amant regretté;

et cette folie me donna de l'inquiétude, tant
un amour excessif est facile à s'alarmer. Eléonore eut bientôt dissipé ces nuages. Ses sou-
venirs avoient sur-tout pour objet deux bonnes
amies qu'elle laissoit à Bordeaux ; elle regrettoit en même-temps les douceurs de la société
qu'on trouve chez tous les peuples civilisés, et
particulièrement en France, où les femmes sont
traitées avec tant d'égards.

« Eh quoi ! chère Eléonore, lui dis-je, vous
vous trouveriez à plaindre d'avoir perdu les
plaisirs frivoles de cette société ? Un esprit
aussi juste que le vôtre n'en sent-il pas le peu
de valeur ? C'est ici que la solidité de votre
caractère doit vous faire trouver le bonheur
véritable, lorsque vous consentirez à faire le
mien. N'êtes-vous pas ici plus souveraine que
les Monarques sur leurs trônes ? Tout ce que
vous voyez dépend de vous. Vous régnez absolument sur mon cœur, vous avez un ami tendre
et sincère, et vous ne pouvez en douter. Quel
est l'homme, quelle est sur-tout la femme dans
vos sociétés, qui pût se glorifier de cet avantage ?

» Faites d'ailleurs la comparaison des plaisirs
de notre solitude, avec ceux de ces sociétés si
louées chez les peuples civilisés et corrompus ;
vous verrez combien notre île mérite de préférence dans votre estime. Ici la nature nous
donne des plaisirs simples, aisés, tranquilles ;

ailleurs les hommes s'en sont fait d'imaginaires, d'embarrassans, de difficiles à acquérir. Là, les passions les agitent, l'inconstance les tourmente, et l'ennui les dévore. Ici, des goûts naturels nous font trouver de douces jouissances, et le travail nous dérobe à l'ennui.

» Je ne vous parle point des ridicules innombrables qui déparent ces sociétés; mais combien de vices et de crimes le choc des passions y fait naître! N'y cherche-t-on pas sans cesse à vous surprendre, à vous séduire? La politesse y tient lieu de sentiment; on y remplace la vertu par l'hypocrisie, l'amitié par de vaines ostentations; et l'amour même, ce feu sacré de la nature, n'y est plus qu'un commerce trompeur, presque toujours honteux ou frivole ».

« Ces désordres, me répondit Eléonore, sont inséparables de la société. Où il y a beaucoup d'hommes, on en voit toujours de faux et de perfides. Mais le mal est-il sans mélange? N'y trouve-t-on pas des hommes vrais, honnêtes, bienfaisans?... Oui, sans doute, repris-je, et il seroit trop malheureux qu'il n'y en eût point. Mais ils sont rares, ils sont cachés: le vice, au contraire, se montre par-tout avec audace, et nous afflige par son triomphe et son impunité. Souvent même, s'il ne réussit pas à nous rendre ses complices, il ne parvient que trop aisément à faire de nous ses victimes. Ici, du moins, nous sommes à l'abri de ses exemples conta-

gieux et de ses funestes atteintes. Il ne peut
rien contre nous. Ici, au sein même de la vertu,
nous ferons notre bonheur mutuel. Le ciel
même légitime notre union. Tout nous en fait
un devoir ; et qu'attendrions-nous à la former?

» J'ai subi les épreuves auxquelles vous m'a-
viez soumis, et vous cherchez à les prolonger!
Vous savez qu'après Dieu, nous sommes l'unique soutien l'un de l'autre. Que deviendriez-
vous dans cette solitude, si quelque événement
imprévu alloit me faire périr? Que deviendrois-
je moi-même, si quelque catastrophe venoit à
vous enlever? Le malheureux qui survivroit,
n'ayant sous les yeux aucun objet qui pût le
consoler de cette perte, ne tarderoit guère à
succomber. Cédez donc, chère Eléonore, à des
motifs si pressans; cédez à mes tendres instances, qui n'ont que vous pour objet, et rendez
à jamais cette île fortunée, en assurant le bonheur de tous deux ».

Eléonore, embarrassée, ne savoit que me répondre. Sage, timide, et d'une délicatesse qui
alloit jusqu'au scrupule, elle n'osoit prendre
aucun parti. Elle craignoit d'y penser, et se
défendoit d'acquiescer à une démarche devenue
nécessaire, comme si sa conscience eût dû s'en
alarmer. Si son père avoit vécu, et si nous avions
été dans une société policée, elle m'eût donné sa
main sans hésiter; mais ici, la privation de tous
les secours que pouvoit lui faire desirer la reli-

gion, la tenoit en suspens. De-là, ses combats inté-
rieurs et son embarras, qu'elle ne pouvoit me
cacher ; de-là, cette réponse peu consolante :

« Je sens tout le poids de vos raisons, je suis
touchée de vos instances ; mais je ne puis encore
vous satisfaire. Le temps seul, en me démon-
trant l'impossibilité de m'unir à vous d'une manière solennelle, peut me déterminer à recevoir
votre foi, et à m'engager à vous sans témoins.
Ne vous affligez point de cette réponse, le temps
d'épreuve finira. Si je n'écoutois que mon cœur,
vous n'auriez point à vous plaindre ; mais la
voix de mon devoir mérite la préférence ; et
j'aime mieux risquer de tout perdre et m'affliger moi-même, que de faire jamais rien que je
puisse me reprocher ». Cette sévérité m'arracha
des larmes. Eléonore en parut émue ; mais elle
ne changea pas de dessein.

Après cet entretien, nous quittâmes tristement des collines pour retourner à la chaloupe ;
mais nous n'y arrivâmes pas d'abord, ni même
directement. Je desirois parcourir, en chassant,
ce côté de l'île, pour acquérir toujours plus
de connoissance du pays, et pour faire une
provision de gibier que je voulois emporter à
la cabane. Eléonore m'accompagna quelque
temps ; ensuite, satisfaite, de m'avoir vu tuer
quelques pièces de gibier, et peut-être fatiguée
de la course que nous avions faite depuis le
matin, elle rentra dans la barque, où, tandis

que je continuois à chasser, elle s'amusa à tendre les filets et à pêcher à la ligne.

Lorsque j'eus battu les vallons et les côteaux couverts de bois, dans une étendue assez considérable, je revins à la chaloupe, chargé du produit de ma chasse. Je portois, avec un jeune chevreuil d'une espèce qui me parut moins grande que celle d'Europe, un petit animal qui ressembloit au lapin, mais qui avoit le poil plus dur et plus ras, la queue fort longue, et les oreilles courtes et arrondies. Je l'avois tué sur un arbre. Il se suspendoit avec sa queue à une branche pour en manger le fruit. Je portois aussi plusieurs oiseaux que je ne connoissois pas, un, entr'autres, de la figure du pluvier doré, mais plus gros, et d'un plumage magnifique, mélangé de bleu et de violet; enfin un de ces perroquets à queue rouge, qui me parurent communs dans ce canton de l'île.

Je trouvai qu'Eléonore avoit déjà fait une assez bonne pêche. Nous passâmes deux nuits près du rivage; et après avoir parcouru des deux côtés les collines et les plaines, nous redescendîmes la rivière, toujours pêchant ou chassant, et nous arrivâmes à la cabane, le quatrième jour au soir depuis notre départ, avec une provision copieuse de poisson et de gibier de toute espèce.

CHAPITRE XIII.

Tableau de la partie basse de l'île. Précis de ses diverses productions. L'auteur boucane du gibier, sèche du poisson, et trouve du sel. Fanaison ; réparation des édifices ; secondes semailles ; mauvaise saison ; contestation entre l'Auteur et Eléonore.

La tournée que nous venions de faire dans une partie de l'île, me donna la plus haute idée de la valeur de nos possessions. Il seroit difficile de trouver dans le monde un pays plus charmant. L'aspect en est admirable. Il présente souvent des fontaines, des ruisseaux ou de petites rivières, qui adoucissent par leur fraîcheur la grande chaleur du climat. Les arbres, qui ombragent les côteaux d'une perpétuelle verdure, sont chargés de fruits ou de fleurs. L'air y est surtout agréablement parfumé par la suave odeur d'une espèce de jasmin, et par beaucoup de rosiers de Chine. Tous ces objets flatteurs font sur les sens une douce impression. Ils retraçoient à notre esprit l'époque la plus brillante de la nature, et ce jardin délicieux,

qui, séjour de nos premiers pères, fut le berceau du genre humain.

Ce que l'île me parut contenir de plus remarquable en quadrupèdes, se réduit à un petit
nombre d'espèces, la plupart du genre des
chèvres; la gazelle, le chamois, le bouquetin.
Je trouvai de plus une sorte de chat musqué,
dont on pourroit, je crois, tirer un parfum
semblable à la civette; un animal de la grandeur d'un chien, qui vit de fruits, et que je
nommai *barbu*, à cause d'une touffe de poil
qu'il a sous le menton; le petit lapin grimpant
à longue queue, et plusieurs écureuils gris,
parmi lesquels est une espèce singulière par sa
grande légèreté, qui les rend comme volans.
Cette partie de l'île n'a point d'animaux car-
naciers, et, contre mon attente, je n'y vis pas de
singes, qui sont si communs dans les Indes.

L'espèce des oiseaux y est plus riche et plus
variée. Tous ceux qui habitent les bois, brillent
des plus belles couleurs. Leur chant me parut
moins agréable que celui des rossignols et des
chardonnerets; mais en revanche, la chair de
plusieurs est exquise. Ils devenoient pour nous
des mets très-délicats. J'en trouvai quelques-uns
d'analogues à ceux de l'Europe; des poules de
couleur grise, piquetée comme la perdrix, qui
diffèrent des nôtres par leurs corps ramassés et
leurs pattes courtes, et des tourterelles de trois
sortes, dont les premières sont grises et grosses

comme des poulardes, les secondes plus petites, les troisièmes vertes et excellentes. Parmi les espèces les plus remarquables, je puis noter un oiseau de la grosseur d'une oie, qui se perche sur les plus grands arbres, près des lieux humides, difficile à prendre, et très-bon à manger. Ses plumes sont noires et roussâtres. Il a sur la tête une sorte de couronne rouge, de même matière que le bec, dont elle fait partie; des perroquets blancs, et de jolies petites perruches de diverses couleurs; un très-petit oiseau, qui n'a guère plus de volume qu'une guêpe, admirable par la beauté de ses couleurs mélangées de bleu, de fauve et de rouge. Mais celui qui me parut mériter la préférence, est de la grosseur d'un faisan. Le plumage en est mélangé de rouge, de violet, de blanc et de noir. Il a sur la tête une crête jaune, une barbe de plumes sous le cou, et la queue fort touffue. Les oiseaux aquatiques y étoient communs, et l'expérience nous apprit qu'en certaine saison ils devenoient une des meilleures ressources de notre cuisine. Eléonore trouva le moyen d'en apprivoiser quelques-uns, qui augmentèrent bientôt les richesses de notre basse-cour.

La rivière nous offroit une infinité d'excellens poissons, tels que le saumon, l'alose, le cabliau, l'anguille : la mer nous donnoit un maquereau plus grand et plus blanc que celui qu'on pêche sur les côtes de France, et deux fois tous les ans une sorte de harengs dans la plus grande profusion. L'une et l'autre nous fournissoient des écrevisses et des cancres, des loutres et des tortues.

Je ne reconnus dans les bois aucun des arbres fruitiers des climats septentrionaux, car je ne compte point l'oranger ni le citronnier, que j'y trouvai, et que l'Europe doit à l'Asie; mais la nature avoit amplement dédommagé l'île en y faisant croitre d'autre végétaux précieux, propres à cette partie du Monde. Outre le cannelier, le muscadier, le giroflier et le poivre, on y voyoit une espèce de palmier (1) qui produit un fruit excellent, et dont le bois, l'écorce, les feuilles servent à mille usages ; le cotonnier, le calebassier, le cafier, le manguier, un arbre dont je tirai dans la suite une sorte de suif, un prunier avec des fruits à pepins, et de la canne de la grosseur de la jambe (1). Plusieurs autres arbres recommandables par leur grandeur et leur beauté, par leurs fleurs, leurs fruits, et les différentes gommes qui en découlent ; l'indigo sauvage, le cacao, le sucre ; enfin les bois et les écorces propres à diverses teintures, et généralement tous les bois précieux des pays chauds,

---

(1) C'est sans doute le cocotier, l'arbre le plus utile que l'on connoisse. (*Note de l'Editeur.*)

(2) Vraisemblablement le bambou.

que l'on emploie aux meubles et à la menui-
serie, sont ici en très-grande abondance.

La terre y nourrit des racines et des plantes
bulbeuses en assez grand nombre. J'appris à en
connoître les qualités nutritives et les proprié-
tés utiles ; en les donnant à nos animaux domestiques, qui ne manquoient pas de refuser
celles qui pouvoient être dangereuses. On n'y
trouve point de reptiles venimeux, ce qui est
un prodige dans les pays chauds, et les insec-
tes n'y sont point trop incommodes. Il y a quelques abeilles sauvages qui font leur miel dans
les fentes des rochers, d'autres suspendent leurs
ruches à des branches d'arbres, en forme de
citrouille alongée, et des fourmis aîlées y fa-
briquent sur des branches une sorte de laque.

Telle est la partie basse de l'île ; tel est l'état
succinct de ses productions naturelles, dont
je fis à Eléonore un ample détail, pour lui
donner une idée toujours plus avantageuse de/
nos domaines, et pour étendre de plus en plus
chez elle le goût de la propriété.

La vue des provisions abondantes que nous
avions tirées de notre voyage, devoit contribuer au même effet. Je les mis avec complaisance sous les yeux d'Eléonore, qui ayant travaillé ainsi que moi à les rassembler, se fit un
plaisir d'en contempler la variété.

« Voilà beaucoup de bien, me dit-elle ; mais
nous avons poussé trop loin notre prévoyance.

I. 9

Nous ne pourrons consommer qu'une partie de ces provisions ; la chaleur du climat ne nous permettra point de conserver le reste, il se corrompra bientôt. Avec plus de modération, nous n'eussions rien perdu. Le superflu est en pure perte, que voulez-vous faire, je vous prie, de tant de viandes et de poissons » ?

« Ne croyez pas, lui dis-je, perdre de ces vivres ce que nous ne pourrons manger dans quelques jours. Il est plusieurs manières d'empêcher la corruption. Les calculs du besoin et les essais de l'industrie en ont trouvé les moyens infaillibles. Ils sont aujourd'hui connus chez toutes les nations. Nous savons que les viandes salées, que celles sechées au vent ou à la fumée se gardent long-temps sans se gâter ; que ces moyens suffisent pour conserver le poisson. Qui nous empêche de les mettre en œuvre pour conserver le nôtre ? Qui nous empêche d'enfumer ou de saler notre gibier ? Si nous n'en connoissons pas les procédés, l'expérience nous les apprendra ; c'est à ce guide sûr que nous devons le succès de toutes nos entreprises. Cessez donc d'être inquiete sur notre superflu, qui va devenir, par nos précautions, une provision assurée pour l'avenir. Il est vrai que nos mets n'auront pas la même délicatesse que dans leur fraîcheur ; mais le travail et le besoin rendent le goût moins difficile.

« Il ne nous manque qu'une chose pour

l'exécution de ce dessein. Nous n'avons ici de
sel que le reste de celui que j'ai tiré du vaisseau, et le sel est pour nous une avance indispensable. Je crois que nous en trouverons quelque part autour de l'île, et dans la suite je me
charge d'en faire assez en peu de mois pour
en fournir très-long-temps une famille comme
la nôtre : en attendant, allons à la recherche
de celui que la Nature nous a préparé, et ser-
vons-nous de ce présent de sa main libérale
pour conserver notre poisson ».

Là-dessus nous quittâmes la cabane, et étant
entrés dans la chaloupe, nous sortîmes de la
baie pour côtoyer l'île du côté de l'est, où je
m'étois aperçu que le cordon de rochers qui
l'entouroient avoit plus de base qu'ailleurs.
Il régnoit au-devant une sorte de ressif (1) qui
en rendoit l'approche fort difficile, lorsque la
mer étoit agitée; mais, dans le calme, on en
voyoit les pointes qui paroissoient çà et là
au-dessus de l'eau, et l'intervalle pouvoit laisser
le passage libre à une barque légère. Nous na-
viguâmes doucement entre ces écueils avec
toute la circonspection que la prudence pouvoit nous suggérer, et bientôt, suivant mon
attente, nous trouvâmes, dans différens creux
de rochers, de très-beau sel cristallisé. Nous
le mîmes en morceaux à coups de rame, et

---

(1) Le ressif est une chaîne de rochers à fleur d'eau.

en ayant fait une suffisante provision , nous revînmes sans accident à la cabane , où nous déposâmes notre chargement.

· J'élevai ensuite à la hâte une petite cahute d'environ cinq pieds de haut, que je fermai le mieux que je pus. Je la couvris de claies. J'y établis une sorte de gril de bois , sur lequel je mis la chair des bêtes que j'avois tuées , après l'avoir coupée par morceaux et saupoudrée de sel; puis ayant allumé du feu dessous, j'y fis brûler , à la manière des Sauvages d'Amérique , les peaux et les os de ces bêtes , ce qui donna à mes viandes une couleur vermeille et une odeur excellente , et les rendit en quelques semaines propres à être conservées cinq ou six mois.

Quant à mes poissons , j'en séchai une partie à la fumée , et j'encaquai l'autre dans des tonneaux vides, où je n'épargnai pas le sel pour leur préparation. Je n'y réussis pas néanmoins cette fois supérieurement; mais j'eus souvent depuis occasion de répéter cette expérience , et je devins si habile dans l'art de saler et de sécher le poisson, que peu de pécheurs de morue ou de hareng auroient pu me disputer la palme en ce genre.

O vous ! Censeurs oisifs qui habitez nos grandes villes , si vous lisiez ces Mémoires, vous trouveriez peut-être que ce talent que je vante mérite fort peu d'estime ; vous plaisanteriez sur

l'invention et le succès dont je m'applaudis ici.
Mais si la Providence vous avoit jetés dans une
île déserte, sans doute vous changeriez de langage, et le talent du pêcheur habile vous paroî-
troit bien préférable à tous les talens inutiles dont
vous faites un si grand cas.

Il faut avouer néanmoins que l'importance
de cet art ne s'offre pas également aux yeux de
tout le monde, puisqu'Eléonore elle - même
n'en sentoit pas tout le prix. Elle me dit le soir,
dans une conversation que nous eûmes sur cette
matière, qu'il eût été plus avantageux et sans
doute plus agréable pour nous de ne prendre
des animaux de l'île qu'à proportion que nous
en aurions besoin pour notre nourriture; que
l'île étoit comme un parc, er la rivière un vi-
vier dont nous avions les habitans sous la
main.

« Il est vrai, lui répondis-je, qu'ils sont en-
fermés dans cette enceinte; mais nous la trouverons bien vaste, s'il faut la parcourir chaque
fois que nous aurons besoin de la chair des animaux. Quand ils seroient encore plus nombreux, il faudroit toujours un temps considérable pour s'en emparer, et le temps doit être
pour nous d'un grand prix, puisqu'il nous reste
tant de choses à faire. La saison d'ailleurs n'est
pas toujours commode, ni la chasse toujours
heureuse : aussi les peuples chasseurs ne vivent-
ils que précairement ; mais ils avancent vers le

bonheur, lorsque de la vie errante ils passent à la vie pastorale, et surtout lorsqu'à l'aide de celle-ci, ils multiplient les fruits de la terre en s'adonnant à l'agriculture.

» Les provisions que nous avons faites, en assurant notre subsistance, nous donnent la liberté de disposer de nous tout le temps qu'elles dureront : c'est une avance pour les travaux que nous voudrons entreprendre jusqu'à cette époque. Or les avances sont nécessaires à toute entreprise, et particulièrement à celle de forcer la terre à produire tous les ans.

» L'agriculture seule peut fournir abondamment à tous les besoins de la vie : elle seule rend la société durable et prospère; mais elle ne donne ses fruits qu'en raison des travaux. Ceux du Cultivateur sont de longue durée : il faut de la constance; mais il faut des subsistances pour travailler et pour s'occuper de la culture, depuis le défrichement jusqu'à la moisson. Combien de gens, dans notre Europe, s'imaginent qu'il ne faut que des bras pour semer et recueillir, et qui ne font pas attention qu'il faut avoir dîné pour solliciter la terre à produire ! Les provisions que nous avons tirées du vaisseau, nos animaux, nos outils, nos chairs salées, sont nos avances pour nos moissons à venir; mais si quelque malheur me privoit tout d'un coup de ces avances, je serois forcé, pour vivre, de donner à la recherche des

subsistances, le temps qu'aujourd'hui je peux
donner au travail.

» La diminution des avances diminue le produit ; et voilà pourquoi, dans les sociétés mal
dirigées, les gouvernemens qui diminuent ces
avances ruinent la société.

» Pardonnez, chère compagne, cette petite
digression ; elle n'est point au-dessus de la justesse et de la sagacité de votre esprit. Obligés
de tenir ici conseil sur nos travaux, et, s'il
plaît un jour au ciel et à vous, sur ceux d'une
postérité dont le bonheur sera notre principal
devoir et notre plus douce félicité, nous ne
pouvons nous faire des principes trop solides
et trop bien fondés sur la nature des choses. On
ne réussit à rien sans y avoir pensé d'avance,
et le bonheur d'éclairer sa raison en communi-
quant toutes ses réflexions à l'objet qu'on chérit et qu'on estime, n'est pas un des moindres
plaisirs de l'amour honnête. »

« Je vous rends graces, mon ami, me dit
Eléonore, et des choses importantes que vous
venez de me dire, et de ce que vous m'appelez
au conseil, lors même que c'est vous qui me
donnez des instructions. Les vôtres me seront
toujours chères, et je vous promets toute mon
attention lorsque vous jugerez à propos de les
développer davantage. Elles tiennent à des
choses d'une si grande utilité, ou, pour mieux
dire, qui sont si indispensables dans la circons-

tance où nous sommes, et nous avons un si
grand besoin d'étudier l'histoire de la nature,
de connoître tout ce qui peut adoucir notre état
et servir de base au bonheur de l'humanité,
que vous trouverez toujours votre compagne
aussi disposée à profiter de vos lumières, que
touchée des services que vous lui avez rendus. »

Eléonore rougit en prononçant ces mots; je
rougis aussi, et ne pus m'empêcher de mettre
un genou en terre et de baiser sa main, qu'elle
ne retira que foiblement. Nous gardâmes tous
deux le silence, et ainsi se termina cet entretien, que des Lecteurs frivoles pourroient trouver singulier dans notre situation entre deux
personnes de notre âge.

D'après ce que j'avois lu et ce que j'avois
ouï dire de la température des climats de l'Inde
dans la latitude où nous étions, je savois qu'elle
étoit contraire à celle de l'Europe; en sorte que
quand celle-ci avoit l'hiver, cette partie de l'Inde
jouissoit de la plus belle saison et du temps le
plus chaud; et lorsque l'été régnoit sur la première, l'autre étoit inondée de grandes pluies,
qui tiennent lieu d'hiver aux terres voisines du
Tropique. Je voyois en conséquence que nous
approchions de la saison pluvieuse, et qu'il
n'y avoit pas de temps à perdre pour faire tous
les travaux que la prévoyance exigeoit de nous
jusques-là.

Le peu de succès de mes blés avortés par la

grande chaleur, m'avertissoit de ne confier mes
semences à la terre que peu de jours avant les
pluies; il me restoit à semer une partie de mon
champ. Je préparai tout pour cela, de manière
que je n'eusse plus qu'à jeter le grain et à le couvrir avec une herse que j'avois fabriquée à cet effet. Un jour ou deux devoient suffire pour remplir
cette tâche; mais d'autres objets, quoique moins
importans, demandoient un temps plus long.
Il falloit ramasser la pâture nécessaire pour nos
bêtes durant la mauvaise saison, et j'avois à réparer les toits et les cloisons de nos bâtimens,
pour les garantir d'une humidité longue et fâcheuse. Eléonore devoit à la vérité partager ces
travaux; mais, avant de les entreprendre, j'a-
vois des préparatifs à faire, qui ne regardoient
que moi seul.

Il me manquoit un instrument propre à
couper les foins, et un autre bon pour scier les
blés, en sorte que je m'étois vu contraint d'arracher la paille de ma chétive récolte, et que
j'étois embarrassé pour faucher nos prairies;
mais, après y avoir pensé, après avoir bien examiné ce que je pouvois faire à cet égard, je
tirai de notre arsenal une longue rapière et un
large sabre, et j'entrepris d'en fabriquer une
faucille pour les gerbes, et une faulx pour le
foin. Je mis aussitôt la main à l'œuvre, et les
faisant passer à la forge, j'arrondis l'épée en
demi-cercle; j'en amincis l'intérieur avec la

9*

lime, et je le dentai avec le ciseau. Pour le sabre,
j'en inclinai le bout, et j'en réduisis assez bien
la lame aux dimensions convenables; mais le
talon ou la partie par où il faut l'emmancher
exerça long-temps ma patience. Je dois avouer
ici que, quoi que je fisse pour le rendre con-
forme à l'idée que je m'en étois faite, je ne fus
jamais satisfait de mon travail. Malgré cela
pourtant, j'assujétis assez bien la faulx au bout
d'un long manche, pour pouvoir m'en servir,
et, m'étant muni d'une partie de meule de
taillandier pour l'affiler, je parvins à faucher
le foin que je voulois serrer. Je le fannai avec
le secours d'Eléonore; je le voiturai avec nos
animaux jusqu'auprès des étables, et l'ayant
mis en grosses meules, je le couvris de jonc,
pour le garantir de la pluie et le conserver long-
temps.

La récolte des foins me prit six jours, après
quoi je commençai la réparation de nos édifices. Je couvris leurs toits légers d'un second
toit de joncs et de feuilles de palmier, qui les
rendirent impénétrables à l'eau. Les cloisons
furent doublées d'une couche de terre grasse
gâchée avec du foin. Le sol de la cabane fut
élevé et couvert de planches, et dans chaque
chambre j'ouvris une fenêtre, que je garnis de
carreaux de vitre. Enfin, je construisis un
fourneau portatif, pour nous servir de cuisine

dans l'intérieur, lorsque les grandes pluies ne
nous permettroient pas de sortir.

Il me restoit encore à faire une opération
qui me tenoit à cœur; c'étoit de creuser une
cave ou plutôt une grotte, pour y déposer plus
sûrement une partie de nos effets, et surtout
cette quantité de poudre à canon que nous
avions transportée du vaisseau. Je ne la voyois
pas si près de nous sans inquiétude. Le feu du
ciel, durant quelque orage, tombant sur nos bâtimens, et quelque chose de plus commun, et
non moins à craindre, un incendie produit par
une étincelle que l'air ou le vent porteroit sur
des matières combustibles dans la cabane ou
dans les étables, pouvoit enflammer le magasin,
embraser tout d'un coup la poudre, et, dans
la commotion violente, occasionnée par son
explosion, renverser et détruire tout ce qui seroit aux environs à une assez grande distance.

Cette idée, dont j'avois frémi plus d'une
fois par rapport à Eléonore, m'avoit fait examiner attentivement tout le voisinage de la cabane, pour découvrir dans un juste éloignement un lieu propre à mon dessein; et j'avois
déjà trouvé à mi-chemin de mon observatoire,
et presque à la base d'une grande colline, un
lieu tel que je pouvois le desirer. La nature en
avoit fait presque tous les frais : c'étoit une
grotte ébauchée, dont les parois, d'un rocher
très-dur à droite et à gauche, étoient séparées

par une couche ou veine de tuf perpendicu-
laire, d'environ vingt pieds d'épaisseur et de
douze d'élévation au-dessus du sol. Cette mine
de tuf pouvoit être coupée avec le ciseau, ou
même creusée avec la pioche; mais ce qui restoit à en détacher pour donner au souterrain
la capacité convenable, et le déblai qu'il falloit
enlever, pouvant consumer un temps que je
devois à des choses plus pressées, je résolus
d'attendre la saison des pluies pour creuser la
grotte, parce que, libre des travaux extérieurs,
je pourrois alors m'en occuper à l'aise et travailler à couvert.

Enfin le temps prévu s'annonça; le vent
changea, le ciel se couvrit. Un bruit sourd, qui
venoit de l'ouest, se fit entendre (1), et fut le
précurseur du tonnerre, de l'orage et de la
pluie. Elle tomba d'abord assez vivement, puis
avec plus d'impétuosité, enfin, à courts intervalles, par grains et par fortes ondées; et c'est
ainsi que se passe toute la mauvaise saison.

_____

(1) Ce bruit, qu'on entend de loin, quelquefois plus
de vingt-quatre heures avant l'orage, est produit par le
mouvement de la mer, que le vent d'ouest émeut profondément, et dont il soulève les flots. Ce n'est d'abord
qu'un léger murmure; mais, à mesure qu'il approche,
il croît, il augmente, jusqu'à faire penser que c'est le
tonnerre. Ce bruit annonce toujours la pluie, qui ne
tombe guère qu'une fois l'an, mais qui dure environ
deux mois.

Mais je n'avois pas attendu la pluie pour semer le reste de mes blés. Dès que j'avois vu le ciel couvert de nuages, je m'étois empressé de faire mes semailles et de herser mon champ.

Après cette opération essentielle, je rentrai, comme un autre Noé, dans l'intérieur de mon arche, pour me mettre à l'abri de l'inondation. Cependant je ne m'y tins pas si exactement renfermé, que, muni d'une redingote et d'un parapluie, je n'en sortisse quelquefois pour aller à la découverte, et plus souvent avec Éléonore, pour continuer l'excavation de la grotte; mais les travaux champêtres et extérieurs cessèrent entièrement.

Dès-lors je ne quittai plus ou presque plus ma compagne; notre société devint plus intime, notre confiance plus étendue. Les sentimens de tendresse et d'admiration que j'avois pour elle, et que je croyois au plus haut point, prirent un accroissement prodigieux, et je m'aperçus enfin que je faisois des progrès sensibles dans son estime et dans sa tendresse. Elle me parloit avec plus de complaisance, elle me regardoit avec plus de bonté. L'intérêt qu'elle prenoit à moi devenoit plus remarquable; et chaque fois qu'après l'avoir quittée pour une heure ou deux, je revenois auprès d'elle, l'aimable rougeur qui coloroit son visage, et le trouble de

ses yeux exprimoient assez tout le plaisir qu'elle
avoit de me voir.

J'étois aimé d'Eléonore, je n'en pouvois douter ; mais j'aspirois à l'être toujours davantage.
C'est le caractère du véritable amour, de croître
sans cesse. Ceux qui ont vu leur attachement
s'affoiblir, n'aimoient pas. Je brûlois de voir
Eléonore consentir enfin à notre union, et se
résoudre à en presser le moment. Je faisois tout
ce qui étoit en moi pour la fléchir. Je m'étudiois sans cesse à prévenir ses goûts; j'adoptois
sa façon de penser ; je redoublois de soins pour
lui plaire.

Dans les momens de loisir que nous laissoient
le travail de la grotte et le soin du ménage,
j'inventois des récréations propres à l'amuser
et à entretenir sa sensibilité. Tantôt je dessi-
nois quelque objet intéressant sous les yeux
d'Eléonore, qui, plus habile que moi et toujours complaisante, ne refusoit pas de me diriger, et s'en faisoit même un plaisir. Tantôt je
réveillois son goût pour la musique ; je jouois
quelques morceaux choisis sur le violon ou sur
le hautbois. Nous faisions de petits concerts,
où j'accompagnois de quelqu'un de ces instrumens sa voix sonore et flexible. Quelquefois
c'étoit le trictrac ou les échecs qui nous servoient de passe-temps ; mais, pour l'ordinaire,
nous trouvions notre amusement dans quelque
lecture utile ou agréable que suivoient nos ob-

servations. Eléonore y faisoit toujours paroître
la bonté de son caractère et la délicatesse de
son esprit. Nous étendions quelquefois nos réflexions à toutes sortes d'objets. Nos conver-
sations rouloient sur l'histoire, sur les arts, sur
les vertus les plus utiles à la société, et sur
les vices et les défauts qu'on y doit le plus
éviter.

Un soir que nous nous entretenions de ces
principes de la morale, Eléonore me dit que
la vertu qui lui paroissoit la plus sublime, étoit
ce sentiment d'amour pour nos semblables, qui
nous intéressant à leurs besoins et à leurs infortunes, nous porte à nous oublier nous-mêmes
pour voler à leur secours. La froide justice ne
donne rien du sien, et la générosité qui ne
part pas du cœur, n'est que vanité ridicule ;
mais la sensibilité généreuse, la vraie bienfaisance, nous approchent de la divinité et méritent tous nos hommages. « Je ne vous cacherai
pas, ajouta-t-elle, que l'impossibilité de l'exercer dans notre île, m'en rend la solitude désagréable et le séjour fâcheux. Ce n'est que dans
la société qu'on peut déployer cette bonté expansive, qui nous donne un si doux empire
sur autrui, et nous rend si contens de nous-
mêmes ».

Cette réflexion touchante et sublime, qui
peignoit si bien l'ame d'Eléonore, me fournit
une occasion favorable que je ne laissai point

échapper. « Eh quoi, ma chère compagne, dis-je à Eléonore, ne pouvez-vous donc, sans sortir de cette île, exercer votre bienfaisance, et donner un aliment convenable aux doux sentimens de votre cœur? A quoi bon étendre au loin, par l'imagination toute seule, votre sensibilité, lorsqu'elle peut agir et se déployer tout entière sur un ami qui est si près de vous? Que dis-je? sur tant d'êtres qui vous devront la vie et le bonheur? Cet ami si tendre, que vous honorez de votre estime, disons mieux, que vous aimez, souffrira-t-il toujours de vos longs délais et de vos rigueurs?

Ah, trop chère Eléonore! continuai-je en tombant à ses genoux et en saisissant une de ses mains que j'arrosai de mes larmes, j'ai renfermé jusqu'ici dans mon cœur toute la violence des sentimens qui l'agitent. Je me suis soumis à la loi si dure que vous m'avez imposée: mais ignorez-vous tout ce que ces délais coûtent à ma tendresse?

» Hélas! si vous m'aimiez, pourriez-vous n'être pas touchée de mes pleurs? et prendriez-vous plaisir à les faire couler? Ne sentiriez-vous pas au contraire la nécessité de notre union pour notre félicité commune? Non, cruelle! non : vous ne m'aimez pas »....

« Que vous êtes injuste de m'accuser d'ingratitude! me dit Eléonore en m'interrompant et en me faisant relever; et que vous êtes peu raisonnable de vous affliger de la sorte! N'avez-

vous pas assez de preuves de mon attachement
pour vous, et mes sentimens ne vous sont-ils
pas assez connus par mon propre aveu? Après
la promesse que je vous ai faite d'être à vous
pour la vie, le délai que j'ai pris doit-il vous
désoler; et le terme est-il si éloigné, qu'il ne
vous laisse qu'une foible espérance? Je n'ai
point fait parler ma volonté, je n'ai rien exigé
que d'après les avis de ma conscience. Ce sont
des scrupules, si vous voulez; mais ces scrupules sont respectables: ils vous ont paru tels;
vous vous êtes soumis: pourquoi donc me blâmer aujourd'hui? pourquoi cet emportement
et ces plaintes qui me déchirent l'ame? Si quelqu'un de nous avoit à se plaindre, je ne crois
pas que ce fût vous ».

« Oh! qu'il vous est facile d'être raisonnable,
repris-je, quand vos sentimens sont si modérés!
Les miens sont trop vrais, trop ardens, pour
être susceptible de tant de réserve. Et quelle
force aurois-je pour les réprimer, lorsqu'à mes
yeux tout les justifie? Dans la situation critique
où nous sommes, non-seulement la raison et
la conscience ne peuvent les condamner; elles
les approuvent, elles les autorisent, j'ose le
dire; elles nous font un devoir de notre union.
Ici où la société est reduite à nous deux, où le
consentement des parties peut seul constituer
l'essence du lien sacré qui doit nous attacher
inviolablement l'un à l'autre, ne sommes-nous

pas dans le cas de nos premiers parens ? Celui
qui les assembla et qui répandit sur eux ses
bénédictions prospères, nous a fait une loi de
nous unir en nous jetant seuls dans cette île ;
c'est lui qui nous bénira ».

« Votre raisonnement seroit juste, répliqua-
t-elle, si nous avions perdu tout espoir de sortir
de notre île ; mais si nul vaisseau n'est venu dans
ces parages depuis que nous sommes ici, s'en-
suit-il qu'il n'en viendra point ? Je sais que je
ne dois pas étendre cette possibilité au-delà
des bornes de la vraisemblance ; que si le commerce ou le hasard n'en amènent pas dans le
cours d'une année, par exemple, il n'est guère
croyable qu'il en vienne jamais : aussi ne porté-
je pas plus loin le terme que je vous ai demandé,
qui doit être en même-temps celui du deuil de
mon père ».

« Une année ! m'écriai-je : ah ! c'est donc ma
mort que vous demandez. Pourrai-je bien, sans
mourir, souffrir un si long terme ? et pouvez-
vous l'exiger avec tant de rigueur, vous, que
la providence appelle d'une manière si sensible
à être la mère d'un peuple nouveau, dont elle
veut nous rendre les instituteurs et les modèles ;
vous, qu'elle a destinée à répandre sur cette
terre la joie et la prospérité, et qui, au lieu
de vous prêter à ses vues bienfaisantes, ne cherchez qu'à en retarder l'effet, qu'à empêcher
qu'elles ne s'accomplissent, puisque je languis,

je me consume dans une si longue attente, et
que sous vos yeux je sèche et je péris de douleur ».

« Vous me faites pitié, reprit Eléonore; je
dis plus, vous m'affligez sensiblement. La passion vous transporte au point que vous ne voyez
plus le vrai des choses. Pour peu que vous
vouliez réfléchir , vous pourrez pourtant vous
convaincre que les conditions que je vous impose ne sont pas si cruelles. Vous vous récriez
sur le délai d'une année ; mais pensez qu'il s'en
est écoulé plus de la moitié. Est-ce trop exiger
que de vous en demander le reste ? et l'honnêteté, comme la reconnoissance, ne prescrit-
elle pas d'attendre la fin du deuil d'un père,
pour qui vous montriez vous-même tant de
vénération ».

Mon amour impatient se soulevoit contre ces
motifs qu'il trouvoit si foibles. Pourquoi ce deuil
extérieur dans un désert? et que faisoit cette
privation à la mémoire de son père, qui, vivant
et témoin de notre situation, se fût hâté lui-
même de nous unir? J'insistai donc avec encore
plus de feu auprès d'Eléonore; j'allai jusqu'à
me plaindre de son injustice avec une sorte
d'aigreur et d'emportement; mais mon obsti-
nation véhémente eut un succès contraire à
mon espoir. Elle déplut à Eléonore , et lui
causa tant de chagrin, qu'elle ne put s'empêcher de m'en faire de vifs reproches. Elle m'ac-

cusa de manquer d'égards pour la mémoire de
M. d'Aliban et pour elle-même ; et le changement de son visage, l'émotion de sa voix, et
ses pleurs qui coulèrent en abondance, ne té-
moignèrent que trop combien elle étoit sensible
à la peine que je lui avois causée.

CHAPITRE XIV.

Regrets du Chevalier. Maladie d'Eléonore.

C'est ici qu'on peut connoître quelle passion
est l'amour, et quelles formes il prend suivant
les circonstancns et les caractères. Les refus
constans d'Eléonore m'avoient offensé. Le peu
de cas qu'elle sembloit faire de mes prières et
de mes larmes, me paroissoit une insulte. Le
dépit et la colère s'étoient emparés de mon
cœur. Je n'écoutois plus la raison ; j'étois hors
de moi. Eléonore m'a dit depuis, qu'ayant jeté
les yeux sur moi dans ce moment, elle avoit
tremblé ; que mes regards étinceloient ; que ma
physionomie lui parut terrible, et que c'é-
toit surtout ce qui l'avoit si fort émue. Mais à
peine ses pleurs commencèrent à couler, qu'il
se fit un changement subit dans mon ame. Le
lion rugissant devint un agneau. Je passai de
l'emportement de la révolte à la soumission la

plus tendre, et du desir de braver ce que j'aimois, au regret le plus amer de l'avoir offensé.

Je me jetai à ses pieds, en la conjurant de
pardonner ces transports fougueux à la violence
de mon amour. Je lui demandai grace avec les
plus vives instances, et je l'assurai que, quoi
qu'il pût arriver, je ne me mettrois plus en
danger de lui déplaire; que je préférerois la
mort même au malheur de lui désobéir et de
l'affliger (1).

Enfin je mis en œuvre toute les ressources
de l'esprit et toute l'effusion du cœur pour
l'apaiser. Mais Eléonore, infiniment sensible,
restoit inconsolable. Elle demeuroit assise, la
tête penchée, tenant d'une main un mouchoir
sur ses yeux, et laissant tomber l'autre négli-
gemment. Elle ne répondoit point. Ses sanglots
seuls se faisoient entendre, tandis que ses larmes ne cessoient de couler.

Cette douleur si vive que je lui causois, re-
jaillissoit toute sur moi. J'étois attendri de ses
pleurs, j'étois pénétré de son chagrin, et son

---

(1) Assurément nos jeunes gens, bien corrompus, bien
indécens et bien dédaigneux, ne manqueront pas de
trouver très-ridicules ces sentimens, qui contrastent si
fort avec leurs mœurs; mais ces sentimens n'en sont pas
moins dans la nature, quoiqu'ils affectent de les méconnoître. J'en appelle à tous ceux qui ont aimé véritablement, et qui savent encore ce que c'est que sentiment
et honnêteté. (*Note de l'Editeur.*)

silence me devenoit insupportable, parce qu'il
m'annonçoit son ressentiment. Aussi ce n'est
pas assez de dire que ses larmes excitoient les
miennes; elles couloient jusques sur mon cœur,
elles l'abreuvoient d'amertume.

Cependant Eléonore ne s'apercevoit pas de
ma situation; elle étoit tout entière absorbée
dans sa douleur. Mais quand le premier moment en fut passé, et qu'ayant levé la tête,
elle vit l'abattement inexprimable où j'étois,
elle ne put s'empêcher d'en avoir pitié, et de
me dire, d'un air tendre : « Pourquoi vous mettre dans le cas de nous affliger de la sorte?
Voyez la peine que nous cause votre emportement? C'est ainsi que les passions nous mènent,
quand nous n'en sommes plus les maîtres. La
vôtre vous rendoit furieux, si vous l'eussiez
écoutée plus long-temps.

« Ah! monsieur le Chevalier! que vous m'avez
affligée, surtout en altérant l'idée que je m'é-
tois faite de vous! Mais n'en parlons pas davantage, ajouta-t-elle, votre prompt repentir et
vos larmes ont assez expié l'erreur d'un moment. Je serois inexcusable d'en garder le souvenir, quoique l'émotion qu'elle m'a causée
puisse me devenir funeste ».

Je ne compris pas d'abord le sens de ces
derniers mots; mais Eléonore m'ayant tendu
la main en signe de réconciliation, lorsque je
la pris avec les miennes pour la couvrir de bai-

sers et de larmes, je la sentis brûlante. J'examinai Eléonore ; elle me parut agitée ; et je lui
trouvai le visage enflammé. Je lui tâtai le pouls ;
elle avoit déjà de la fièvre. Je ne puis exprimer quel fut alors mon saisissement, et la douleur que je sentis des suites de mon imprudence. Mais l'état de mon ame se faisoit sans
doute assez remarquer à l'extérieur, puisque
Eléonore crut devoir me dire de ne point tant
m'attrister de sa situation, que je n'en étois
pas la première cause ; qu'à la vérité l'émotion
et la peine que lui avoit données notre vive
contestation, avoient déterminé le moment de
la fièvre ; mais qu'elle en sentoit les avant-coureurs depuis plusieurs jours, et qu'un mal-aise
continu sembloit la lui annoncer. Elle n'avoit
pas voulu m'en parler, de peur de m'inquiéter ;
mais elle se croyoit maintenant obligée de me
le dire, pour adoucir mon affliction.

Cet aveu néanmoins n'étoit guère propre à
la modérer ; car il ajoutoit à l'amertume de mes
regrets, des alarmes bien désolantes. Je jetois
des regards inquiets sur l'avenir, et je tremblois de ce qui pouvoit arriver. Eléonore malade, ô ciel ! que pouvois-je faire pour elle,
et que devenir moi-même ? Par-tout ailleurs,
cet événement eût porté le trouble dans mon
ame : et dans ce désert, où tous les secours
nous manquoient, où je n'avois d'autre ressource pour la soigner et pour la servir que

le zèle de mon amour et les foibles lumières
d'une étude très-imparfaite, toutes ces réflexions
se présentoient à la fois à mon esprit, toutes
m'épouvantoient; mais, quelque vive impression qu'elles fissent sur mon cœur, j'évitai soigneusement d'en rien faire paroître. J'avois eu
le temps de sentir combien il étoit dangereux
pour Eléonore de me montrer effrayé, je cachai donc, autant que je pus, le trouble et le
chagrin où j'étois, pour ne pas ajouter, par
cet aspect, au mal qu'elle éprouvoit. J'eus même
assez de force pour lui dérober ce juste sujet
de crainte, et pour rejeter l'excès de ma tristesse sur ce qui venoit de se passer entre nous.

Afin d'éloigner encore plus de son esprit
l'idée du danger que je redoutois, je crus devoir lui dire qu'elle s'alarmoit mal à-propos.
« Votre incommodité, continuai-je, n'est que
l'effet trop visible de mon imprudente vivacité;
mais le calme des sens, je l'espère, suivra dans
peu celui du cœur, et le repos de la nuit ré-
tablira votre santé. Au surplus, n'est-ce pas
de votre part un excès de prudence, que de
prévoir les maux de si loin ? Cette prévoyance
des événemens fâcheux auxquels on ne peut ré-
médier, ne les rend que plus redoutables, en
les faisant sentir d'avance ». Vains raisonne-
mens ! Les pressentimens de mon cœur ne jus-
tifioient guère cette fermeté dont je me parois.

Eléonore elle-même n'étoit pas rassurée par

ce discours. Elle sentoit que son mal augmentoit. Elle auroit voulu me cacher tout ce que
son état avoit d'alarmant; mais elle ne le pouvoit déjà plus. Le sang bouillonnoit dans ses
veines; ses yeux humides paroissoient très-bril-
lans; ses joues devenoient couleur de pourpre,
ses lèvres palpitoient, et sa respiration étoit
haute et pressée. Je n'apercevois que trop tous
ces symptômes effrayans; mais je n'en osois rien
dire, de peur d'ajouter à son mal. De son côté,
Eléonore, qui les éprouvoit, ne m'en parloit
pas, pour éviter de m'affliger : ainsi, comme de
concert, et par attention l'un pour l'autre, nous
avions l'air de ne pas les remarquer, et nous
n'en disions rien, quoique nous en connussions
également le danger, et qu'il nous inspirât bien
des craintes.

Cependant, pour me dérober autant qu'elle
pouvoit sa situation pénible, et pour ménager
ma sensibilité, Eléonore m'annonça qu'elle al-.
loit se coucher. En conséquence elle se leva de
son siége pour se retirer; mais, quoiqu'elle af-
fectât d'avoir la démarche et les mouvemens
aussi libres qu'à l'ordinaire, quoiqu'elle fît la
meilleure contenance qu'elle pût, elle n'entra
dans sa chambre qu'en chancelant. Je la suivis,
pour l'aider à se soutenir. Je l'accompagnai
jusqu'à son lit, où elle se mit, après que je fus
revenu dans ma chambre. Je rentrai dans la
sienne lorsqu'elle se fut couchée, pour lui faire

entendre que quoique nous dussions croire que
son incommodité n'auroit pas de suite, il ne
falloit pourtant rien négliger de ce qui pourroit
contribuer à son rétablissement. « L'ardeur de
la fièvre, lui dis-je, ne manquera pas de vous
donner une grande soif, et vraisemblablement
la sueur vous mettra dans la nécessité de changer de linge ; il est donc indispensable que je
demeure auprès de vous, pour veiller à vos besoins et pour vous soigner, prêt à me retirer
lorsque vous le jugerez à propos. » Mais Eléonore ne vouloit pas y consentir. Elle ne se rendit
qu'après les plus grandes instances, et lorsqu'elle
s'aperçut de la peine extrême qu'elle me feroit
en persistant dans ses refus.

Assuré de son consentement, je ressortis pour
faire une boisson rafraîchissante, et pour préparer le linge qu'il lui faudroit la nuit. Je fis de
la limonade avec un peu de sucre et quelques
citrons que j'avois recueillis en assez grande
quantité dans notre dernière tournée. En attendant que cette liqueur fût reposée, je crus devoir lui donner à boire de l'eau fraîche versée
sur du sirop de limon. Je savois qu'un bouillon
substantiel, sur-tout dans un climat aussi chaud,
lui seroit nuisible. Je n'osois cependant la laisser
entièrement sevrée de sucs un peu nourrissans.
Je pris un milieu, en tuant un poulet que je
fis bouillir dans une assez grande quantité d'eau,
pour entremêler cette boisson avec la limonade.

Il est aisé de concevoir quel étoit dans ce
moment le trouble de mon esprit et l'anxiété
de mon cœur. Je voyois que cet accident auroit
des suites fâcheuses, mais je ne pouvois prévoir
l'événement. Il falloit me borner, avant tout,
à observer les signes indicatifs et tous les accidens de la maladie, pour chercher ensuite dans
ma foible théorie et dans mes livres de médecine, le traitement nécessaire pour sa guérison,
et les remèdes simples qu'il m'étoit possible
d'employer dans la situation où je me trouvois;
car pour les autres remèdes, mon peu de savoir sur cette matière me défendoit d'en faire
usage.

Je résolus donc de ne rien entreprendre in-
discrètement ni avec précipitation, dans une
affaire aussi délicate; et néanmoins, en attendant que la nature voulût me montrer plus clai-
rement ce que je devois penser de l'état d'Eléonore, et ce que je pouvois faire en conséquence,
je crus devoir suivre la simple raison, qui me
disoit, que dans un pays voisin du tropique,
et pour appaiser l'ardeur d'une fièvre brûlante,
le moyen le plus propre étoit de donner au malade beaucoup de rafraîchissans. Ainsi j'adoptai
cette méthode. Je portai le sirop et la limonade
auprès du lit d'Eléonore, pour lui donner à
boire autant et aussi souvent que sa soif ardente
pourroit le demander, et je la satisfis pleinement à cet égard.

Elle eut la fièvre toute la nuit, avec une douleur de tête violente; mais, vers le point du jour, la fièvre s'affoiblit, la douleur s'appaisa, et son visage commença à se mouiller de sueur. Quand elle eut besoin de changer de linge, elle me fit sortir de sa chambre, et elle usa de cette précaution tout le temps de sa maladie. Je n'ignorois pas sa délicatesse, et je n'avois d'autre desir que celui de la ménager. Bientôt elle fut plus calme, et la fièvre étant tombée, je crus pouvoir lui faire prendre cette fois un bouillon un peu plus nourrissant que celui de poulet, et l'événement montra que j'avois tort. Après avoir pris ce bouillon, elle rompit le silence, qu'elle avoit gardé durant l'accès, pour me remercier de mes attentions et de toutes les peines que j'avois près d'elle.

« Et pourquoi, je vous prie, me faire des remercîmens, chère Eléonore? En vous servant je travaille pour moi-même; et n'êtes-vous pas pour moi plus que moi-même? Mais je laisse toutes ces choses pour me féliciter avec vous de l'heureuse fin de votre mal. Vous voilà tranquille et sans fièvre. J'avois déjà bien prévu que le repos et la nuit feroient évanouir les symptômes qui commençoient a nous alarmer. »

« Il ne faut pas encore nous féliciter, me répondit Eléonore, nous ne sommes pas hors de danger. Je ne me trouve pas dans mon état ordinaire. Je me sens tout abattue, et j'ai tous

les membres douloureux. Le bouillon que j'ai
pris m'a semblé du goût le plus désagréable. Je
ne sais, mais j'ai comme un pressentiment de
quelque chose de plus fâcheux, et je crains,
plus pour vous que pour moi, que l'accès que
je viens d'essuyer ne soit le prélude d'une grande
maladie. Je ne vous parlerois pas ainsi, conti-
nua-t-elle, si je pouvois me persuader qu'il
n'eût pas de suites affligeantes; mais je crois
devoir vous prévenir du danger, afin que vous
puissiez d'avance vous armer de résolution. Sous
cet air de sécurité, dont vous ne faites parade
que pour me rassurer, je vois toutes vos peines
et vos alarmes. Votre découragement nous per-
droit tous deux; car je sens que j'aurai besoin
d'un secours, qu'un homme qui céderoit au
chagrin ne seroit pas en état de me donner. »

J'essayai de la distraire de ces idées sinistres,
par des réflexions aussi simples que naturelles.
« Rien, lui dis-je, n'étoit moins assuré que ces
sortes de pressentimens, et la religion, d'accord avec la philosophie, nous défendoit d'y
ajouter foi. Au reste, si la Providence nous ré-
servoit à ce malheur, je m'efforcerai alors de
me faire une raison, en me-souvenant que je
me devois tout entier à son service. Mais, jusques-là, je ne voyois rien qui dût m'ôter l'espoir de son prompt rétablissement. Il ne falloit
pas être surpris du mal-aise qu'elle éprouvoit;
la privation de sommeil et la fatigue de la fièvre,

étoient plus que suffisans pour lui causer cette lassitude. J'ajoutai que vraisemblablement elle se trouveroit mieux, si elle pouvoit dormir, et je l'exhortai à réparer le temps perdu, tandis que j'allois m'occuper des affaires du ménage.

Eléonore fit un soupir, et ne répondit pas. J'affectai la meilleure contenance, et je sortis sans avoir l'air troublé; mais le discours d'Eléonore et l'opinion dont elle étoit prévenue, m'avoient mis dans un désordre extrême, et ne me sortoient pas de l'esprit. J'étois effrayé, j'étois profondément affligé de ces tristes pressentimens, qui ne me paroissoient que trop bien fondés. Cependant, comme disoit fort bien ma compagne, il ne falloit pas céder lâchement à ses craintes, et se laisser abattre par le malheur; je me mis donc à vaquer à divers soins, en m'exhortant moi-même à la résignation, supposé qu'Eléonore dût éprouver en effet tous les accidens funestes dont elle sembloit menacée.

Je revins dans ces dispositions auprès d'Eléonore, qui me parut fort pâle. Elle avoit dormi peu de temps et d'un mauvais sommeil, et ne se trouvoit pas soulagée de son mal-aise. Je lui proposai un bouillon; elle me témoigna un dégoût extrême, et m'assura que si elle ne craignoit de me fâcher, elle ne boiroit que de l'eau ou de la limonade. Quoique je fusse assez peu

habile pour penser que, dans les intervalles de
la fièvre, il étoit nécessaire de la soutenir par
quelque nourriture, je n'osai résister au dégoût
qu'elle montroit, et que je pris pour une indication de la nature; et en lisant ensuite mes
livres de médecine, je vis que j'avois bien fait
de ne pas insister. Je revins donc à l'eau de
poulet, que je mêlai de quelques bouillons légers de poisson, où j'avois le soin d'exprimer
un quart de citron, pour en ôter le désagrément qu'elle y trouvoit.

Vers les deux heures après-midi, Eléonore
parut inquiète; son mal-aise augmenta, la fièvre
revint, et avec elle mes craintes et mes alarmes.
Ce second accès fut plus fort que le premier.
Il ne me fut plus possible de douter que son
mal ne dût devenir plus fâcheux, ce que le
temps ne confirma que trop. Je tâchai de me
rappeler les traitemens que j'avois vu employer
en pareil cas. La raison me disoit qu'il falloit
saigner et rafraîchir, c'est-à-dire, diminuer le
mouvement du sang et la chaleur intérieure.
Mais saigner passoit mon talent. J'avois des
lancettes; je n'osai m'en servir. Je me ressou-
vins d'ailleurs d'avoir ouï dire, que dans les
maladies qui doivent finir par une crise, il est
dangereux d'abattre par la saignée l'ardeur naturelle de la fièvre, qui opère d'elle-même la
coction des humeurs, et qu'il suffisoit de donner, par une boisson à la fois rafraîchissante et

un peu tonique, une fluidité suffisante au sang.
Je m'en tins donc à la méthode que j'avois
adoptée, d'employer la limonade pour principal remède, et de laisser agir la nature, sans la
contrarier par des erreurs de mon fait. Je me
bornai d'ailleurs à mettre quelquefois les pieds
de la malade dans l'eau chaude, pour diminuer l'irritation que je voyois se porter au
cerveau.

Cependant toutes ces précautions n'arrêtoient
pas le cours de la fièvre. Eléonore en avoit chaque jour deux accès, qui devenant toujours
plus violens, et se rapprochant l'un de l'autre,
l'affoiblissoient toujours davantage, et m'ef-
frayoient de plus en plus. Dès le sixième accès,
elle délira ; mais le neuvième jour, l'onzième et
le treizième de la maladie, je fus mis à une plus
rude épreuve. Eléonore perdit alors entièrement
connoissance, et ne revint que long-temps après.
Dans le treizième surtout, cette crise, qui dura
vingt-quatre heures, me parut si terrible, elle
approcha tellement Eléonore de sa fin, qu'ayant
mis en usage, sans succès, tout ce que je pouvois imaginer pour la ranimer, je la crus sans
ressource. Je me crus perdu moi-même ; le sang
se glaça dans mes veines, une sueur froide me
couvrit tout le corps, et je tombai sans sentiment sur le bord du lit d'Eléonore, près duquel j'étois à genoux.

La scène intéressante qui suivit cet événe-

ment, est encore si présente à ma mémoire,
que, quoiqu'il y ait déjà bien des années, il me
semble qu'elle n'est que d'hier. Je ne tardai pas
à revenir à moi ; mais j'étois dans une si grande
foiblesse et dans un tel engourdissement de
toutes mes facultés, que je ne pouvois quitter
la place. Mes idées étoient confuses, je ne faisois pas usage de ma volonté, je ne levois pas
même les yeux sur Eléonore. Je restois dans
cette inertie stupide, lorsqu'Eléonore, chez laquelle il s'étoit fait une heureuse révolution,
se mit à tousser plusieurs fois, et revint à elle.

Dès qu'elle revit la lumière, elle me chercha
des yeux ; et me voyant sans mouvement auprès d'elle, moi qui étois toujours si vigilant et
si empressé, elle m'appela, et je ne pus lui répondre. Elle avoit eu de l'inquiétude, lorsqu'elle m'avoit vu sans mouvement, la face dé-
colorée et la tête renversée sur son lit. Elle fut
bien plus inquiète de mon silence. Son extrême
foiblesse ne lui permettoit pas de se lever ; mais
sa frayeur lui fit faire un effort pour se mettre
sur le coude, et pour étendre la main jusques
à moi. Eléonore me trouva le visage glacé. Elle
jeta un cri lamentable, en faisant en même-
temps tout ce qui lui étoit possible pour me
prendre la main. La vivacité du sentiment qu'elle
éprouvoit, la ranima. Elle vint à bout de la
saisir, et la tirant à elle de toute sa force, elle
me donna une secousse qui, quoique foible,

10*

acheva de me faire sortir de ma léthargie, et
me rendît le mouvement. J'ouvris les yeux ; et
retrouvant en vie celle qui m'étoit si chère et
que je croyois perdue, je me levai en frappant
les mains de surprise et de joie.

Eléonore, de son côté, n'éprouvoit pas un
trouble moins touchant ni une satisfaction
moins vive de me revoir en santé, au moment
même où elle désespéroit de ma vie, et où
elle ne s'attendoit plus à retrouver son ami. Sa
tendresse, qu'elle ne songeoit plus à cacher,
se montroit sans contrainte dans ses gestes ; et
ses yeux, que sa douleur et sa pitié avoient
baignés de pleurs, répandoient alors des larmes
de joie, tandis que l'excès du sentiment enchaî-
noit sur ses lèvres les expressions de son cœur.

Nous demeurâmes ainsi quelques momens,
faisant entre nous une scène muette bien élo-
quente, et digne des crayons d'un peintre sensible. Mais lorsque l'émotion qui nous agitoit
ne fut plus si vive, et qu'il me fut possible de
m'énoncer, je pris cette main d'Eléonore qui
m'avoit ranimé, je la baignai de larmes de reconnoissance, et je dis à ma compagne tout ce
que pouvoit m'inspirer le sentiment le plus
tendre. Eléonore, me serrant la main, me fit
cette réponse remarquable, que je n'oublierai
jamais :

« C'en est fait, mon cher Chevalier, je cède
à votre tendresse. Les marques touchantes que

je viens d'en recevoir, appuyées des motifs pressans que vous m'avez offerts avant ma maladie,
ont vaincu ma résolution. Je ne veux plus vous
affliger par des refus que mon cœur désavoue,
et que, dans notre situation présente, le ciel
même semble condamner. Je vous assure donc
que, si Dieu me conserve la vie et me rend la
santé, je vous prendrai, sans de nouveaux délais, pour mon époux, et je consens de m'engager à vous pour votre femme, devant ce Dieu
juste et puissant qui nous voit et qui nous
écoute... Mais modérez votre joie, ajouta-t-elle,
voyant que je ne me possédois plus, et faites
attention que je suis encore bien malade, et
qu'avant de penser au saint nœud qui doit nous
unir, il faut sortir du danger où vous me voyez ».

Eléonore avoit raison, et j'éprouvai long-
temps sur son compte de cruelles inquiétudes;
mais dans ce moment, l'ivresse de ma joie ne
me laissoit plus voir les maux que nous avions
à redouter. Je ne sentois que le bonheur suprême
d'être aimé d'Eléonore, et l'espoir enchanteur
de me l'attacher pour toujours. Je voulois lui
peindre mon ravissement. Mais quel art eût pu
rendre ce que j'éprouvois? l'imagination elle-
même n'y sauroit atteindre. Cependant j'eus
bientôt de nouveaux sujets d'inquiétudes. La
fièvre revint à son ordinaire, moins violente
à la vérité, mais presque sans intervalles. Son
pouls, plus déployé dans les bons momens,

conservoit toujours une vivacité qui m'alarmoit,
et les redoublemens avançant chaque jour de
près d'une heure, quoique les symptômes en
fussent moins fâcheux, rappeloient toujours
mes frayeurs.

Cependant je remarquai bientôt que les accidens de la maladie n'étoient pas si graves, que
la chaleur étoit moins vive et que la fièvre diminuoit. Eléonore n'éprouvoit plus ces terribles
défaillances qui m'avoient causé tant d'épouvante. Tout cela me rendoit l'espérance de voir
dans peu le mal tirer à sa fin. En effet, après
le vingt-unième jour de la maladie, les accidens disparurent, la fièvre s'arrêta; et quoiqu'Eléonore en ressentît quelques mouvemens
durant plusieurs jours, quoiqu'elle fût d'une
extrême foiblesse qui demandoit les plus grands
ménagemens, je crus dès-lors pouvoir la regarder comme échappée du péril où je l'avois vue
si long-temps près de succomber, et j'ouvris
mon cœur tout entier à la joie.

CHAPITRE XV.

Convalescence d'Eléonore ; régime qu'elle observe ; soins du Chevalier pour hâter son rétablissement. Promenade, pêche, occupations diverses, etc.

Eléonore, sortie de ce danger, étoit comme un prisonnier qui, passant de la profondeur d'un cachot ténébreux à la clarté du soleil, ne peut d'abord en supporter la vivacité, et qui, malgré le desir qu'il a de jouir de la vue tant souhaitée des objets, est forcé de ne regarder que peu à peu ceux qui l'environnent, et de priver quelque temps ses yeux de la lumière pour leur en rendre l'usage. Elle soupiroit après la santé, elle desiroit ardemment de passer à la jouissance de tous ses avantages ; mais l'état de langueur où elle étoit, l'obligeoit de se conduire avec la plus grande circonspection, et me faisoit une loi de la surveiller soigneusement. Je craignois, avec raison, quelque rechute, que la débilité de ses forces rendoit très-possible.

Elle avoit demeuré si long-temps sans se lever, sans faire usage de ses membres, sans voir la campagne, qu'elle devoit naturellement desirer de sortir de la cabane, pour contempler avec

satisfaction tout ce qui frapperoit ses regards,
et sur-tout les animaux que renfermoient les
étables et la basse-cour. Elle les avoit fort à
cœur, et il lui tardoit d'autant plus de les visiter, que je lui en avois annoncé l'heureux
accroissement.

Mais le besoin pour elle le plus pressant,
étoit celui que tous les convalescens éprouvent
d'ordinaire, le besoin impérieux de manger et
de recouvrer les forces qu'ils ont perdues. Eléonore avoit été si strictement à la limonade et
au bouillon de poulet durant toute sa maladie,
que, quoique naturellement fort sobre, elle
sentoit vivement ce besoin de prendre de la
nourriture et de se restaurer.

C'étoit précisément là-dessus qu'il me falloit
porter la plus grande attention, parce que l'appétit est la chose dont un convalescent peut
abuser le plus aisément. Je crus donc devoir
régler moi-même les repas d'Eléonore, de manière que je n'eusse point à me repentir d'avoir
eu pour elle trop de complaisance. Il ne faut
pas croire néanmoins que je fusse un médecin
revêche, un gouverneur difficile. Je tâchois de
joindre la raison d'un père à la tendresse d'une
mère, et à la sensibilité profonde, délicate et
respectueuse d'un véritable amant. Je cherchois
à prévenir les goûts d'Eléonore, et à leur donner
tout ce qu'il étoit possible de leur accorder sans
danger,

Dès les premiers jours de sa convalescence qui fut fort longue, je lui servis le matin un peu de soupe, le soir un peu de crême de riz, et dans l'intervalle, du bouillon plus nourrissant. Quelques jours après, je lui donnai sur la soupe un petit verre de vin de Madère, qu'elle but avec plaisir, et dont elle se sentit bien fortifiée. Ensuite j'augmentai la dose d'alimens, en prenant néanmoins la précaution de lui donner peu chaque fois, mais souvent, et j'avois toujours soin de ne lui présenter que les choses les plus convenables à son état et à ses forces.

Lorsque son estomac put lui permettre de manger quelque chose de plus que la soupe, je lui fis un plat d'herbes potagères rafraîchissantes, cuites au bouillon, d'une digestion plus facile que la viande. Enfin je lui donnai des œufs frais, des poissons, des oiseaux rôtis, sur lesquels je lui faisois toujours boire quelques verres de vin de Madère, et tout cela contribuoit à merveille à son rétablissement.

Mais pour accélérer ce grand ouvrage, il ne falloit pas borner mes soins à pourvoir la table d'Eléonore des mets les plus légers et les plus agréables; il ne falloit pas seulement en régler le régime; je devois encore employer les moyens les plus propres à récréer l'esprit, à épanouir le cœur de ma compagne, qu'une longue incommodité et de grandes douleurs avoient affaissé et comme flétri : je devois la tirer de l'ennui d'une

retraite forcée (1); aussi je n'oubliai rien de
ce qui pouvoit la distraire et l'amuser. Je lui
jouois quelquefois sur la flûte des airs doux et
tendres; et, quand elle devint plus forte, je
repris le violon et une musique un peu plus
animée. Lorsque le temps des pluies fut passé,
et qu'elle put se soutenir assez pour se promener, je sortis avec elle de notre demeure,
pour aller respirer aux environs l'air pur et
frais d'une campagne verdoyante et fleurie.

Les pluies fécondes qui étoient tombées,
avoient, pour ainsi dire, rajeuni notre île. C'étoit
pour elle la plus belle saison. Les arbres qui
ne se dépouillent jamais dans cet heureux climat, parés alors d'une verdure plus riante, et
les gazons émaillés de nouvelles fleurs, char-
moient les yeux et l'odorat, et causoient à mon
cœur une douce émotion de joie et une satisfaction délicieuse que je ne saurois définir.
Qu'on juge donc de l'effet que ces objets flatteurs devoient produire sur Eléonore, naturellement sensible, et qui, privée long-temps du

---

(1) Je pris alors pour base de ma médecine, cette
maxime de l'école de Salerne, qu'on ne suit pas assez:
Mens hilaris, requies moderata, dieta; et je m'en suis
toujours fort bien trouvé depuis. La gaîté, l'exercice
modéré, la sobriété sont en effet des moyens bien plus
salutaires que les remèdes; car ceux-ci ne sont employés qu'à dissiper le mal, tandis que les autres le préviennent.

plaisir de les contempler, devoit trouver un charme si touchant à les revoir.

« Ah! s'écria-t-elle dans un transport d'admiration, comme tous les objets sont embellis, comme la nature se plaît à nous dédommager des privations où elle nous a tenus, par le charme qu'elle répand sur tout ce qui nous environne! Tout ce qui frappe ici les yeux, fait sur mes sens une impression de plaisir que je ne connoissois pas. Sentez-vous, comme moi, votre cœur s'ouvrir à une joie pure qui l'inonde et qui le pénètre? Trouvez-vous dans la moindre chose un agrément jusqu'alors inconnu? Je ne sais; mais il me semble que ma sensibilité s'est étendue, et qu'autrefois les objets ne faisoient pas sur mon ame la même impression. Le ciel est plus beau, l'air plus serein, la verdure plus agréable: je respire et je jouis de mon existence avec plus de volupté. Enfin, vous paroissez content, et je n'ai point de reproches à me faire. Si ce n'est pas là le bonheur, mon ami, c'est du moins un état bien doux, quand on a passé par tant d'épreuves et souffert de si cruelles peines ».

« Chère Eléonore, lui dis-je, que vous m'enchantez par ce langage, qui ne me laisse plus douter de votre rétablissement! la douce satisfaction que vous goûtez en est une preuve non équivoque, elle s'éclipse ou brille avec la santé, et rien ne l'affermit davantage et ne sert mieux

à l'entretenir, que la tranquillité du cœur et
le sentiment intime de son innocence. Or, à ce
titre, quel être autre au monde peut l'avoir plus
que vous, divine Eléonore ! votre santé renaît
et se fortifie ; vous jouissez de la satisfaction de
votre ami, charmé de cet heureux événement
et du doux espoir que vous lui avez donné,
Voilà la cause de la joie que vous éprouvez en
ce moment. Tout vous plaît et vous enchante ;
que sera-ce donc, lorsque, comblant mes vœux,
vous partagerez mes transports ? »

C'étoit dans de pareils entretiens que nous
passions les premiers temps de son rétablissement. Nous fîmes ensuite des promenades à
peu de distance de la cabane ; puis, lorsqu'E-
léonore eut repris des forces nouvelles, nous
les poussâmes plus loin. Je prenois seulement
la précaution de mettre du voyage son ânesse,
dont la douce allure, favorable à sa santé, devoit la soulager de la fatigue de la marche.
Cette attention, qui lui donnoit le moyen de
se reposer quand elle le jugeoit à propos, lui
laissoit toujours la liberté de faire usage de
ses jambes à sa volonté.

Il lui prit un matin fantaisie de tourner nos
petits voyages vers la rivière, et de se promener en gondole dans la baie. « La promenade en deviendra plus douce, me dit-elle, et
n'en sera pas moins belle. Nous pourrons même
en retirer plus d'une utilité. Prenons la ligne

et les filets ; munissons-nous de paniers et de
vases. J'espère que le plaisir que nous trouverons dans cette partie, ne nous empêchera pas
d'y faire des provisions. La baie est poisson-
neuse, et, si j'en crois mes conjectures, elle
nous fournira des coquillages qui varieront nos
mets agréablement. Vous en avez déjà tiré des
crabes et des homars. Il y a lieu de croire
qu'elle contient aussi des huîtres , et que , si
nous n'en trouvons pas à l'embouchure, nous
en trouverons sur les rochers de l'île qui en
sont voisins ».

Eléonore étoit bien sûre de mon approbation.
J'adoptai volontiers tout ce qu'elle m'avoit pro-
posé, et pour lui témoigner mon empressement
à la satisfaire, je pris sur-le-champ les choses
nécessaires à notre embarquement, et tous les
ustensiles de la pêche; après quoi fermant la
cabane, je partis gaîment avec ma compagne,
et nous nous rendîmes au bateau. Je ne m'en
étois pas servi depuis long-temps. Il fallut le
vider d'une quantité d'eau qui y étoit tombée,
malgré le couvert de ramée et de joncs que je
lui avois fait; mais après l'avoir nettoyé, après
l'avoir entouré de cordes garnies d'hameçons,
nous descendîmes doucement vers l'embouchure en côtoyant le rivage, et nous jetâmes
nos lignes et nos filets.

Cette promenade, ou plutôt cette pêche, entreprise dans le double dessein de satisfaire

notre intérêt et notre curiosité, remplit très-
bien toutes les vues d'Eléonore, qui, charmée
du plaisir qu'elle y trouvoit, se proposa de le
renouveler aussi souvent que nos affaires nous
le permettroient. Nous prîmes dans la baie des
cabliaux, des aloses, de très-beaux maquereaux;
et sur les bords , des crabes et des langoustes;
et comme le temps étoit magnifique et le calme
parfait, nous débouchâmes de la rivière; et
tournant à gauche, en évitant la pointe, nous
parcourûmes à l'est tous les bancs de roches
qui nous parurent accessibles; nous trouvâmes
en différens endroits plusieurs sortes de coquillages, et particulièrement de très-belles huîtres,
dont Eléonore, qui les aimoit, fit une ample
provision.

Nous en pêchâmes dans la suite une grande
quantité, et nous les transportâmes sur les
côtés pierreux de la baie , où elles multipliè-
rent prodigieusement , et nous dispensèrent
d'aller au loin pour nous en procurer. Eléonore voulut même en mettre dans des parcs,
comme on fait en France pour en avoir de
vertes et d'une graisse plus délicate. Elle réussit
dans cette entreprise , qui., en nous donnant
un moyen de plus de subsistance, nous fournit
à volonté une grande partie de l'année un mets
servi par-tout sur les meilleures tables.

Nous revenions l'un et l'autre fort contens
de ce petit voyage, dont nous retirâmes bien

du plaisir et beaucoup de profit sans courir le
moindre risque, lorsqu'à peu de distance de
l'endroit où j'avois coutume d'arrêter la chaloupe, il nous arriva encore une bonne fortune, qui
mit le comble aux succès de la journée. Comme
nous détournions le bateau du milieu de la rivière pour aborder, un beau saumon, qui montoit contre le courant, poursuivi peut-être par
quelque ennemi, sortit de l'eau par un bond,
et sauta dans la chaloupe à notre grande surprise ; ce qui n'empêcha pas que je ne le misse
aussitôt hors d'état de nous échapper.

Tous ces poissons et ces coquillages furent
sur le champ transportés à la cabane, où nous
fûmes de retour vers les dix heures. Les ménagemens qu'exigeoit la santé d'Eléonore,
ne permettoient pas de prolonger cette partie
plus long-temps. Le grand chaud pouvoit l'incommoder ; d'ailleurs il étoit nécessaire qu'elle
prît de la nourriture.

L'après-dîné, je conseillai à Eléonore de se
mettre sur son lit pour se délasser par le repos, tandis que je m'occuperois des ouvrages
les plus pressés ; mais elle me répondit que le
repos du jour interromperoit le sommeil de la
nuit : elle me pria donc de ne pas trouver mauvais qu'elle m'accompagnât, pour être du moins
spectatrice de mes travaux, si elle ne pouvoit
pas y coopérer.

Nous visitâmes le jardin, nous fîmes le tour

du champ, et nous trouvâmes par-tout bien des choses à faire. Les pluies avoient fait naître parmi nos blés et nos légumes une grande quantité d'herbes qui les affamoient et qui menaçoient de les étouffer. Je vis qu'il falloit sarcler et trier ces blés, arracher ces herbes nuisibles, si je ne voulois m'exposer à perdre nos semences. Je remarquai d'ailleurs que ces semences précieuses sur lesquelles nous fondions notre plus grand espoir, méritoient d'autant mieux d'être conservées, qu'elles avoient la plus belle apparence. Chaque pied avoit déjà talé considérablement. La fane en étoit large, épaisse, d'un vert foncé, et promettoit de donner une forte paille et des épis nombreux et superbes.

L'orge et le seigle commençoient à lever: ces deux sortes de grains ne demandoient pas à être sarclés comme le froment, auquel cette opération, qui le chausse et le nettoie, est très-profitable. Je me contentai donc d'arracher avec la main les mauvaises herbes les plus hâtives d'entre les seigles, en quoi Eléonore voulut m'aider; mais je differai de biner le froment qui ne montoit pas encore, et je fus bien aise de ce délai, parce que ma compagne, quoique foible, auroit cru devoir me seconder dans cette opération, qui ne demande pas, il est vrai, de grandes forces, mais qui devient pénible par la posture gênante où elle vous tient. Cela ne me servit pourtant pas de grand-

chose ; car , lorsque du champ nous revînmes
au jardin , je ne pus empêcher Eléonore de
prendre le sarcloir et de mettre la main à l'œuvre , et , tout considéré , je cessai de m'y opposer. Il étoit plus facile d'arracher les herbes
du jardin , que celles du champ ; d'ailleurs il
ne falloit pas avoir l'air de heurter sans cesse
sa volonté , et j'aimai mieux enfin la satisfaire
dans cette fantaisie , au hasard de lui laisser
prendre un peu de fatigue, que de lui donner
le chagrin de se voir sans cesse contrarier.

Comme notre potager n'avoit pas beaucoup
d'étendue , et que nos légumes n'étoient pas tous
susceptibles d'être sarclés, la façon que nous
leur donnâmes fut achevée de bonne heure ;
de manière que je pus m'occuper quelque temps
encore avant le souper , de nos plantes , de nos
arbres encaissés, et leur partager les soins qui
leur étoient nécessaires. J'avois en caisse deux
très-beaux pieds d'ananas, quelques pommiers
et poiriers d'Europe, des bananiers et plusieurs
plants de vigne, qui tous réussirent à merveille
dans ce climat, et ne tardèrent pas à me donner des fruits délicieux , à l'exception de la
vigne, pour le succès de laquelle il me fallut
essayer long-temps divers procédés, soit dans
la taille et dans la culture , soit dans l'expo-
sition.

Le pays étoit sans doute trop chaud pour
cet arbuste des régions tempérées , et la terre

de l'île trop abondante en sève et en sels : en effet, je m'apperçus que le grand soleil étoit contraire à la vigne, et que l'abondance de la sève faisoit crever le raisin avant sa maturité; mais je dois dire ici en passant, pour la satisfaction de mes lecteurs, que je vins à bout de remédier à ces inconvéniens, en prêtant à ma jeune vigne une ombre salutaire pour la garantir des grands feux du jour, et en divisant et diminuant la sève; c'est-à-dire, que je donnai à la vigne plus de jets qu'on ne lui en laisse dans nos pays de vignobles; que je la laissai, comme en Italie, monter sur des arbres, contre lesquels je l'appuyai, et que je ne la taillai que le plus tard que je pus. Ainsi la sève, en partie supprimée par les pleurs de la vigne, et partagée dans un grand nombre de rameaux, ne porta plus au fruit ce superflu de nourriture, qui, rompant l'enveloppe du grain, le faisoit pourrir et sécher, et ne lui permettoit jamais de venir à maturité.

Mais revenons. Eléonore me sut bon gré de ma complaisance, et sa bonne humeur, durant le souper, me dédommagea bien de l'espèce de contrainte que j'avois eue jusque-là. Son cœur n'avoit plus pour moi autant de réserve qu'elle m'en montroit avant sa maladie, et ce soir elle s'épancha d'avantage. Loin de s'opposer à l'expression de mes sentimens, elle les écoutoit avec plaisir; elle me laissoit voir sa tendresse;

elle m'assuroit de la grande estime qu'elle avoit toujours eue pour moi.

~~~~~~

CHAPITRE XVI.

Multiplication des animaux de l'île; calendrier; tremblement de terre; danger que court l'Auteur des Mémoires.

S'IL est bon de connoître les événemens qui nous ont jetés sur cette terre déserte, il n'est pas inutile de savoir comment nous y avons acquis successivement les moyens de subsister; comment de l'aisance et du superflu ; comment enfin, les travaux et l'union de deux individus regardés comme seuls au monde, ont pu régénérer l'espèce humaine, et former de leur nombreuse famille une société nouvelle, un peuple nouveau. Ces objets, dont les foibles commencemens paroissent d'abord de peu d'importance, sont pourtant dignes, quoique simples, de la curiosité de tout homme sensé, qui est bien aise de porter ses regards sur le berceau de la société et sur les progrès du genre humain.

Une de nos premières occupations, et certes des plus essentielles, étoit le soin journalier que que nous prenions de nos bestiaux. Le pâturage est en quelque sorte la base d'une société

naissante. Ce sont les animaux qui donnent à
l'homme le moyen de subsistance le plus assuré.
Ils sont le premier mobile de l'agriculture. Sans
leur secours, l'homme isolé pourroit-il solliciter puissamment la terre ? pourroit-il entreprendre les grands travaux qu'elle demande?
auroit-il de quoi la ranimer, lorsqu'elle est épui-
sée par ses productions? Je connoissois tout le
prix dont ils étoient pour nous. Je veillois avec
Eléonore au soin de leur nourriture, de leur
bien-être, de leur reproduction.

Mes attentions à cet égard avoient eu beaucoup de succès. Tous mes quadrupèdes étoient
non seulement en bon état, mais chaque famille
s'étoit fort accrue. Le climat leur étoit si favorable, que la plupart des femelles avoient donné
plusieurs petits à chaque portée. Une de nos
vaches mit bas un veau et une belle genisse ; nos
brebis nous donnèrent chacune deux agneaux.
Les ânes et les cochons ne multiplioient pas
moins rapidement. La basse-cour surtout étoit
fort augmentée; les poules, les pintades, les
pigeons, et jusqu'aux pingoins privés, avoient
si bien réussi, que depuis environ dix mois que
nous étions dans l'île, leur nombre, qui n'étoit
d'abord que de vingt, montoit alors à plus de
cent, quoique la maladie de ma compagne en
eût consommé plusieurs, et que d'ailleurs cet
accident eût arrêté leur multiplication. Il ne
faut pas à des poulets, dans cette île, plus d'un

mois ou cinq semaines pour acquérir toute leur force.

Ces deux branches de nos revenus, je veux dire le produit de nos bestiaux et de nos volailles, étoient une grande ressource pour un petit ménage comme le nôtre, dans la disette où nous nous trouvions des denrées de première nécessité. Nos vaches et nos brebis nous fournissoient du lait, dont nous fîmes ensuite du beurre et du fromage. Nos volailles nous donnoient journellement des œufs. De temps en temps nous tirions de l'étable ou de la volière quelques petits, qui, en variant nos mets, faisoient les délices de notre table; et quand nous eûmes fait notre seconde récolte, qui fut assez bonne, nous nous trouvâmes dans une sorte d'abondance, grace à nos soins et à nos travaux. Mais, loin d'en modérer l'activité, nous avions besoin de la redoubler, pour étendre et perpétuer les moyens de subsistance, qui, dans le nouvel état où nous allions entrer, nous devenoient plus nécessaires, soit pour la nourriture d'une famille plus nombreuse, soit pour suppléer à celle des animaux et pour les engraisser (1).

---

(1) La plupart de nos bestiaux étoient assez faciles à nourrir. Il n'en étoit pas ainsi des cochons et d'une partie de la volaille. Ces derniers paissoient, sans doute, comme les autres, et nous ne manquions pas de pâtu-

Lorsque le cercle de ces premiers travaux nous laissoit quelque loisir, je l'employois à des occupations d'une nécessité moins absolue, mais

---

rages ; mais, dans les temps de sécheresse, l'herbe aride ne fournissoit pas assez aux cochons. Il auroit fallu les abandonner entièrement, pour leur laisser la liberté de chercher leur vie. De même nos volailles souffroient dans la saison pluvieuse. Je fus obligé de suppléer à ce qui manquoit de nourriture à ces animaux, et pour cet effet, après les avoir laissés vaguer une partie de la journée auprès de nos possessions, nous les appelions le soir, et leur donnions d'abord un peu de biscuit avarié, que nous laissions tremper dans les eaux grasses de la cuisine, du mauvais grain, tant qu'il dura. Quand ces denrées furent finies, je donnois aux cochons les sommités de quelques plantes grasses, des racines, des fruits, que leur instinct leur faisoit manger avidement, s'ils étoient propres à les nourrir, ou dédaigner, s'ils renfermoient des qualités nuisibles. Cette expérience m'apprit à connoître les productions de l'île qui pouvoient servir à leur subsistance, et j'en fis usage pour la volaille, en prenant la précaution de les faire cuire. J'employai dans la suite les pommes de terre cuites pour tous nos bestiaux, qui en parurent très-friands. Enfin, pour augmenter la ponte de nos volailles, en leur fournissant une nourriture plus succulente, je m'avisai de faire une couche de fumier mêlé de gazon, que j'arrosois de temps en temps d'eaux grasses, et dans lequel j'enfouissois le sang des animaux que nous mangions. Tout cela venant à fermenter, produisoit une quantité de vers dont nos volailles faisoient leurs délices. Au reste, l'attention que nous avions de donner tous les soirs quelque nourriture à nos volailles et aux cochons, les avoit accoutumés à venir dès qu'on les appeloit. Les gens du monde pourroient mépriser ces

néanmoins toujours utiles. C'étoit dans la vue
de profiter d'un de ces intervalles, que j'entrepris de faire un Calendrier pour notre île, afin
d'y régler les temps pour l'avenir. Je n'étois pas
un habile astronome; mais, pour réussir comme
je l'entendois, je me crus assez savant; d'ailleurs
je ne pouvois me reposer de ce soin sur personne. Il étoit indispensable de déterminer d'une
manière constante le cours de l'année, les saisons et les mois; il ne l'étoit pas moins de ne
pas se tromper sur l'ordre des jours de la semaine, et sur celui des principales fêtes. Si la
négligence ou l'impéritie nous avoit fait perdre
une fois le fil qui nous guidoit dans l'arrangement des temps, il n'eût peut-être pas été possible de le retrouver, et nous n'eussions pu
compter que par lunes, comme les Sauvages.

Je ne m'amusai point à combiner savamm-
ment les divers cycles inventés pour régler
l'année solaire. Je savois qu'elle étoit de trois
cent soixante-cinq jours et près de six heures,
et que de cet excédent on formoit tous les quatre
ans un jour qu'on ajoutoit au mois de février,
qui se trouvoit alors de vingt-neuf jours par
cette augmentation. Je savois aussi que l'année
lunaire, composée de douze mois synodiques,

---

détails; mais ils ne seront pas inutiles à ceux qui se trouveroient dans ma position, ni à ma postérité; ils ne le seroient pas non plus ailleurs aux bons économes champêtres.

n'étant que de trois cent cinquante-quatre jours,
la première excédoit l'autre d'onze jours, et que
de ce reste on formoit l'épacte. Avec ces connoissances préliminaires, j'aurois pu calquer
mon almanach sur le calendrier grégorien;
mais, pour le suivre strictement, je m'aperçus
que la fixation du temps de la célébration de la
Pâque et des fêtes mobiles, demandoit tous les
ans un nouveau calcul. Je jugeai donc que je
pouvois, sans inconvénient et avec plus de commodité pour les futurs insulaires, fixer invaria-
blement la fête de Pâque au dimanche le plus
prochain de l'équinoxe du printemps, et, sans
m'embarrasser du soin de la faire tomber au
plein de la lune de mars, j'en fixai la célébration pour l'avenir à cette première époque; ce
qui ne laissa plus de variation pour le temps de
la célébration des autres fêtes qui dépendent,
pour l'ordre, de la détermination de la Pâque.

Pour marquer les jours de la semaine, et,
pendant toute l'année, le jour du mois où tombe
le dimanche, j'employai les lettres dominicales
en usage, et la lettre C servit à désigner le dimanche la première année de mon calendrier,
ou de 1700, parce que le premier jour de jan-
vier de cette année 1700, étoit un vendredi.
Mon almanach ne fut d'abord qu'une feuille de
papier divisée en douze parties, qui furent dé-
signées chacune par le nom d'un mois. Elles ne
contenoient que le nombre des jours de chaque

mois, accompagnés de la lettre dominicale, et du nom des principales fêtes. J'eus soin de renouveler tous les ans ce calendrier, que j'enrichis ensuite des éphémérides de l'île, et du retour périodique des lunes.

Ce réglement civil et ecclésiastique une fois établi, je repris mes anciens travaux, et je voulus finir l'excavation de la grotte, déjà fort avancée. Eléonore venoit souvent dans mon atelier, et quoique foible encore, essayoit quelquefois de m'aider dans cet ouvrage ; mais comme elle desiroit beaucoup d'en voir la fin, elle se plaignoit de sa foiblesse, qui ne lui permettoit point d'y travailler assidûment; cependant cet état de convalescence la sauva d'un danger imprévu où je pensai périr.

La nécessité de rétablir ses forces, jointe à mes prières, l'obligeoit de garder le lit une bonne partie de la matinée, pendant qu'après avoir fait le gros du ménage, je me rendois à la grotte pour en finir l'excavation. Déjà je touchois de près au terme de mon entreprise, et je n'avois pas pour une semaine de travail, lorsqu'un matin que j'achevois d'enlever le déblai de la grotte, un bruit sourd se fit entendre, comme celui d'un canon qu'on auroit tiré de loin. La terre trembla, l'île fut ébranlée d'une manière terrible. J'étois au fond de la grotte dans ce moment, et j'allois fuir pour voler vers

Eléonore et pour la rassurer ; mais j'avois à peine fait quatre pas du côté de l'entrée, qu'une masse énorme de tuf, détachée de la voûte par la secousse qu'elle avoit éprouvée, tomba tout d'un coup avec fracas derrière moi et presque sur ma tête. Je fus renversé et comme enseveli sous ses ruines, dont les plus grosses parties, en rejaillissant contre moi, pensèrent me briser tous les membres. Ma chute et les contusions que je reçus furent si fortes, que j'en perdis connoissance, et que je demeurai long-temps en cet état.

Eléonore, qui ne dormoit pas, s'aperçut de ce furieux tremblement de terre, à la secousse qu'elle éprouva dans son lit, et au craquement de tous les bois de la cabane. Elle se leva aussitôt toute épouvantée, et, n'étant qu'à demi-vêtue, courut vers la grotte où elle savoit bien que j'étois. Son inquiétude croissoit de ne pas me voir revenir dans un moment où la connoissance qu'elle avoit de mon cœur, lui laissoit croire que je devois tout quitter pour voler auprès d'elle. Elle trembloit que la secousse violente dont l'île venoit d'être agitée, ne m'eût causé quelque accident funeste ; que quelque pierre, en tombant de la voûte, ne m'eût écrasé de son poids ; et son imagination effrayée précipitoit sa course pour me retrouver. C'étoit dans le trouble de ces pensées qu'elle arriva à l'ouverture de la grotte, où m'ayant aperçu par terre, couvert des débris de la voûte, elle fit un grand cri en s'élançant jusqu'à moi.

J'étois enfin revenu de mon évanouissement; mais je n'avois pu me débarrasser encore des décombres qui m'investissoient. J'avois essayé vainement de m'en dégager; l'affoiblissement de mes forces ne me l'avoit pas permis. J'ignorois si je n'aurois pas quelque membre rompu. Je m'empressai pourtant de rassurer Eléonore. « Ne vous alarmez pas, lui dis-je, j'espère que cet accident n'aura pas de suites fâcheuses. J'échappe fort heureusement au danger que j'ai couru. La providence n'a pas voulu vous priver du seul ami qui vous restoit». Eléonore faisoit des acclamations touchantes, et cependant ne se bornoit pas à me plaindre; elle se hâtoit de me débarrasser; elle s'efforçoit de me tirer du milieu de ces ruines sous lesquelles je gémissois. Elle fit tant, que je lui dus enfin la liberté d'en sortir, et qu'à ma grande satisfaction je pus me relever sans fracture.

Mais quoique je n'eusse pas les os brisés, comme je le craignois d'abord, j'étois meurtri de telle sorte, que, malgré la contenance que j'affectois, je pouvois à peine me tenir sur mes jambes; et que, pour sortir de la grotte, je fus obligé de m'appuyer sur Eléonore. Nous allions ainsi vers la cabane, tous deux fort affligés, Eléonore d'un accident qui me faisoit beaucoup souffrir, et moi des suites fâcheuses

1.1*

qu'il devoit avoir pour mon amour. Je prévoyois
que ces meurtrissures très-douloureuses sus-
pendroient encore mon bonheur en retardant
notre mariage ; et cette perspective me donnoit
un violent chagrin.

Ces pensées, autant que mon état ralentis-
soient ma marche ; nous n'avancions qu'à petits
pas ; et, quoique nous n'eussions qu'une distance
peu considérable à parcourir, je fus obligé de
faire plusieurs pauses pour reprendre des forces.
Dans une de ces stations où nous étions l'un
et l'autre assis sur le gazon , nous entendîmes
un bruit souterrain , comme d'un chariot qui
auroit impétueusement roulé sur le pavé ; et
nous éprouvâmes une nouvelle secousse de
tremblement de terre , plus violente que la
première. Le mouvement du sol fut tel, que
peut-être je serois tombé si j'eusse été debout.
Le faîte des arbres parut agité comme par la
tempête, et des rochers détachés de la crête
voisine roulèrent dans la campagne. En même-
temps , je vis du côté du nord une colonne de
feu s'élever par intervalles, tandis qu'une épaisse
fumée , couvrant l'atmosphère de l'île, portoit
des cendres jusqu'à nous.

Je compris que l'île éprouvoit ces secousses,
parce qu'il s'étoit fait une nouvelle éruption
de matières enflammées dans la montagne fu-
mante, et que nous étions sans doute voisins
d'un volcan, comme je l'avois soupçonné : en

conséquence, je me promis bien de remarquer
une autre fois plus attentivement les signes
indicatifs de ce phénomène , et d'être plus
soigneux d'en éviter le danger. J'appris ensuite
par expérience, que rarement un tremblement
de terre se fait sentir sans s'annoncer par des
avant-coureurs très-remarquables. La veille ,
notre pendule s'étoit arrêtée d'elle-même : elle
ne reprit son mouvement qu'après que la terre
se fut raffermie. Nos chiens heurloient, nos
animaux montroient de l'inquiétude. J'aurois
été plus circonspect', si j'en avois connu la cause,
et loin de m'exposer à être écrasé sous les rochers de la grotte, je me serois tenu dans la
cabane, dont la structure légère et la charpente
bien liée, ne nous laissoient pas craindre le
même péril.

Ces considérations firent que je n'hésitai pas
de retourner au logis dès que je fus reposé,
quoique la terre fût encore agitée. Ma compagne
n'avoit garde de me quitter ; elle m'y suivit,
pour me rendre tous les services dont je pourrois avoir besoin.

Il est inutile de dire combien Eléonore fut
sensible à mon infortune. Le cœur d'une femme
est si compatissant, et le sien étoit si bon et si
tendre ! Elle me fit aussi-tôt de l'eau de boule
avec du rhum, en bassina mes plaies, et mit
sur mes jambes des compresses mouillées de
cette liqueur ; ensuite m'ayant obligé d'en passer

sur tous les endroits du corps où je sentois
quelque douleur, elle me fit avaler le reste.
Elle exigea de plus que je demeurasse au lit,
pour me refaire de la fatigue. Dans la circonstance, une saignée m'eût été salutaire. Je voulus
essayer de me saigner moi-même; mais Eléonore s'y opposa, en disant que j'avois assez
perdu de sang pour n'avoir pas besoin d'en
perdre encore; et que d'ailleurs elle ne me
permettroit point de faire une tentative que
mon inexpérience pouvoit rendre fort dangereuse, et où je risquerois tout au moins de
m'estropier.

Il fallut donc me résoudre à rester au lit et
à prendre patience. Cette recette m'étoit d'autant plus nécessaire, que mon mal devint plus
cuisant. Je n'avois d'abord éprouvé qu'un engourdissement douloureux; mais peu à peu les
parties offensées devinrent plus sensibles, et
les accidens augmentèrent de telle sorte, que
la fièvre me prit, et que je craignis une maladie.
Ma compagne, vivement affligée de mon état,
et facile à s'alarmer, me rendoit tous les soins
que je lui avois donnés, et n'oublioit aucune
des choses qu'elle jugeoit propres à mon sou-
lagement. Elle ne me quittoit que pour vaquer
aux soins indispensables que demandoient les
étables et la basse-cour, et s'occupoit auprès
de mon lit de ceux du ménage. Enfin elle né-

gligeoit de songer à elle, pour me servir plus
assidûment.

J'avois beau la prier de modérer son zèle et
ses attentions, et lui représenter qu'elle devoit
avoir plus d'égard à sa foiblesse, elle ne voulut
rien changer à sa façon d'agir, et tant que
j'eus de-la fièvre, je ne pus pas obtenir de
sa complaisance qu'elle se couchât la nuit.
Lorsque je fus plus tranquille et que je com-
mencai à me lever, elle chercha à me récréer
par des lectures amusantes et par sa conversation, où elle mit un ton plus affectueux encore que par le passé. Elle me témoigna tant
de bonté et de tendresse, que je ne pouvois
me plaindre de l'accident qui en étoit l'occasion, et que je l'eusse au contraire regardé
comme très-favorable, s'il n'eût pas éloigné le
moment qui devoit nous unir.

Eléonore souhaitoit et craignoit également
de voir arriver l'époque de notre union. Cependant le temps et les soins de ma compagne,
qui me rendoient chaque jour de nouvelles
forces, nous approchoient peu à peu de ce
moment heureux. Ayant recouvré, ainsi qu'elle,
une parfaite santé, je lui rappelai ses promesses,
et elle me répondit en rougissant, qu'elle étoit
prête à ratifier ses engagemens; qu'elle me
prioit seulement de lui donner encore deux
jours, pour se préparer à la cérémonie de notre
mariage, qu'elle projetoit de rendre la plus

solennelle et la plus auguste qu'il nous fût possible dans la position isolée où nous étions. Je
n'eus pas de peine à consentir à ce court délai,
à la fin duquel, en m'unissant à l'épouse la
plus vertueuse comme la plus aimable, je devois être le plus fortuné des hommes.

CHAPITRE XVII.

Eléonore se dispose à épouser le Chevalier;
cérémonie du mariage. Tableau du bon-
heur des deux époux.

Les deux jours de délai qu'Eléonore m'a-
voit demandés, pour se préparer à la célébration de notre mariage, furent pour elle des
jours de prière et de recueillement. Elle étoit
si pénétrée de la sainteté des devoirs qu'elle
alloit s'imposer, elle en sentoit si bien l'importance, qu'elle redoutoit en quelque sorte
de s'en charger, et ne croyoit pas pouvoir s'en
acquitter dignement, sans les graces et les bénédictions du ciel dont elle imploroit le secours.

» Que d'obligations, disoit-elle, ne vais-je
pas contracter, en recevant le titre d'épouse,
en acquérant celui de mère de famille? Comment satisfaire à ce que la religion et la postérité attendent de nous, si nous ne connois-

sons parfaitement ce qu'elles en exigent ; et
qui ne craindroit de prendre des engagemens
aussi respectables, s'il en pesoit toutes les con-
séquences ?

» Ceux qui contractent inconsidérément les
liens du mariage, et qui ne portent pas à la
formation de cette société les qualités et les
dispositions nécessaires, ne doivent pas se plaindre des amertumes qu'ils y trouveront. Si les
premiers momens leur en semblent doux, ceux
qui leur succéderont seront semés d'inquiétudes et de chagrins ; et, ce qu'il y a de plus
fâcheux , c'est qu'ils n'auront pas seulement
à s'accuser d'être la cause de leur triste sort,
ils devront se reprocher encore les malheurs
de leurs compagnons, les fautes de leurs des-
cendans , et souvent leurs infortunes.

» C'est la vue de ces inconvéniens qui m'a
toujours rendu le mariage si redoutable. Je ne
pouvois me cacher que les mariages malheureux n'étoient en si grand nombre que parce que
les époux n'étoient pas bien assortis , qu'ils n'a-
voient pas les vertus de leur état, ou n'étoient
pas assez instruits des devoirs importans auxquels il assujettit : et plus je réfléchissois sur
ceux d'épouse et de mère, plus ils me sembloient respectables ; moins au contraire je me
croyois en état d'en atteindre la perfection ,
moins je devois prendre de confiance en moi-
même.

« Qu'il me soit permis, avant tout, mon cher Chevalier, de vous remettre sous les yeux ce que mon père m'a dit si souvent : qu'il ne suffit pas que les deux époux en s'unissant aient de l'inclination l'un pour l'autre, qu'il faut encore qu'ils s'estiment autant qu'ils s'aiment ; qu'à l'esprit de concorde et de paix ils joignent l'amour du travail, la complaisance, la raison ; que la modération veille sur leur santé, afin qu'ils puissent donner le jour à des enfans sains et robustes. Enfin, que pour travailler fructueusement au bien-être futur de ces enfans, les parens ne sont pas seulement obligés de pourvoir aux besoins du corps, mais principalement à ceux de l'ame ; qu'ils doivent diriger la volonté et éclairer l'intelligence de ces êtres foibles, et que c'est une pénible tâche pour tous ceux qui desirent de s'en occuper soigneusement.

» Ajoutez à cela, que l'insuffisance des parens peut trouver partout ailleurs des supplémens dans les secours de la société, et qu'ici nous ne pouvons nous appuyer en quelque sorte que sur nous-mêmes ; que toute la société de l'île résidant en nous deux, nous serons tenus de faire à nous seuls toutes les fonctions qui, dans des contrées plus heureuses, se trouvent partagées entre tant de membres différens. Eh ! qui ne seroit épouvanté du surcroît de soins et de travaux que notre union va nous donner ! Qui ne craindroit, à ma place, les charges du mariage, s'il considéroit sa foiblesse et son inexpérience ? Vous vous plaigniez autrefois de mon irrésolution ; mais convenez, mon cher Chevalier, qu'il fallut que je vous aime bien, pour me soumettre, en me liant à vous, aux nouvelles peines qui nous attendent ».

« Oui, lui dis-je, ma chère Eléonore, je conviens que vous me donnez en cette occasion la preuve la plus certaine de votre estime et de votre attachement. Vous ne sauriez jamais faire plus que vous ne faites pour moi. Je vous devrai tout sans doute, et je vous assure pour toute la vie de la reconnoissance la plus vive, et de la tendresse la plus parfaite ; mais vous vous exagerez les peines du mariage, c'est votre modestie et votre timidité qui vous épouvantent en vous les grossissant. Je conviens que notre situation est pénible ; mais tout est compensé dans la nature. Si nos soins et nos travaux doivent s'étendre par les suites de notre union, nous devons jouir, en récompense, des plaisirs les plus doux et les plus purs que l'homme puisse goûter sur la terre ; tout va nous donner de nouveaux motifs de remercier la Providence, et ces peines même, qui déjà vous inquiètent, contribueront à notre bonheur.

« Pensez-vous que votre cœur ne sera pas satisfait, et que vous ne serez pas contente de

vous-même, lorsque vous pourrez considérer
que tout ce qu'il y a de bien et de bonheur
dans cette île sera votre ouvrage ? et au lieu
de vous plaindre de ce qu'il vous aura coûté,
n'aurez-vous pas à vous applaudir d'en être la
cause à ce prix ? Ah ! vous ignorez encore la
douceur que l'Auteur de tout ce qui respire
a mise dans l'accomplissement des lois que sa
sagesse nous impose. Quelle satisfaction pour
une ame pure et sensible, de trouver dans l'objet qu'on aime, celui que le devoir nous prescrit d'aimer ! Quelle joie de le voir heureux de
notre bonheur, et quel charme enfin d'étendre son existence et son amour sur des enfans chéris, fruit précieux d'une union si tendre ! Vous ne voyez aujourd'hui que les épines
du mariage. Vous ne regardez que le côté fâcheux de notre position ; mais un temps viendra, je l'espère, où vous benirez le Ciel de
nous avoir comblés de si grandes faveurs ».

Eléonore me répondit que je peignois en
beau ; qu'elle espéroit bien trouver avec moi
tout le bonheur que deux personnes isolées
pouvoient goûter ensemble, mais que notre situation exigeoit plus de forces, de soins et de
connoissances qu'il ne nous en auroit fallu par-
tout ailleurs ; que m'ayant donné son affection,
et me destinant sa main et sa vie, elle ne manquoit ni de volonté ni de résolution pour contribuer au bien commun, mais quelle connoissoit

sa foiblesse, et qu'elle réclamoit mon indulgence ; qu'en attendant elle ne pouvoit trop implorer les secours du Ciel. « Venez, mon cher Chevalier, me dit-elle, venez avec moi demander à l'Auteur de tous biens les graces particulières dont nous avons besoin, pour seconder dignement les vues qu'il a sur nous. Sa divine Providence qui, en nous jetant dans une île déserte, nous a fait une loi de nous unir, ne refusera pas de nous assister, lorsque nous l'invoquerons avec confiance pour accomplir sa volonté ».

« Allons, dis-je, lui demander de toujours vivre l'un pour l'autre, en vivant pour lui, et, quoique nous devenions époux, d'être toujours amans. Prions-le de nous accorder encore l'abondance et la santé, et avec l'amour de la vertu, le zèle nécessaire pour le bien servir. S'il exauce nos vœux, je serai le plus heureux des hommes, car vous jouirez très-long-temps du sort que vous méritez, et vous n'aurez jamais rien à regretter sur la terre.

A ces mots, nous allâmes au bout de l'esplanade, et nous conjurâmes le Ciel de nous donner les dispositions nécessaires pour accomplir la plus sainte union. Eléonore, à genoux sur le marche-pied de l'autel, les mains jointes et la tête inclinée, prioit avec tant de ferveur et de modestie, qu'elle eût excité la piété dans le cœur le moins religieux. Elle étoit

en même temps si belle et si touchante, qu'on
l'auroit prise pour un ange bienfaiteur, demandant au Père des êtres le bonheur du mortel
fortuné confié aux soins de sa vigilance.

» Avant de faire le dernier serment, me dît
Eléonore en revenant à la cabane, je veux vous
prier de m'accorder deux choses ; l'une de graver sur une pierre dure, que nous placerons
ensuite sur l'autel, l'acte de notre mariage en
ces mots :

*G. de Lervignac, Chevalier des Gastines,
et Eléonore d'Aliban, se sont juré la foi con-
jugale, et se sont unis par le saint nœud du
mariage.* — A quoi vous ajouterez la date de
la cérémonie.

L'autre, de me promettre, au moment de
notre union, de la faire ratifier par un prêtre,
si l'occasion s'en présente jamais. « Je cède,
ajouta-t-elle, aux vœux de votre amour, aux
ordres de la providence, à l'estime et à la
tendresse que vous méritez ; mais je serois inexcusable, si, pouvant ajouter quelque jour à
nos promesses les formes usitées dans les mariages des chrétiens, et ce qui les élève à la
dignité du sacrement, je négligeois de munir
le nôtre du sceau sacré de la religion ».

Pénétré des mêmes sentimens qu'Eléonore,
je n'hésitai pas à la satisfaire sur ce qu'elle
me demandoit. J'étois en même-temps si rempli

de l'idée de mon bonheur, et si charmé des bontés de ma maîtresse, que je lui aurois donné ma vie avec une satisfaction que les cœurs froids ne sauroient imaginer. Je l'assurai du plaisir que j'aurois toujours à suivre ses volontés, et pour lui montrer mon empressement à lui obéir, j'allai sur le champ faire la recherche d'une pierre propre à recevoir l'inscription qu'elle m'avoit demandée. Je la trouvai près de la grotte, telle que je la souhaitois, et m'étant mis à l'ouvrage sans perdre un moment, j'eus fini de la graver le lendemain de bonne heure. Je la transportai ensuite, à l'aide de la brouette, jusqu'au bout de l'esplanade, où Eléonore m'ayant aidé à la monter sur l'autel, je la plaçai dans le milieu, après en avoir ôté une autre pierre. Je donnai à ce nouveau monument, qui doit faire époque à jamais dans les fastes de l'ile, toute la solidité qui pouvoit dépendre de moi.

Tandis que je sculptois ma pierre, Eléonore s'occupoit des préparatifs de la noce. Elle avoit tué plusieurs volailles, qui, jointes à quelques poissons que je pris le soir, devoient faire le fond du repas du lendemain. Elle arrangeoit tout d'avance. Elle employa le riz, les légumes, le laitage, la pâtisserie. Je voulus, de mon côté, contribuer à l'agrément de la fête; et, dès que le travail du monument fut achevé, j'allai vaquer aux soins que l'intérêt de mon cœur

exigeoit de moi. Je descendis à la riviere
où je fis une pêche assez heureuse ; et , sor
de la baie , je ramassai sur les rochers vo
sins une belle provision d'huîtres ; après cel
je cueillis dans le parterre et dans nos prai
ries les plus belles fleurs que j'y trouvai , pou
en parer le sein d'Eléonore, pour garnir soi
appartement de festons et de guirlandes , e
pour en couvrir jusqu'à notre table : enfin j
creusai le soir, autour du monument, plusieur
trous propres à recevoir des arbres que j')
voulois planter.

. La nuit suivante , qui devoit précéder ur
jour si mémorable , je dormis peu. L'agitatior
de mon cœur ne me laissa pas jouir d'un som
meil tranquille. L'attente d'un grand bonheu
est quelquefois aussi difficile à supporter qu
la crainte d'une disgrace. Je tressaillois , e
pensant à l'heureux sort que j'avois lieu d'at
tendre, quoiqu'éloigné du reste des homme
Dès qu'il fut jour, je me levai, et je sortis d
la cabane pour aller arracher sur une collin
assez éloignée les arbres que je voulois trans
planter. J'avois destiné depuis long-temps deu
palmiers, quelques orangers et plusiers myr
tes, à venir ombrager le bout de l'esplanade
C'étoit le moment que j'avois choisi pour e
faire la plantation. J'arrivai avec deux âne
attelés à la brouette , sur laquelle je portai le
instrumens propres à fouir la terre. Mes arbre

enlevés avec la motte de terre qui les entouroit, je les charriai jusqu'à la place que je leur
destinois. J'y avois déjà porté de la fontaine
des seaux remplis d'eau. J'eus soin , en plaçant
les arbres dans les creux, d'en arroser les racines. Cette pratique est nécessaire dans les
pays chauds , pour les faire prendre plus sûrement (1).

Je suspendis à ces arbres des festons de fleurs
que j'avois préparés la veille, et j'attachai sur
l'écorce des palmiers , dont j'avois entrelacé
les branches , ces foibles vers que mon cœur
m'avoit dictés.

Palmiers que j'ai plantés en ce riant séjour,
Monumens et témoins de mon bonheur suprême ,
Que votre amour constant soit à jamais l'emblême
  De mon tendre et fidèle amour !

---

(1) La saison la plus propre à planter des arbres, est,
en Europe, depuis le mois de novembre jusqu'à la fin
de février, c'est-à-dire, lorsque la sève ne circule pas ;
et dans les pays chauds , c'est la saison pluvieuse. On ha-
sarde beaucoup, sans doute, de les planter en d'autres
temps dans les lieux voisins du tropique ; mais , en prenant toutes les précautions que je pris , en conservant la
terre qui entoure la racine des arbres qu'on arrache , en
les transportant doucement ; enfin, en les tenant au
frais autant qu'il est possible , soit en faisant la plantation durant la nuit , soit en arrosant les creux et les racines des arbres plantés , il n'est pas extraordinaire de
les voir prendre, quoique forts , comme l'expérience que
j'en ai faite serviroit à le prouver.

Puissiez-vous, comme lui, résister à l'orage,
    Braver le temps et les revers !
    Puissiez-vous après cent hivers,
Aux jeux de nos enfans prêter un doux ombrage !
Ce gazon verdoyant où je vous ai placés,
    C'est le trône d'Eléonore.
Vous en serez le dais. Que vos bras enlacés
    Défendent celle que j'adore,
Du soleil dévorant de ces ardens climats !
Elle enchante les lieux où se portent ses pas.
    Combien de fleurs à vos pieds vont éclore !
    Heureux palmiers, en voyant tant d'appas,
Vous-mêmes, chaque jour, embellirez encore.

De retour à la cabane, où je rentrai sans
dire d'où je venois, je trouvai Eléonore déjà
levée, et qui préparoit toutes choses pour la
cérémonie et pour le repas. Elle voulut ensuite
se coiffer et s'habiller le plus manifiquement
qu'il lui fut possible. Je l'aidai dans son ajus-
tement et dans l'arrangement de ses cheveux,
qu'elle avoit les plus beaux du monde. Elle
prit une robe bleue, à fleurs blanches, et elle
étoit si ravissante dans cette parure, que je
pouvois à peine retenir mes transports en la
regardant, et que je demeurois comme hors
de moi-même. Je semai de fleurs sa chambre
et le lit nuptial, et je fis un joli bouquet pour
Eléonore. Lorsque je le plaçai sur son sein,
j'essayai d'y cueillir un baiser, mais Eléonore
me dit, en me repoussant doucement, et cependant d'un air assez sérieux pour m'arrêter,

qu'il ne convenoit pas de se payer d'avance,
et de manquer en ce jour à la retenue si louable que nous avions gardée jusqu'alors. Je
trouvai cette réponse bien sévère dans la circonstance, mais je ne pus m'empêcher d'admirer intérieurement Eléonore de porter aussi
loin la sagesse et la circonspection, et comme
je touchois au moment où je devois acquérir les
plus grands droits à sa complaisance, je n'insistai pas sur ce refus, dont j'espérai bien être
dédommagé par sa tendresse, après que j'aurois satisfait à ce que sa délicatesse, l'honneur et la religion me prescrivoient en même
temps.

Enfin, la pendule annonça le moment si desiré de mon cœur. Je conduisis Eléonore au bout
de l'esplanade, où elle avoit voulu que se fît la
cérémonie du mariage. Eléonore marchoit avec
un air de pudeur et de timidité, qui auroit enchanté le cœur le plus farouche. Elle n'osoit
lever les yeux; sa main trembloit dans la mienne,
tandis que, ne pouvant plus contenir les mouvemens de ma joie et les élans de mon amour,
je la couvrois du feu de mes regards. La vivacité
de mes yeux augmentoit encore le trouble des
siens, et elle se trouvoit tellement préoccupée
par l'idée de l'engagement qu'elle alloit prendre,
qu'elle avoit fait la plus grande partie du chemin sans s'apercevoir de la décoration nouvelle
dont j'avois entouré l'autel et la pyramide. Elle

né le remarqua qu'à une petite distance, et ne
put s'empêcher d'en témoigner de la surprise.
Elle lut mes vers, et je vis avec plaisir qu'elle
me savoit gré de mon attention, et qu'elle ap-
plaudissoit au fruit de ma verve. Un regard touchant qu'elle jeta sur moi, accompagné d'un
tendre souris, pénétra mon sensible cœur.

L'action importante que nous allions consommer, absorbant bientôt toute son attention, elle
se mit à genoux sur l'estrade que j'avois préparée, et je m'agenouillai à côté d'elle. Elle se
recueillit d'abord en elle-même : je vis qu'elle
prioit. Je crus devoir attendre quelques instans,
puis élevant la voix et les yeux, je dis :

LE CHEVALIER.

« Dieu puissant, qui remplissez tout de votre
» immensité, vous qui êtes la vérité par essence,
» qui nous voyez, qui nous entendez, qui lisez
» jusque dans nos cœurs, soyez témoin, soyez
» garant des sermens que nous allons faire en
» votre présence, et ratifiez nos mutuels enga-
» gemens.

» Dieu créateur, qui veillez à la production
» et à la conservation des êtres, qui, par l'at-
» trait que vous nous donnez l'un pour l'autre,
» et par la circonstance où votre Providence
» nous a mis, nous faites une loi de nous unir à
» jamais, qui voulez étendre la race des hommes
» sur cette terre déserte, daignez écouter nos

Cérémonie du mariage du Chevalier des
Gastines et d'Éléonore.

» promesses, exaucez nos justes vœux. » Je pris
alors la main d'Eléonore, et haussant encore
plus la voix :

« Je vous prends pour mon épouse, ma chère
» Eléonore; je vous jure de vous reconnoître
» toute la vie, de vous servir comme ma com-
» pagne, et de vous aimer jusqu'à la mort. Je
» vous promets de faire ratifier notre mariage,
» si l'occasion s'en présente, et de me faire tou-
» jours gloire du plus beau titre que je puisse
» porter. »

ÉLÉONORE.

« Et moi, mon cher Chevalier, je vous reçois
» pour mon époux, et je vous promets l'attache-
» ment, les égards, la fidélité qu'un mari doit
» attendre de sa femme. Je me mets sous votre
» dépendance, et je veux vivre et mourir dans
» votre compagnie, et toujours à vous. »

LE CHEVALIER.

« Dieu tout puissant, écoutez nos prières;
» punissez-moi si je n'exprime pas le vœu le plus
» sincère de mon cœur, si je manque jamais à
» mes promesses. »

ÉLÉONORE.

« Seigneur, que je perde plutôt le jour,
que d'oublier jamais ma tendresse et mon
devoir. »

LE CHEVALIER.

» Répandez, ô mon Dieu! votre bénédiction
» sur cette sainte union, que nous vous prions
» d'avoir pour agréable; rendez-la durable et
» féconde. »

ÉLÉONORE.

« Esprits saints et bienheureux, intercédez en
» notre faveur; demandez pour nous les graces et
» les secours qui nous sont désormais si néces-
» saires; et parmi tous ceux que j'invoque, ô
» mon père! vous, dont les cendres reposent
» ici, priez pour vos enfans, et veillez sur leurs
» besoins. »

LE CHEVALIER.

« Je vous invoque pareillement, vous qui
» donnâtes le jour à Eléonore; si mes sentimens
» vous sont connus, vous en voyez toute la vé-
» rité. Je ne tiendrois votre fille que de votre
» main, si vous étiez encore en vie. Vous n'exis-
» tez plus sur la terre; je conjure votre esprit
» d'approuver notre hymen. Qu'il vole autour de
» nous, qu'il nous protège et nous inspire dans
» les fréquentes occasions où nous aurons besoin
» de secours. »

J'avois une bague au doigt, je la mis à celui
d'Eléonore, comme un signe de l'engagement
éternel que nous venions de contracter. Quand

la cérémonie fut achevée, j'embrassai mon
épouse le plus tendrement; et fondànt en larmes
de joie, qu'elle me rendit en me serrant la main,
ensuite je lui dis : « Ma chère amie, c'est maintenant que je puis me regarder comme le plus
heureux des hommes; vous m'aimez, vous venez de vous donner à moi : nous ne ferons plus
désormais qu'un cœur et qu'une ame. Qui pourroit sur la terre égaler notre bonheur? Chaque
jour doit y ajouter, et, malgré les soins pénibles
qu'exige notre position, j'espère que nous aurons lieu de bénir sans cesse l'heureux moment
qui nous unit. » Eléonore me répondit, du ton
le plus touchant, qne je serois maître de sa destinée, et que ma félicité feroit la sienne.

Nous tenant mutuellement embrassés, nous
reprîmes le chemin de la cabane.

Sensibles cœurs, qui avez long-temps soupiré
après le bonheur de voir couronner votre flamme, véritables amans, époux fortunés que la nature et la providence ont assortis, et chez lesquels une seule ame anime deux corps faits l'un
pour l'autre, je ne vous peindrai pas mon inexprimable félicité, vous l'avez sentie. Profane
reste des humains, je n'entreprendrai point de
vous en donner une idée.

Doux espoir de ne jamais être séparé de l'objet qu'on aime plus que sa vie, assurance parfaite de l'aimer de plus en plus, et d'en être

aimé chaque jour davantage, combien vous
êtes préférables à l'empire de l'Univers.

Nous passâmes le temps qui suivit notre mariage, non seulement dans cette confiance mutuelle que nous avons toujours conservée depuis, dans l'entière satisfaction que donne la
jouissance du vrai bonheur, mais encore dans
le ravissement où nous mettoit le sentiment de
notre félicité. Je découvrois tous les jours de
nouveaux charmes dans mon épouse, et un
nouveau fonds de tendresse. Si quelque moment
d'absence nous séparoit, nous ne pouvions
nous retrouver sans tressaillir, nous ne pouvions
nous regarder sans nous attendrir jusqu'aux
larmes.

On parle du bonheur de deux vrais amans,
comme du plus grand qu'on puisse connoître.
Combien il diffère pourtant de celui qu'ils
doivent goûter lorsqu'ils sont époux, si toute-
fois leurs cœurs sont constans et vertueux! Nous
n'avions pas un sentiment, pas un desir, pas
une volonté qui pût jeter du trouble dans notre
ame, qui nous donnât de l'inquiétude, qui nous
laissât le moindre remords. Notre amour n'exigeoit rien qui ne nous fût prescrit par notre
devoir. Qu'on imagine à son gré la situation la
plus agréable, le sort le plus fortuné, on ne
réunira jamais dans son idée que le plaisir et
l'innocence, l'amour et la vertu, et ce bonheur
n'est pas un être de raison; c'étoit le nôtre.

On ne doit pas croire néanmoins que, quoique nous fussions occupés sans cesse l'un de l'autre, nous eussions mis en oubli que notre prospérité future et celle de notre famille dépendoient en grande partie de nos soins et de nos travaux, et que la population de l'île demandoit de nous un nouveau degré d'activité et de vigilance. Les douceurs de notre mariage ne suspendirent pas long-temps nos occupations ordinaires; elles nous prescrivirent bientôt au contraire de plus grandes tâches à remplir; car c'est ainsi que, par la grande loi de la nature, tout se tient et se succède dans le monde. Les grandes jouissances qu'elle accorde, doivent être précédées par des avances de toute sorte, en soins, en travaux, en dépenses, etc., et celles-ci sont payées par un surcroît de jouissance et de plaisirs, qui nécessitent de nouveaux efforts. Telle est la chaîne de la reproduction des êtres, la marche de la vie et celle de la société.

~~~~~~~~~~~~~~~~~~~~~~~~~~~~~~~~~~~~

CHAPITRE XVIII.

Augmentation de travaux; culture des champs plus étendue; construction d'une maison; occupations particulières d'Eléonore ; annonce d'une première grossesse.

De nouvelles charges à supporter, de nouveaux besoins à prévoir et à prévenir, demandoient de notre part un surcroît de soins et d'industrie. Nous devions naturellement nous attendre à voir sortir de notre union des rejetons, dont l'éducation, la nourriture, les vêtemens alloient étendre le cercle de nos travaux. La sollicitude paternelle nous éveilloit d'avance sur le bien-être de notre progéniture. Nous songeâmes donc à nous précautionner contre les événemens à venir, et à nous pourvoir des choses qui nous seroient alors nécessaires , et que nous ne pouvions cependant nous procurer qu'avec beaucoup de temps et de difficultés. La première et la plus urgente, devoit être la nourriture, dont le besoin ne pouvoit qu'augmenter, tandis que les secours que j'avois eus jusqu'alors alloient diminuer. Mon épouse une

fois mère, et obligée par cela même de nourrir
et de soigner ses enfans, ne pourroit guère s'en
éloigner, et ne seroit plus dans le cas de m'aider comme par le passé.

Les champs que nous avions déjà mis en
culture, devoient bientôt se trouver insuffisans;
il fallut s'occuper à les agrandir, c'est-à-dire,
étendre les labours et multiplier le travail pour
les rendre fertiles. Je reculai donc les bornes
de nos terres, en défrichant ce que je crus devoir ajouter du terrain voisin. Pour donner à
ces champs les préparations convenables, j'employai une de nos vaches, que j'avois attelée au
veau trouvé dans le vaisseau, et devenu depuis
assez fort pour lui servir de second. L'autre
vache étant malade, ne pouvoit être liée dans
ce moment pour mener la charrue. Ce ne fut
pas sans peine que je vins à bout de le dompter
et de le rendre propre au labourage ; mais une
fois soumis au joug, et dressé à tirer et à sillon-
ner la terre, cet animal me fut d'un grand secours. Dans la suite, quand je l'accouplai à un
de ses frères, que je rendis docile par les mêmes
moyens, j'en fis un bel attelage, lequel me servit pendant plus de dix ans au transport des
gros fardeaux et aux travaux les plus pénibles
de la culture.

L'emploi que je fis de ces bœufs, me soumit
à une autre sorte de travail. Je fus obligé de

12*

fabriquer une charrue plus longue et plus pesante que celle des vaches; et comme je n'avois
qu'une brouette fort basse pour me tenir lieu
de voiture, je me vis contraint à devenir char-
ron pour construire une charrette. La façon des
roues fut longue et embarrassante, et, sans les
connoissances que j'avois acquises en géomé-
trie et en mécanique, il est vraisemblable que
je n'aurois jamais su donner aux diverses parties qui les composent, toutes les proportions
qu'elles doivent avoir pour faire un assemblage
solide et pour tourner facilement. Le tâtonne-
ment n'auroit pu suppléer au défaut de théorie
et de pratique. J'éprouvai dans cette occasion,
comme dans beaucoup d'autres, que les connoissances se prêtent de mutuels secours; qu'il
n'y a qu'à s'applandir d'en réunir un grand
nombre, et que, dans une position comme la
mienne, on ne peut surtout trop connoître et
trop savoir.

Mais de tous nos travaux, le plus long et le
plus pénible, car celui-ci nous fut commun,
ce fut la bâtisse d'une maison. La cabane n'a-
voit été jusqu'alors qu'un établissement provi-
soire; nous ne pouvions guère l'habiter sans
incommodité; si j'attendois quelque temps encore, j'avois lieu de croire que je ne trouverois
pas Eléonore aussi libre, et que demeurant seul
chargé de tous les détails de la construction du
bâtiment, je serois obligé d'y employer beau-

coup plus de temps. Il étoit même à craindre que
je ne l'eusse pas fini avant le saison des pluies; ce
qui ne m'auroit pas seulement empêché d'y
mettre de sitôt la dernière main, mais pouvoit
encore gâter ce qu'il y auroit eu de fait jusqu'a-
lors. Les pluies abondantes sans cesse renouve-
lées, et l'humidité pénétrant naturellement dans
tous les joints des materiaux découverts, en auroient dégradé les liaisons en faisant couler le
mortier ou en pourrissant les bois de la charpente.

J'avois cependant bien de la peine de voir ma
chère Eléonore soumise à la nécessité de m'aider dans une entreprise aussi fatigante; mais
les circonstances qui l'exigeoient, la bonne volonté de mon épouse et sa santé, ne me laissoient pas la liberté de la dérober à ce travail.
Je me contentai de lui assigner la partie la plus
facile, quoiqu'elle voulût mettre la main à tout,
me réservant du gros de l'ouvrage tout ce que
je pouvois en faire à moi seul. Au reste, j'étois
moins inquiet de me voir seconder par Eléonore, en faisant réflexion qu'elle n'étoit pas ce
que sont la plupart de nos dames d'Europe, qui
se servent à peine de leurs pieds pour marcher,
et qui ne pourroient supporter la moindre fatigue. Son tempérament, fortifié par l'éducation
qu'elle avoit reçue, par l'habitude de vivre à la
campagne, et surtout par l'exercice continuel
qu'elle prenoit depuis long-temps, la mettoit

réellement au-dessus de la foiblesse de son sexe, et servoit à me rassurer sur les dangers et les peines qu'une femme plus délicate auroit pu trouver dans notre situation.

Avant de commencer un ouvrage de si longue haleine, j'avois pris toutes les précautions et les mesures qu'il m'étoit possible d'employer pour en assurer le succès. J'en avois conféré plusieurs fois avec Eléonore; nous avions examiné le local, et après être convenus de la position et de la forme que nous voulions donner à notre édifice, du nombre des logemens dont nous pourrions avoir besoin dans la suite, de la grandeur qu'ils devoient avoir, nous avions levé le plan de la maison, et ce plan une fois arrêté, nous nous étions occupés à rassembler les matériaux nécessaires pour le mettre à exécution. C'étoient surtout des bois de différentes grosseurs et de diverses longueurs, dont je fis des poutres, des soliveaux, des lattes; c'étoient des gluis de paille et de jonc pour la couverture, de la terre grasse pour les cloisons, de la chaux que j'avois faite avec des débris de coquillages, dont j'avois trouvé un banc considérable dans la terre; c'étoient enfin de grandes pierres pour parer les fondemens et le bas de l'édifice de l'humidité de la saison pluvieuse; car nous ne jugeâmes pas à propos de bâtir les parois en pierre plus qu'à hauteur d'appui. Les tremblemens de terre auxquels l'île est sujette, et que nous avions éprouvés, nous avertissoient de ne pas élever plus haut la maçonnerie, de crainte que venant à être renversée par des secousses, elle ne nous écrasât sous ses ruines.

Lorsque tous ces matériaux furent sur place, et que j'eus creusé les fondemens de la maison, je me mis à tailler les pierres et les bois qui devoient servir de support et de rempart au reste du bâtiment. Mon dessein étant de le consolider, de manière qu'il ne pût être renversé par un tremblement de terre, je n'oubliai rien pour donner à mes pièces de charpente la forme la plus propre à se joindre et à se lier fortement, et ce fut sur mes bois que je comptai, surtout pour le rendre bien solide. Je ne voulus pas les faire porter sur des murs, par la raison que je viens de dire; je pensai qu'il valoit beaucoup mieux n'appuyer le bois que sur le bois. Je garnis à la vérité le fondement de larges pierres, pour empêcher que le bois ne touchât le sol immédiatement. Mais ayant couché sur ces pierres de longues poutres assez grosses, dans lesquelles j'avois fait, de distance en distance, de grandes mortaises, j'y fis entrer des montans de quatorze pieds, qui portoient huit pouces d'équarrissage. Ces montans, dont les plus forts devoient faire les angles, également enchâssés par le haut dans des poutres parallèles à celles du fondement, mais qui étoient un peu moins

fortes que les autres, formèrent une cage en
quelque sorte inébranlable (1).

Entre les montans ou piliers de la charpente,
posés à dix pieds l'un de l'autre, j'en plaçai à
trois pieds de distance, mais d'une pareille lon-

---

(1) C'étoit un grand embarras que celui de dresser
cette charpente à deux personnes, et même que de remuer ces grosses pièces de bois. Je les équarris sur la
place même où je les avois coupées. Je fis, avec des pièces
plus légères, une chèvre, où je mouflai deux poulies, et
que j'armai d'un bon treuil ; et avec de longs leviers d'un
bois dur et solide, passés dans les trous de ce treuil, avec
une corde, les poulies et la chèvre, nous parvenions à
lever une de nos pièces par un bout, et à poser ce bout
avant de toucher à l'autre.

J'amenai mes poutres et mes solives de la forêt, sur la
place où étoit notre édifice, en les soulevant ainsi par
une extrémité, et la posant sur un essieu monté de deux
roues, puis relevant encore avec la chèvre l'autre extrémité, pour la poser à son tour sur un autre essieu soutenu de deux autres roues ; ensuite, en attelant mon
bœuf et ma vache à l'un des bouts de ma pièce de bois,
je la menois avec facilité, comme une voiture, dont elle
constituoit le corps. Mais cette voiture étant peu flexible,
et l'avant-train ne tournant pas, il m'avoit fallu dresser,
avec beaucoup de travail, un chemin de la forêt à l'esplanade, et quelquefois encore étois-je obligé, avec un
levier monté sur un tréteau, de jeter à droite ou à gauche
le train de derrière, pour ne pas perdre le milieu du
chemin, ou pour me prêter à quelques sinuosités que je
n'avois pu éviter de lui laisser, et qui, sans cette précaution de déplacer l'arrière-train, auroient incroyable-
ment fatigué mes animaux de trait, et peut-être rompu
mes roues.

gneur, de moins forts, que j'eus soin d'assu-
jétir avec les mêmes précautions. Ce fut dans
les intervalles qu'ils laissoient entre eux, que
je bâtis jusqu'à la hauteur de trois pieds du sol,
une muraille de pierre cimentée à chaux et à
sable. Au-dessus de ce mur, et d'un pilier à
l'autre, je posai transversalement des bâtons,
qui entroient des deux côtés dans des trous faits
avec une tarière, suivant toute la hauteur des
montans. Je garnis ces bâtons d'un bon torchis,
composé de terre grasse et de foin gâchés ensemble, et ce torchis, bien épais et bien battu,
forma le revêtement de l'édifice jusqu'au haut
des piliers. Je n'avois pas placé sur le bout de
ces piliers les poutres transversales qui devoient
porter les planchers du grenier ; j'avois fait
entrer ces poutres dans des mortaises entaillées
dans les plus gros montans, à neuf pieds de
terre et à trois du haut de la cage ; au moyen
de quoi, le lambris de nos chambres devoit
avoir neuf pieds d'élévation. Il restoit trois pieds
pour le grenier, avant d'arriver au toit, et le
bout des montans qui posoient sur le châssis
du fondement, entroit d'un pied dans la terre.
Je ne voulus pas faire de cave, parce que, dans
les pays du Tropique, elles sont plus chaudes
que le reste des appartemens. Notre grotte d'ailleurs nous tenoit lieu de la meilleure cave du
monde.

Quand j'eus posé la charpente du toit, et ce

qui étoit nécessaire pour la couverture, je m'occupai de la distribution du logement, que je fis
ainsi. La maison avoit cinquante pieds de longueur dans œuvre, et vingt-cinq de largeur. Je
pris vis-à-vis la porte d'entrée seize pieds en
carré, pour en former une pièce, qui devoit
servir en même temps de salon à manger et de
vestibule. Au-delà du salon étoit une chambre
de la même largeur, mais n'ayant que neuf
pieds de profondeur, où je plaçai un escalier
de trois pieds d'ouverture pour monter au grenier. Je la destinois, comme on verra, à plusieurs
usages, entre autres à donner passage à deux
appartemens du derrière. Le salon fournissoit
également, à droite et à gauche, une entrée à
deux appartemens sur le devant. Ces quatre appartemens, égaux pour la grandeur, étoient com-
posés chacun d'un cabinet et d'une chambre :
la chambre de douze pieds, et le cabinet de sept.
On pouvoit placer un lit dans chaque chambre,
et deux au besoin dans les plus grandes; ce qui
fut exécuté dans la suite, lorsque l'augmentation
de la famille l'exigea.

Par cette disposition, le salon se trouva percé
de quatre portes correspondantes, qui permirent à l'air d'y circuler librement. Je l'éclairai
par deux grandes croisées, placées à une distance égale de la porte du dehors. Je ne donnai qu'une fenêtre aux autres pièces, pour y
laisser moins pénétrer le chaud, trop incom-

mode dans ces climats durant la plus grande
partie de l'année; et pour rendre au salon le
frais que je lui dérobois par la multiplicité des
ouvertures, je le pavai de briques, auxquelles
je donnai une couleur à l'huile, et je construisis au devant de la porte et des croisées, une
sorte de portique ou de péristile composé de
quatre piliers de la hauteur du toit, sur lesquels
je bâtis une loge, qui servit ensuite de colom-
bier. L'ombre de ce portique para le sallon des
rayons du soleil, sans lui trop cacher la lumière.
Je planchéïai les autres pièces avec les plus belles
planches du vaisseau.

J'avois été successivement maçon, charpentier, couvreur, pour construire notre édifice.
Il fallut devenir forgeron et serrurier, pour fabriquer les ferremens que je devois y employer.
J'en fis pourtant servir beaucoup de ceux que
j'avois enlevés du navire; mais je fus obligé
d'en forger et limer la plus grande partie. Tels
étoient les gonds des portes, les garnitures des
fenêtres et des lits, et une grande quantité de
bandes et de clous que je ne pouvois me dispenser d'employer pour la solidité ou la perfection
de mon ouvrage.

Je ne cessois point d'admirer l'empressement
et l'assiduité d'Eléonore au travail, partout où
il lui fut possible de me seconder. Je ne pouvois me passer de l'union de ses forces, où
les miennes seules ne suffisoient pas, et quoi-

que je m'aidasse du cabestan du vaisseau, de
ma chèvre, des leviers et des poulies, il m'arrivoit souvent, et surtout pour élever et placer
les grosses pièces de charpente et les grandes
pierres du fondement, de me voir obligé de
combiner nos forces et de réunir nos efforts
pour en venir à bout, ce qui ne réussissoit
quelquefois qu'avec une fatigue et une peine
extrême.

Lorsque la construction de la maison ou le
soin du ménage laissoient quelque relâche à
Eléonore, elle donnoit ses momens de loisir
aux talens agréables qu'elle aimoit, et dans la
culture desquels elle montroit tant de goût.
Elle faisoit de la musique, ou s'appliquoit à la
peinture. Ainsi, tandis que j'employois la hache
et le marteau, le rabot ou la lime, elle se plai-
soit à retracer sur la toile les événemens et les
personnes qui l'affectoient davantage, et dont
elle vouloit transmettre la mémoire à la postérité. C'étoit dans ce dessein qu'elle avoit peint
son père, et qu'elle fit mon portrait. Elle tra-
vailla de même au sien, à la faveur d'une
glace; mais elle avoit entrepris, à diverses fois,
des tableaux plus considérables, dont elle s'occupoit par intervalles, d'après les inspirations
qu'elle recevoit de son génie et de son cœur.

Elle voulut representer dans un de ces tableaux, la découverte que nous avions faite
du corps de son père, quelques jours après

notre arrivée dans l'île. Le corps de M. d'Aliban occupoit le devant de la scène, dont le
fond étoit une prairie au bord de la rivière. On
ne pouvoit se méprendre sur la catastrophe arrivée à cet homme vénérable. Ses habits déchirés, fangeux et mouillés, ses cheveux blancs
collés sur son cou, et surtout un sillon tracé
dans l'herbe, depuis la rivière jusqu'à son
corps, qui d'ailleurs paroissoit inanimé et lés
yeux éteints, annonçoient qu'on venoit de le
tirer de l'eau dans laquelle il avoit perdu la
vie, et qu'on l'avoit traîné à travers l'herbe de
la prairie jusqu'en cet endroit. Sa physionomie,
quoiqu'altérée par la mort, étoit encore ressem-
blante, et conservoit quelque chose de cet air
de bonté qui en faisoit le caractère. On voyoit
Eléonore à genoux à côté de lui, dans l'attitude d'une personne pénétrée de la plus vive
douleur. Elle joignoit les mains avec transport,
au-dessus de sa tête, qu'elle inclinoit vers la face
de son père. Ses pleurs couloient abondamment
sur ses belles joues, et tomboient sur son sein. De
l'autre côté du tableau, j'étois représenté avec
un air de tristesse, mêlé d'une tendre pitié, qui
faisoit connoître l'intérêt que je prenois au malheur du père et à la douleur de la fille. Enfin
Eléonore avoit peint dans le haut du tableau
l'esprit de son père sous la forme d'un enfant
aîlé. Elle avoit répandu la satisfaction et la sé-
rénité sur le visage de cet enfant ; mais on y

remarquoit de plus beaucoup d'attendrissement pour Eléonore, sur laquelle il fixoit les
yeux avec complaisance.

Elle retraçoit, dans une autre peinture, l'é-
vénement mémorable de sa résurrection après
le naufrage, je veux dire le prodige qui lui
rendit la vie qu'elle avoit perdue sous les eaux
de la mer. Eléonore avoit exactement représenté dans ce tableau les lieux où la chose
s'étoit passée. C'étoit le rivage de la baie, un
peu au-dessus de l'endroit où elle avoit abordé.
Elle n'avoit pris de l'accident que le moment
où elle commença à se reconnoître. Elle paroissoit à demi-morte; sa position indiquoit
le danger de son état; on la voyoit assise à
terre, comme ne pouvant se soutenir. Sa tête
penchoit de foiblesse sur son épaule. Elle étoit
échevelée, pâle, défaite. Elle avoit la bouche
entr'ouverte et les lèvres décolorées. Ses bras
tomboient de défaillance et de langueur. Ses
yeux seuls marquoient qu'elle étoit vivante.
J'étois à côté d'elle, un genou en terre, la sou-
tenant sur mon cœur.

On pouvoit lire sur mon visage toutes les
passions que j'avois éprouvées dans cet instant
de crise. A travers la peine que me causoit son
accident, et l'accablement où me jetoit l'excessive fatigue que je venois d'endurer, on
apercevoit la satisfaction que me donnoit l'heureuse révolution qui s'opéroit en Eléonore, et

l'espoir flatteur que j'en concevois. Pour ne
pas laisser de doute sur le sujet du tableau,
Eléonore avoit eu soin de faire entrer dans sa
composition toutes les choses qui pouvoit servir à le rappeler. On voyoit une partie de la
baie derrière les figures ; à droite, et dans le
lointain, l'embouchure de la rivière ; plus près,
et du même côté, le radeau échoué sur le bord,
et du côté gauche, une fosse, dont mes habits
tapissoient le fond. Le désordre régnoit dans
nos vêtemens, et Eléonore les avoit peints avec
tant d'art, qu'ils sembloient encore mouillés
sur notre corps.

On ne sauroit dire quelle partie de ces tableaux méritoit plus d'éloges, et ce qu'on pouvoit y admirer davantage du dessin, de l'expression ou du coloris. Quoique j'eusse déjà vu
dans le portrait de son père et dans les nôtres
des preuves du talent d'Eléonore, je ne pus
m'empêcher d'être surpris à la vue de ces chef-
d'œuvres. C'étoit en effet une chose bien remarquable de trouver dans une jeune personne
qui n'avoit pu travailler long-temps, un pinceau si facile, une touche si moëlleuse et une
manière si sage et si savante. Comme Eléonore
ne s'occupoit à peindre qu'à ses momens perdus, et lorsque je n'étois pas avec elle, ces tableaux, quand je les vis, eurent pour moi tout
l'agrément de la nouveauté.

J'applaudis, comme je le devois, au génie

qui les avoit produits ; et j'en étois intérieurement charmé ; mais je le fus encore plus du
sentiment qui avoit fait choix de ces sujets,
non moins respectables que tendres. L'excellent naturel d'Eléonore s'y montroit dans tout
son jour.

« Qu'il est fâcheux pour vous, lui dis-je,
que vos graces et vos talens soient cachés dans
un désert ! Vous recevriez les hommages de
tous ceux qui jouiroient du plaisir de les voir.
N'ayez pas de regret, me dit-elle, vous êtes
l'univers pour Eléonore. Si vous m'accordez
votre suffrage, j'ai assez fait pour ma gloire et
pour mon cœur. Recevez du moins, chère
épouse, lui répondis-je, un témoignage de
ma vive satisfaction, et permettez que je paye
à la main qui fait ces merveilles, et à la bouche qui me flatte par de si douces paroles, le
tribut que je leur dois. Alors mettant un genou en terre, et lui prenant la main : « Honneur, lui dis-je, à la reine de mon cœur et
de mon île, à celle qui, par toutes les qualités qui font aimer, mériteroit de régner sur
tout l'univers ». Je donnai ensuite un tendre
baiser à la main qui manioit si bien le pinceau, et à la bouche qui me renouvelloit d'une
manière si touchante les assurances de mon
bonheur.

Rien n'y pouvoit mieux contribuer que cette
variété de travaux, devenus agréables par la

présence et le secours d'Eléonore, et ces preuves continuelles et multipliées que je recevois de sa tendresse. Aussi puis-je dire que personne ne fut jamais si content de son sort, que je l'étois du mien. L'amour et le travail ne me laissoient pas apercevoir de la longueur du temps, et je n'en aurois pas senti la durée, si le desir d'être tout entier à Eléonore ne m'eût fait vivement soupirer après la fin du jour. Eléonore, de son côté, ne regrettoit plus l'Europe. Notre position isolée ne l'affligeoit plus. Toutes ses affections, désormais concentrées dans l'île, lui faisoient trouver un charme inexprimable dans tout ce que nous entreprenions, pour nous y établir avec plus d'aisance; et, comme je l'avois prédit, les travaux même où elle me secondoit, devenoient pour elle de nouveaux plaisirs.

On ne doit pas s'étonner après cela, de la voir attentive à me dérober de ces travaux tout ce qu'elle en pouvoit faire, et qu'elle employât même la ruse dans la vue de me soulager. Lors de la construction de la maison, elle m'avoit porté les petites pierres, le mortier, le jonc, les lattes, etc., et quand la carcasse en fut achevée, et qu'il fut question de la meubler, elle prétendit à la surintendance de l'ameublement, et voulut non-seulement présider au placement de chaque chose, mais ne laisser rien poser sans y mettre la main. Son goût

et son talent pour le dessin , qui m'étoient
connus , ne me permirent pas de m'y opposer;
au reste , j'étois enchanté de l'arrangement
qu'elle donnoit à toutes les choses qui devoient
trouver place dans les diverses parties de notre
édifice.

J'avois déjà fait le plafond de chaque pièce,
avec le même torchis dont les parois étoient
composées ; j'avois crépi , puis blanchi l'intérieur des appartemens ; en sorte que , quand
les cloisons et les revêtemens furent biens secs,
ce qui ne demanda pas un temps considérable,
il n'avoit plus été question que de meubler.
Eléonore n'oublia rien pour le faire avec toute
la commodité possible , et pour donner au salon et à l'appartement que nous devions occuper, un air d'aisance et de propreté, elle des-
tina aux chambres qui devoient rester vides,
la tapisserie de la cabane, et choisit pour tapis-
ser la nôtre , une étoffe de soie couleur de
feu, qu'elle avoit trouvée parmi les marchandises du vaisseau. Nos lits n'avoient pas de
rideaux, non plus que les fenêtres; elle en fit
pour les lits d'une futaine blanche, et pour
les croisées d'une toile de coton plus claire ,
qui pouvoient se laver à volonté. Elle voulut
encore couvrir les fauteuils et les chaises de
housses et de coussins; et comme nous ne manquions ni de crin ni d'étoffes , il ne lui fut
pas difficile de se satisfaire sur cet article.

Tandis qu'Eléonore s'occupoit à tailler et à coudre les diverses parties de ces ouvrages, auxquels je ne pouvois l'aider, je jugeai à propos de parer le dehors de la maison de l'humidité des pluies, et pour cet effet je la revêtis jusqu'à une certaine hauteur de vieilles planches que je clouai sur les montans. Je passai sur ces planches une couleur rouge à l'huile (1) ; ensuite j'y traçai avec de la chaux des lignes blanches, qui donnèrent à notre bâtiment l'air d'une maison de brique proprement cimentée avec du plâtre, telle qu'on en voit dans plusieurs provinces de France, et surtout en Languedoc. Quelque temps après, je garnis les fénêtres de volets, que je peignis en vert (2), et qui, en nous mettant à l'abri des autans et de l'orage, firent un effet très-agréable à la vue.

Eléonore plaça deux lits dans notre chambre, afin que si quelque maladie survenoit à l'un de nous, l'autre pût reposer à côté du malade. Ayant fait la revue de tous les meubles que nous avions, elle en prit ce qu'il y avoit de mieux pour nous assortir. Des coffres et des

___

(1) J'avois trouvé dans l'île une sorte de sanguine, qui, bien pétrie et bien purgée, donnoit un fort beau rouge.

(2) Beaucoup de drogues nécessaires à la peinture, faisoient partie des marchandises que nous avions trouvées sur le vaisseau.

armoires étoient, avec quelques tables, les seuls
gros meubles que nous pussions employer. Nous
y joignîmes quelques petites glaces qui avoient
appartenu au capitaine du vaisseau, et de tout
cela mon épouse composa la garniture de notre
appartement, qui, par l'ordre et la propreté
qu'elle y mit, auroit fait honneur à une maison
de ville, et devenoit une chose merveilleuse
dans une solitude comme la nôtre.

Ses soins ne se bornèrent pas à notre appartement. Elle voulut encore donner au salon
tout l'agrément et la commodité dont il étoit
susceptible. C'étoit là que nous devions nous
rassembler dans le courant du jour, que nous
devions manger, que nous devions travailler.
Eléonore le tapissa d'un cuir doré, que nous
avions trouvé dans une malle d'un officier de
l'équipage, et ce cuir appliqué sur le mur, en
étoffant le salon, le laissa plus frais que n'eût
fait une tapisserie de laine ou de soie. Elle y
mit à la place des chaises ou d'un sopha, de
larges bancs rembourrés de crin et couverts de
cuir. Mais les tableaux qu'elle avoit peints, et
qu'elle y suspendit, en firent le plus bel orne-
ment. Ils n'auroient pas déparé la galerie d'un
prince. Ceux des peintres flamands et hollandais que nous avions trouvés parmi les effets
de M. Davison, placés par Eléonore auprès
des siens, ne se trouvèrent point trop mal assortis. Enfin Eléonore fit de la pièce qui ser-

voit de passage pour aller au grenier et au jardin, une sorte d'office où je plaçai un buffet,
et, où nous déposions la vaisselle, les viandes
et la table même sur laquelle nous mangions;
tandis que le portique, au-dessous du colom-
bier, nous servoit de cuisine dans les temps
de pluie.

La construction de notre maison changea la
disposition des cours et des étables, par la
manière dont je la plaçai, et par la nouvelle
clôture dont je l'entourai. L'entrée de la cabane étoit ci-devant à l'orient. A gauche étoient
les étables; derrière et au couchant la basse-
cour. Au devant de la cabane, et vis-à-vis les
étables se trouvoit le magasin, qui n'en étoit
séparé que par la cour. Le jardin étoit au
sud-ouest, un peu éloigné de la cabane.

Par la nouvelle disposition de notre bâtiment, les étables se trouvèrent à droite, le
magasin à gauche, le jardin à plain-pied sur
le derrière; et quand la cabane fut détruite,
la cour devint plus vaste, et cependant plus
facile à clorre. La basse-cour fut transportée
sur le côté du magasin. Nous construisîmes
dans la suite une nouvelle grange et des étables
plus spacieuses et plus solides, lorsque nos
animaux, prodigieusement multipliés, ne purent plus contenir dans leurs anciennes loges,
et que nos champs agrandis nous donnèrent
de plus amples moissons.

quoique j'eusse amassé de longue main tous
les matériaux nécessaires pour notre maison
avant de l'entreprendre, et que, bien secondé
d'Eléonore, j'eusse mis à la construire la plus
grande activité, un ouvrage de cette importance m'avoit pris un temps si considérable,
que je pus à peine finir entièrement la carcasse du bâtiment, et le mettre à l'abri de
l'humidité avant la saison des pluies. J'ai rap-
porté de suite tous les travaux que nous y
fîmes, pour ne pas interrompre ma narration;
mais je dois dire ici qu'il nous restoit beaucoup à faire dans l'intérieur, quand cette saison
fut venue. Il est vrai que je fus obligé de me
détourner quelquefois pour vaquer aux travaux
indispensables de la culture, ou pour nous
pourvoir des choses qui nous manquoient, et
que les occupations du ménage et le soin des bestiaux me privoient une partie du jour des secours
de ma compagne. Je dois ajouter que nos champs
et les labours s'étoient accrus de plus d'un
tiers cette année, et qu'Eléonore avoit déjà des
raisons particulières de se ménager dans son
travail et d'éviter les trop fortes secousses.

En effet, ma chère épouse étoit enceinte. Je
m'attendois, ainsi qu'Eléonore, à cette heureuse circonstance. Elle faisoit notre espoir et
l'objet de nos vœux. C'étoit l'annonce des bénédictions du ciel sur notre mariage, et du
l. ... ... voit le suivre; c'étoit l'aurore

de la population, de la société future, et de
la prospérité de l'île, et néanmoins, quoique
prévenus en quelque sorte de cet heureux événement, nous fûmes si enchantés de n'en pouvoir plus douter, qu'il me seroit impossible
d'exprimer ici toute notre satisfaction. Lorsqu'Eléonore en fut bien convaincue, elle se
mit à genoux pour remercier la providence de
cette faveur, puis, s'étant levée, elle me dit
avec l'air du ravissement :

« Mon cher Chevalier, mon cher époux, le
ciel nous regarde avec complaisance. Nous
n'habiterons plus désormais une terre déserte.
Voilà des secours et des compagnons qu'il nous
donne. Et quel secours! C'est le fruit de notre
union, c'est notre sang et la prolongation de
notre existence. Si Dieu me séparoit de vous
pour m'appeler à lui, j'aurois au moins la
consolation de vous laisser en mourant un autre
moi-même, et de ne point vous quitter sans
vous avoir donné une douce société ».

J'interrompis mon épouse en l'embrassant
avec transport, et je lui dis : « Chère Eléonore, ne mêlez pas d'idée sinistre au sentiment
le plus doux que je puisse éprouver. Le ciel,
qui nous protége et qui nous en donne des
preuves si visibles, ne bornera pas de si-tôt
le cours de nos prospérités, puisqu'il nous destine à peupler cette solitude. Pouvons-nous
méconnoître ses intentions? Quelle satisfac-

tion, quelle joie pour mon cœur, de ne poû-
voir plus douter que vous serez bientôt mère,
de connoître que vous portez dans votre sein
l'enfant de notre amour, et de voir ainsi doubler les liens de notre tendresse! Ah! conser-
vez avec précaution un germe aussi précieux.
Ne vous exposez pas à le perdre en étendant
trop loin vos soins et vos fatigues; laissez-moi
me charger seul des pénibles travaux; ne vous
occupez que de ceux qui ne sauroient nuire
au fruit que vous portez. Votre bonté, votre
attachement pour moi, vous font aller trop
souvent au-delà de vos forces pour m'éviter une
partie du travail. Gardez-vous, ma chère amie,
de vous oublier ainsi pour moi, quand vous
devez veiller sur vous, pour préserver de tout
accident le dépôt de nos espérances ».

Eléonore pensoit trop bien pour n'être pas
docile à cette exhortation; elle étoit déjà trop
bonne mère, pour mettre au hasard la vie de
son enfant. Elle me promit de ne rien entreprendre de pénible et sans mon consentement,
et j'applaudis de tout mon cœur à la modération et à la tendresse de mon épouse.

CHAPITRE XIX.

Régime de vie d'Eléonore ; attention du Chevalier sur l'état de son épouse. Chasse, pêche, mauvaise saison, préparatifs pour les couches d'Eléonore, etc.

En conséquence de la convention que nous avions faite, Eléonore et moi, de veiller soigneusement sur son état, et de la parole qu'elle m'avoit donnée de suivre mes conseils et de se ménager, nous jugeâmes à popros de tracer un plan de conduite, d'après lequel elle dût tenir un régime de vie constant et uniforme jusqu'au temps de ses couches. Nous ne réglâmes pas seulement ce qu'il falloit qu'elle évitât, mais encore ce qu'elle pouvoit faire, ainsi que les alimens dont elle devoit se nourrir.

Par ce traité, tout travail qui la mettoit dans le cas de faire des efforts, toute occupation qui l'exposeroit à tomber ; enfin, tout mouvement qui lui donneroit trop d'agitation, lui furent interdits. Il ne lui fut plus permis, comme auparavant, de monter dans le grenier, et surtout sur les chaises ni sur les tables, pour atteindre quelque chose, de braver les promptes variations de l'air, de souffrir le grand vent, la grande chaleur, ni la pluie. Elle dut se prémunir contre toute surprise de trouble ou de crainte, qui, donnant à son cœur des commotions subites et violentes, pourroient causer en elle des révolutions dangereuses.

Je n'avois pas connu de femme plus raisonnable qu'Eléonore, d'un esprit plus rassis, d'un caractère plus ferme ; il n'y en avoit guère d'aussi bien constituées qu'elle, qui eussent été plus exercées, et dont le tempérament et la santé fussent meilleurs : elle risquoit peut-être moins que toute autre, et cependant je jugeai qu'il ne falloit oublier ni même négliger rien de tout ce qui pouvoit conserver le fruit précieux qu'elle portoit dans son sein, et qui faisoit l'objet de nos plus douces espérances ; et mon inquiétude pour la sûreté de l'enfant étoit d'autant plus vive, qu'elle se trouvoit intimement liée au vif intérêt que m'inspiroit la santé de la mère.

Il fut décidé qu'elle s'en tiendroit aux soins de l'intérieur les moins gênans, à faire la cuisine, à coudre, à tricoter, au ménage de la basse-cour, à mener les bestiaux au pâturage ou à la rivière ; mais qu'elle me céderoit tout ce qui pouvoit demander quelque vigueur. Ainsi la boulangerie, le blanchissage, et le transport de l'eau qu'Eléonore s'attribuoit quelquefois, le soin des étables, qui entraînoit celui d'attacher et de détacher nos bêtes, de leur faire de la litière, de leur porter à manger et à boire durant la

mauvaise saison, me furent résignés, et se trouvèrent encore dans mon département.

Eléonore étoit sobre; il ne fallut pas lui recommander la tempérance; mais je crus devoir
la prier de mettre plus de choix dans sa nourriture, de préférer les alimens d'une digestion
plus facile, de se priver de viandes salées ou
fumées, et de tout ce qui pourroit échauffer le
sang ou irriter la soif. De bonne soupe, des légumes, du riz, du laitage, des fruits, de la volaille, des poissons, et quelquefois de la tortue,
du gibier, et du vin trempé, voilà ce que je lui
prescrivis pour sa nourriture, et ce qui composa l'ordinaire de ses repas.

Quant à ses récréations, la lecture, la musique, la peinture, les promenades à pied ou en
bateau, furent ses délassemens et ses plaisirs.
Mais, comme elle se donnoit dans la maison
moins de mouvement qu'avant sa grossesse,
elle faisoit, pour y suppléer, un usage journalier de la promenade, lorsque le temps nous
permettoit de sortir. La seule précaution que je
crus devoir prendre alors, fut de lui faire chaus-
ser des souliers bas, et de lui donner le bras
chaque fois, pour mieux assurer sa démarche:
du reste, je n'oubliois rien pour l'égayer lorsque nous nous trouvions ensemble, afin que son
cœur et son esprit se trouvant toujours dans
une heureuse situation, elle pût jouir d'une
bonne humeur et d'une santé parfaite.

13*

Si je travaillois dans l'intérieur de la maison
ou dans l'endroit où se trouvoit Eléonore, et
que je ne pusse tenir avec elle une conversation
suivie, je chantois seul, ou j'accompagnois sa
voix de la mienne. Je l'excitois à parler quand
nous étions à table, pour donner plus d'agrément au repas, et pour en rendre la digestion
plus facile, suivant cet adage de mon pays, que
les morceaux caquetés se digèrent mieux. Enfin, durant la récréation, et surtout le soir, qui
étoit pour nous le point de ralliement et le moment le plus libre de la journée; j'animois l'entretien par le récit de quelque anecdote, par
celui des choses qui nous étoient arrivées, ou
par des réflexions consolantes sur l'agréable
perspective que nous avions devant nous. Souvent, jusqu'à l'heure du coucher, nous passions
le temps à jouer aux dames ou au trictrac, quelquefois à faire de la musique, où je concertois
avec le violon ou le haut-bois. Enfin, j'avois
attention de prolonger son sommeil et son repos jusque dans la matinée, ne voulant pas
qu'elle quittât le lit, lorsque je me levois de
bonne heure pour commencer la tâche du jour.
Ces attentions, qui ne se démentirent jamais,
non plus que les soins vigilans de ma tendresse,
entretinrent Eléonore dans l'état le plus satisfaisant, et la préservèrent des dangers et des
incommodités qui ne sont que trop souvent les

suites de la grossesse, chez les femmes foibles ou imprudentes.

Cela n'empêcha pourtant pas Eléonore de m'accompagner, lorsqu'il fallut faire des provisions pour la saison pluvieuse, c'est-à-dire, lorsque je voulus aller à la chasse et à la pêche, pour nous fournir de gibier et de poissons propres à être boucanés ou séchés. Mais je n'eus garde d'étendre nos courses et nos tournées aussi loin que je l'avois fait l'année précédente. L'état de mon épouse, qui ne demandoit point d'exercice violent ni de fortes secousses, ne permettoit pas de nous éloigner beaucoup de la rivière, ni d'essayer de gravir péniblement les collines, ou de descendre dans les vallées. Il lui défendoit en même temps de se hasarder à voyager sur son âne, parce qu'il n'eût fallu qu'un faux pas pour la faire blesser. Le seule voiture qui lui convînt étoit le bateau, dont le mouvement égal et doux ne pouvoit lui faire courir aucun risque.

Ainsi, nous nous mîmes dans la chaloupe, avec tous les instrumens de capture et les choses nécessaires à la commodité du voyage; et convenus de revenir tous les soirs coucher à notre gîte, nous commençâmes notre expédition en remontant la rivière. Je descendois sur les bords pour chasser dans la plaine; mais comme je demeurois toujours à la vue du bateau, qu'Eléonore ne quittoit point, notre chasse, quoiqu'a-

bondante, ne le fut pas autant qu'elle l'eût été,
si j'eusse battu les vallons et parcouru les collines jusqu'au haut de la crête. Nous fûmes amplement dédommagés par la quantité de poisson
que la pêche nous fournit. Nous en prîmes de
toute espèce au-delà de nos espérances ; et comme j'avois eu la précaution d'emporter avec nous
plusieurs tonneaux défoncés, que je remplis
d'eau, nous avions le plaisir de porter tous les
soirs à la maison la plupart de nos poissons en
vie. Nous ne fûmes pas moins heureux, lorsque
sortant de l'embouchure de la rivière, nous allâmes pêcher en mer. Nous n'eûmes de nouvelles précautions à prendre, que celle d'emplir
nos tonneaux d'eau de mer, au lieu de nous
servir d'eau douce.

Je n'ai pas besoin de faire mention ici des
procédés que j'employai pour conserver le gibier et le poisson; ce sont les mêmes dont je
m'étois déjà servi. Je dirai seulement que nous
mangeâmes frais ces poissons plus long-temps
que nous n'avions fait la première fois, et qu'é-
clairé par l'expérience, je préparai beaucoup
mieux mes chairs boucanées et mon poisson
salé. Ils furent d'un meilleur goût, et se gâtèrent
moins que ceux que nous avions consommés
durant l'année.

Le souci de l'avenir et la juste prévoyance
des besoins, qui m'avoient fait amasser cette
provision nécessaire , me portèrent aussitôt

après à couper le fourrage, dont nos bestiaux ne pouvoient se passer dans la mauvaise saison, et à semer nos terres avant les pluies. Eléonore, qui ne pouvoit me prêter que de foibles secours dans ces travaux importans, voulut au moins me tenir compagnie lorsque je m'en occupois, et ne me quittoit guère au champ ou à la prairie. Elle essaya même quelquefois la fourche ou le rateau; mais tout le faix du jour, comme de l'ouvrage, tomboit sur moi, et tout me faisoit un devoir indispensable de m'en charger. Il falloit plus de foin que l'an passé. J'étois seul pour le faire, pour le voiturer, pour l'entasser; j'y trouvai plus de fatigue. La même chose m'arriva pour les semailles des grains; elles furent plus longues et plus pénibles; mais je travaillois pour Eléonore et pour mon enfant. C'étoit assez pour me rendre la fatigue précieuse, et pour me faire trouver dans ces occupations pénibles une douce félicité.

Avant la saison des pluies, nous avions quitté la cabane pour occuper le nouveau bâtiment. Nous avions transporté dans ce second domicile tout ce qui étoit de quelque valeur dans le premier; en sorte que quand la mauvaise saison se fit sentir, et qu'il ne fut plus possible de travailler dehors, ni de s'exposer à l'humidité sans s'incommoder, nous nous renfermâmes dans la maison, pour nous y occuper des choses qui restoient encore à faire. Quand la pluie étoit

abondante, nous n'en sortions pas du tout,
parce que nous nous servions alors de l'eau qui
tomboit, pour abreuver nos bestiaux, et qu'à
la faveur d'une petite galerie couverte, que
j'avois faite pour joindre les étables à la maison, nous pouvions aller à leurs étables sans
nous mouiller.

Ce fut alors que je me sus bon gré d'avoir
assez avancé notre édifice ponr nous en faire
un sûr asile contre le vent et l'orage, et que
nous pûmes nous occuper à loisir du soin d'a-
chever tout ce qui manquoit à l'intérieur de
nos appartemens, de le meubler et de l'embellir. Je devins menuisier et tourneur, et je fis
non seulement les portes et les fenêtres de toutes
les chambres, j'entrepris encore quelques boi-
series, comme un pupitre, une table, et une
sorte de bibliothèque à rayons pour contenir
des livres. Cependant Eléonore raccommodoit,
rangeoit, serroit tout le linge, faisoit des tapis-
series, des tapis, des rideaux. Mais lorsque le
temps des pluies tira vers sa fin, et que l'épaisseur de sa taille et sa pesanteur l'avertirent
qu'elle approchoit de son terme, elle crut devoir songer à faire la layette de son enfant,
tandis que je travaillois de mon côté à lui faire
un berceau.

Mais je parle improprement en m'exprimant
de la sorte. Mes enfans ne devoient avoir ni
berceau ni maillot. J'en connoissois trop les

inconvéniens, pour vouloir leur donner ces entraves, et leur faire courir les risques qui les
accompagnent. Ce que je fis n'étoit qu'un petit
bois de lit fort bas, à bord élevé, où l'on pouvoit poser un panier ou mannequin dans lequel l'enfant devoit être couché.

Ces préparatifs étant faits, je crus devoir
prendre des précautions non moins importantes pour la nourriture de l'enfant et pour le
bien-être de la nourrice. Il étoit question,
en effet, d'épargner à Eléonore ces douleurs
si vives, que les mères n'éprouvent que trop
souvent dans l'allaitement de leurs enfans, ainsi
que les dangers qui quelquefois l'accompagnent, et à l'enfant le risque encore plus grand
de ne pouvoir se nourrir du lait que la nature même lui a préparé. Nous employâmes
à cet egard tous les moyens qu'elle semble in-
diquer à des parens sages et prévoyans, en disposant d'avance, par la succion, les voies qui
servent à porter la première nourriture dans
la bouche du nourrisson, et nous ne pûmes
par la suite que nous applaudir du succès de nos
soins.

Dans une semblable circonstance, malheur
à l'époux qui dédaigneroit d'être un amant:
il entendra les cris de son enfant demandant
la subsistance, et ne pouvant l'obtenir sur
le sein maternel; il verra les larmes de sa
compagne chargée de remplir seule, avec de

cruelles douleurs , un devoir auquel ils devoient coopérer en commun. Il essuiera des
reproches pour s'être privé du tendre soin qu'il
devoit remplir. Ce crime d'un père dur ou
insouciant, et ces malheurs qui le suivent,
furent ignorés dans mon île, et mon Eléonore
n'avoit rien à craindre, son ami n'avoit rien
à se reprocher, lorqu'elle eut à remplir les respectables fonctions de nourrice.

CHAPITRE XX.

Heureuses couches d'Eléonore; elle donne
le jour à deux enfans. Leur nourriture;
éducation physique du premier âge, etc.

La saison des pluies étoit passée , tous les
travaux de la maison étoient finis , tout étoit
prêt pour les couches d'Eléonore , nous attendions avec une impatience difficile à exprimer, ce moment desiré , que l'état de mon
épouse faisoit croire très - proche; mais il s'é-
coula près d'un mois encore au-delà du terme
que nos calculs avoient marqué pour celui de
sa délivrance. Ce moment arriva enfin , et
nous fûmes bien dédommagés d'une si longue
attente. Eléonore me rendit père de deux en-

fans, un garçon et une fille. Je peindrois mal
l'espèce d'ivresse que nous éprouvâmes mon
épouse et moi. Dans l'excès de sa joie, elle ne
se souvenoit déjà plus des cruelles douleurs
qu'elle avoit senties. J'embrassai cette chère
épouse avec toute la tendresse du sentiment
qui m'animoit, tandis qu'elle éprouvoit l'émotion la plus douce, et que ses joues se mouil-
loient de pleurs. Elle ne tarda pas à s'acquitter envers ses deux enfans des fonctions si douces que lui prescrivoit la nature, et ils apprirent à s'aimer sur le sein même de leur mère.

Une femme de nos villes se seroit crue trop
foible pour allaiter un seul enfant ; elle eût
pensé que son tempérament et sa beauté en
auroient souffert. La santé d'Eléonore ne fut
pas un seul moment altérée de ce qu'elle en
nourrissoit deux ; au contraire, elle ne parut
jamais plus gaie et mieux portante , et jamais
ses couleurs ne furent plus belles ni plus naturelles. Elle se rétablit assez promptement de
ses couches, pour se charger elle-même de
tous les soins dans lesquels j'avois cru devoir
la suppléer à l'égard des nourrissons.

Comme il n'y eut jamais de mère plus tendre ni mieux instruite de ses devoirs qu'Eléonore, il n'y en eut jamais aussi de plus vigilante.
Il ne lui échappoit rien de tout ce qui méritoit
son attention. Je ne demeurai chargé de nos
enfans qu'une douzaine de jours ; car à cette

époque, Eléonore levée ne se recoucha plus
que la nuit, et dès-lors mes attentions à cet
égard devinrent superflues. Elle les allaitoit,
les levoit, les couchoit, les changeoit elle seule,
sans vouloir me permettre de m'en mêler,
comme j'avois fait jusqu'alors. « Vous avez assez d'autres affaires, me disoit-elle, sans vous
donner encore celle-là. Laissez-moi les occupations que me prescrivent en même temps mon
devoir et ma tendresse ». Je cédai à ce louable
empressement, en applaudissant à son zèle,
qui désignoit d'une manière si positive une
digne mère de famille.

Dès qu'Eléonore fut assez rétablie pour pouvoir sortir, elle voulut donner à ses enfans le
caractère de chrétien, et résolut de faire la
cérémonie de leur baptême, au même endroit
où nous avions fait celle de notre mariage.
Nous portâmes nos enfans à l'autel qui nous
servoit de Chapelle. Eléonore me les présenta,
tandis que, seul Prêtre et Pontife de mon île,
je répandis sur leur tête l'eau salutaire de
la régénération et l'onction du sacrement. La
fille reçut le nom d'*Adelaïde*, que portoit la
mère d'Eléonore, et nous donnâmes au garçon
le nom de *Henri*, qui étoit celui de mon père.
Après cela nous inscrivîmes sur un registre fait
exprès, et qui conténoit déjà l'acte de notre
union, l'époque de la naissance de ces enfans,
et la date de leur baptême. Cette précaution,

utile dans toute société policée , étoit encore
plus nécessaire dans notre société naissante.
Nous n'avons jamais manqué depuis de con-
signer dans ce registre tous les événemens de
l'île qui ont mérité d'être notés, parmi lesquels
les plus remarquables sont sans doute les nais-
sances des enfans , qui ajoutent de nouveaux
membres à la société , et leurs sépultures , qui
la privent de leurs services.

Eléonore se livra ensuite toute entière aux
soins que demandoient la nourriture et l'éducation de ses enfans. Une nourriture réglée ,
une extrême propreté , le passage insensible de
l'eau chaude à l'eau froide , des lotions fréquentes , jusqu'au temps où ils furent en état,
chacun de son côté , de prendre eux-mêmes
les bains , si nécessaires , surtout dans des pays
voisins du tropique ; des vêtemens larges et
commodes ; mais toujours décens : tels furent
les moyens les plus simples et les plus naturels
que nous crûmes devoir employer pour leur
former une constitution saine et robuste. En
voici un petit détail , qui ne peut être qu'intéressant pour ma postérité.

Dès qu'il fallut ajouter quelque chose au lait
de la mère , nous commençâmes par donner
aux enfans un peu de mie de pain détrempée
dans du lait de vache , ou de la panade à
l'eau , bien cuite , avec un peu de sel , sans
beurre ni graisse. A mesure que, devenant plus

forts, ils demandoient plus d'alimens, nous augmentions la dose et la variété de la nourriture. Nous nous servîmes de crême de riz bien cuite, de gruau d'orge ou d'avoine fait au lait, préférant ces alimens à la soupe grasse, que nous ne regardions pas comme fort saine pour les enfans du premier âge, c'est-à-dire, tant qu'ils ne marchent pas seuls. Leur boisson étoit de l'eau de notre fontaine, la meilleure et la plus légère qu'il y ait peut-être au monde.

Aussi-tôt après leur naissance, j'avois nettoyé le corps de nos enfans avec de l'eau tiède, mêlée d'un peu de vin. Je continuai de faire dégourdir l'eau pendant les six premières semaines. J'avois, le second jour, voulu essayer de l'eau froide; ils poussèrent des cris perçans. « Ne vois-tu pas que ces pauvres enfans souffrent, me dit Eléonore, et que cette température est trop différente de celle dont ils viennent à peine de sortir ? Il faut les accoutumer à l'air et à l'eau, mais par dégrés ». En effet, mon expérience ne fut point heureuse, et les enfans, surtout la petite, eurent, durant quelques jours, un léger rhume.

Pour ce lavage, nous les mettions dans une grande jatte pleine d'eau, de la température que nous jugions convenable, et, avec une éponge, je leur lavois tout le corps, à commencer par la tête, ensuite je les séchois sans les frotter, et par la seule application d'un morceau de vieux linge. Le temps le plus propre à ces lotions étant le matin, j'eus soin d'abord, et mon épouse après moi, de les laver tous les jours en les levant, avant de leur présenter le sein, et nous eûmes toujours cette précaution, pour ne pas nuire à la digestion de l'enfant, qui auroit pu souffrir du lavage après avoir pris de la nourriture.

En peu de temps ils se trouvèrent si bien accoutumés à l'eau, que le moment du bain étoit toujours marqué par leurs ris, par les jeux, par tous les signes de la joie, et l'eau devint pour eux un élément presque aussi familier que l'air. Une précaution de santé, et le désir de donner à leurs membres toute la souplesse et la vigueur dont ils étoient susceptibles, nous portèrent à entretenir nos enfans dans cette habitude.

Quelquefois aussi nous leur faisions, dans les mêmes vues, de légères frictions, qui servoient en même-temps à les rendre plus souples; mais nous avions l'attention de suspendre les frictions ainsi que les lavages dans le temps de leur digestion, et lorsque les premières dents voulant percer, irritoient le genre nerveux et le rendoient susceptible d'être agacé par ces deux opérations. Nous apprîmes à connoître ces momens où il falloit les interrompre, par la répugnance des enfans, et par leurs cris

répétés, qui témoignoient alors vivement combien cette méthode leur étoit désagréable.

Si les enfans se coupoient ou s'écorchoient
en quelque endroit, Eléonore employoit un
remède bien simple; elle y faisoit couler de
l'eau fraîche chaque fois qu'elle les changeoit,
ce qui suffisoit pour raffermir la peau et les
guérir promptement. J'avois vu des merveilles
de ces lotions froides en Allemagne, où elles
fortifioient les corps contre les impressions de
l'air. L'expérience que nous en fîmes dans notre
île, me convainquit qu'elles étoient encore plus
utiles sur les terres voisines du tropique, parce
que la chaleur presque continuelle y énerve
les corps en relâchant les fibres, et que le bain
d'eau froide leur donne du ton et sert à les
raffermir.

Je savois qu'à toute latitude on doit défendre
les enfans de la grande chaleur, avec le même
soin qu'on prend d'ordinaire pour les préserver
du froid; mais si cette précaution étoit bonne
ailleurs, elle se trouvoit ici bien plus nécessaire.

Persuadés que la libre circulation de l'air
pouvoit encore servir à fortifier leurs membres,
nous laissâmes leurs habits comme volans; et
dans la suite même, nous ne crûmes pas devoir
changer de méthode. Nous n'employâmes ni
jarretières ni ligatures, qui, gênant la circulation des humeurs, s'opposent à la croissance;
nous laissâmes au contraire à leurs corps toute

la liberté de s'étendre et de croître à souhait.
Dès que le haut de la tête fut assez ferme,
nous leur coupâmes les cheveux, nous les dé-
barrassâmes du béguin et du bonnet, et ils
demeurèrent jour et nuit la tête découverte.

Eh quel spectacle pour nous plus ravissant,
que celui de voir nos enfans croître et prospérer sous nos yeux presque à vue d'œil; car
leurs progrès en tout étoient une sorte de prodige que la nature opéroit, pour nous récom-
penser de nos attentions à ne pas la contrarier. Chaque jour augmentoit à cet égard notre
confiance et notre satisfaction. Leurs sens, leurs
forces, leur conception se développoient d'une
manière étonnante. A deux mois ils commençoient à nous connoître. Un premier souris
remplit de joie le cœur de leur mère, et lui
montrant l'aurore de leur affection, devint le
premier salaire de ses tendres soins. A quatre
mois ils entendoient notre voix et tournoient
la tête quand on les appeloit; ils étoient émus
de nos caresses, ils y répondoient par leur
bégayement. A dix mois ils marchoient l'un et
l'autre, et prononçoient quelques mots. Henri
avoit alors dix dents, et Adélaïde huit. La
taille et la vigueur de ces enfans étoient sur-
prenantes à cet âge, et quiconque les eût alors
vus pour la première fois, auroit pu facilement
leur donner vingt mois.

Mais ils avoient été nourris et élevés sans

gêné et sans contrainte, dans la pleine liberté
de leurs mouvemens, et dans l'air le plus pur.
Couchés, ils pouvoient s'étendre, se raccourcir
et se remuer, suivant leurs forces et leurs besoins, sans nous faire craindre aucune chute;
levés, dès qu'ils purent se soutenir, nous les
laissions ramper sur le plancher ou sur le gazon,
où ils jouoient et s'exerçoient à leur aise et
sans danger. Nous connoissions si bien les bons
effets de l'exercice, pris surtout en plein air,
que pour faire participer nos enfans à ces avantages, j'avois construit, peu de temps après
leur naissance, une machine, au moyen de
laquelle nous pouvions leur donner du mouvement, et les promener sans fatigue dans la
cour ou sur l'esplanade.

Cette machine étoit une sorte de charriot à
quatre roues, sur lequel nous posions les cor-
beilles des enfans, et qui, en les transportant
d'un lieu à un autre, servoit à les remuer
doucement, et à les faire jouir en même-temps
de l'air le plus salubre. La mère ne se fatiguoit
pas à les porter; ils s'échauffoient beaucoup
moins que si on les eût tenus dans les bras,
et l'exercice qu'ils faisoient, en fortifiant leurs
membres, leur donnoit du plaisir et de la gaîté.
Ce trémoussoir étoit ainsi bien différent du
berceau, dont le mouvement (1), tantôt lent

_____

(1) Ce berceau doit être celui des provinces méridio-

et doux, ne sert qu'à engourdir les organes des enfans, et tantôt balancés violemment, les dispose, par cette vive agitation, à être susceptibles de vertiges, de bégayemens, de convulsions, ou du moins les empêche de digérer le lait, qu'il fait souvent coaguler dans les premières voies.

Eléonore ne déroboit pas seulement ses enfans aux entraves du maillot et du berceau, mais encore aux bourrelets et aux lisières; et comme elle vouloit les soustraire à toute habitude gênante, à toute passion dangereuse, elle eut la plus grande attention de les prémunir contre la crainte, contre l'impatience et la douleur. Seuls dans notre île, avec des parens qui n'étoient pas déraisonnables, ils se trouvèrent garantis des préjugés et des fausses opinions, qni ailleurs régentent si impérieusement le cœur et l'esprit de la plupart des hommes.

Ce fut alors surtout que j'eus lieu d'admirer la sagacité d'Eléonore, et que je reconnus toute

_____

nales de France, qui n'est qu'une sorte de balançoire posée sur des demi-cerceaux. La moindre impulsion l'agite. Un mouvement léger pourroit quelquefois n'être pas défavorable à l'enfant couché dans ce berceau : une vive agitation lui devient très-nuisible; mais c'est à quoi les nourrices ne pensent guère; elles bercent d'ordinaire l'enfant pour l'étourdir, et s'en débarrasser en l'endormant ainsi comme par force, sans s'inquiéter des suites que peut avoir cet usage inconsidéré.

l'influence qu'une mère d'un mérite supérieur a
sur sa famille, lorsqu'elle veut prendre la peine
de diriger les premiers sentimens et les premières connoissances de ses enfans. Je me con-
vainquis qu'il n'y a point d'exemples ni de leçons qui puissent suppléer cette première direction de la mère, et qu'elle décide, en bien
ou en mal, des mœurs et du caractère, disons
mieux, du reste de la vie de ceux qui la re-
çoivent.

L'éducation des deux ou trois premières années est proprement négative; c'est-à-dire,
qu'elle se borne à empêcher qu'on ne dise ou
qu'on ne fasse rien devant des enfans, qui puisse
produire sur eux de mauvaises impressions, à
écarter soigneusement tout ce qui pourroit leur
nuire, et à ne point céder à leur importunité
lorsqu'ils demandent sans besoin. Or nulle mère
ne fut plus attentive qu'Eléonore à prévenir les
besoins de ses enfans, à les deviner, à les secourir; mais il n'en fut jamais aussi de plus
ferme dans ses principes, de plus égale dans sa
conduite; et comme nous étions parfaitement
d'accord en tout, et particulièrement dans notre
façon de penser sur l'éducation, qu'elle ne fut
point contredite, qu'elle ne varia jamais dans ses
sentimens ni dans son projet de suivre en tout
la nature; cette éducation, qui se fit sans peine,
eut tout le succès que nous pouvions desirer.
Ainsi on peut dire que nos enfans ne contrac-

tèrent pas de mauvaises habitudes, qu'on ne livra point leur cœur à l'orgueil, leur esprit à l'erreur et à la vanité, et qu'ils n'eurent point de fantaisies.

La conduite uniforme qu'on tenoit à leur égard, écarta loin de leur ame les passions tumultueuses, qui, semées dès le bas âge dans le cœur des enfans, par la complaisance et la foiblesse des parens, en font ensuite des hommes sans frein et sans retenue, les jettent dans l'injustice, et, les rendant les fléaux de la société, causent en même temps leurs malheurs. Si nos enfans crioient ou pleuroient parce qu'ils éprouvoient quelque besoin ou sentoient quelque douleur, on leur donnoit sans empressement ce qui leur étoit nécessaire; on les soulageoit s'il étoit possible : mais si l'on ne pouvoit adoucir leurs souffrances, on ne s'agitoit pas inutilement autour d'eux; on les laissoit pleurer sans avoir l'air d'être ému par leurs larmes; leurs cris importuns, ni leurs pleurs, ne faisoient point fléchir notre volonté. Jamais leurs desirs inutiles ne surmontèrent cette barrière. Ils s'accoutumèrent donc à ne vouloir que ce qui leur étoit permis; ils ne se livrèrent point à l'impatience, lors même qu'ils souffroient.

Une éducation mâle et sans aucune délicatesse convient aux enfans de tous les pays et de toutes les conditions, parce que les rendant peu sensibles au mal, elle leur apprend à souffrir la douleur et l'infortune, tandis qu'une vie molle les prépare au contraire à mieux sentir les infirmités et les peines, qui sont le partage de l'humanité. Cette éducation, bonne ailleurs pour fortifier l'homme contre l'incertitude des événemens à venir, étoit indispensable dans notre île, dont les habitans, devant être faits à tout, et supporter les incommodités du climat et des circonstances, c'est-à-dire, le grand chaud, la pluie, le vent, la fatigue, avoient besoin d'être particulièrement élevés à une vie dure et au mépris de la douleur. Aussi je puis dire que nous saisîmes toutes les occasions, que nous mîmes tout en usage pour former nos enfans à la peine dès leurs premiers instans, et que, par cette méthode, nous commençâmes dès-lors à les prémunir contre tous les maux de la vie.

Dès qu'ils purent bien discerner ce qui se passoit autour d'eux, nous cherchâmes à les familiariser avec tous les objets qui devoient frapper leurs sens. Nous portâmes surtout la plus grande attention à fermer leurs ames tendres aux impressions de la crainte; car une fois reçues dans le bas âge; ces impressions ne s'effacent presque jamais. Le cœur, ouvert aux alarmes et aux frayeurs, n'a plus dans la suite le même courage, et rend même souvent l'homme foible et pusillanime. Nous les accoutumâmes à demeurer dans les ténèbres, à voir sans émotion les formes les plus hideuses, à toucher même

les animaux les plus laids et les plus dégoûtans.
Nous ne le fîmes à la vérité que peu à peu, et
en les excitant par notre exemple; car c'est
l'exemple surtout qui influe sur l'opinion des
enfans, et qui, réglant magistralement leur façon de penser et leurs habitudes, bonnes ou
mauvaises, décide pour toujours de leur caractère.

Quand leurs membres eurent pris assez de
force pour leur donner le moyen de marcher
seuls, et le desir de courir et de s'ébattre, nous
crûmes pouvoir nous dispenser de les surveiller
de trop près, et de garder tous les ménagemens
que nous avions eus jusqu'alors pour leur foiblesse; ainsi, lorsqu'en jouant ils venoient à
tomber, lorsque dans leur chute ils recevoient
quelque contusion, qu'ils se faisoient quelque
bosse à la tête, ou saignoient au nez, nous
n'avions garde de nous montrer émus de ces
accidens, de nous écrier, de courir aux enfans
pour les relever. A peine avions-nous l'air de
nous en apercevoir. Nous les laissions se relever
eux-mêmes; et bien aises qu'ils apprissent par
ces petites épreuves à connoître la douleur et à
la supporter, qu'ils pussent même voir leur sang
couler sans pâlir et sans inquiétude, nous regardions ces évènemens comme des choses sans
conséquence, et qui ne méritoient pas la plus
légère attention.

Cette apparente indifférence rendoit les en-

fans tranquilles sur leurs chutes. Ils ne erioient
pas, ils ne pleuroient pas, ils souffroient leur
mal en patience, et presque sans se plaindre;
ils étoient seulement une autre fois plus soigneux
de se mieux tenir, et prenoient mieux garde de
ne plus tomber. Une méthode contraire n'eût
pas manqué d'opérer de funestes effets. Si notre
air, nos gestes ou nos paroles eussent témoigné
de l'effroi, ils en auroient été sans doute épouvantés, ils auroient cru le danger bien plus grand
et la chose plus importante. Ils se seroient livrés
dans la suite à la défiance de leurs forces, à la
frayeur d'un péril chimérique, et fussent devenus timides, exigeans et pleureurs.

En suivant notre système d'éducation, nous
réduisîmes leur vêtement à une simple chemise,
qui, couvrant leur nudité, et les parant des
rayons du soleil, les laissoit jouir de la circulation de l'air et de la liberté de leurs mouvemens. Nous les laissions marcher nu-pieds et
nu-jambes, pour leur rendre ces parties moins
délicates et moins sensibles. Au sortir de la cor-
beille, nous les mîmes reposer sur une couche
dure et sans rideaux, qui n'avoit pour couverture qu'une simple toile. Enfin, quand ils furent
sevrés, nous leur apprîmes peu à peu à se nourrir de tout ce qu'on peut employer à la nourriture de l'homme, et surtout des mets simples
et sans apprêt.

Le sevrage de nos enfans ne fut ni long ni

difficile; ils y étoient comme disposés depuis
quelque temps. Ils avoient quinze mois quand
ils furent sevrés. La quantité de dents molaires
qui leur étoient sorties, leur donnoit la facilité
de mâcher les alimens qui avoient le plus de
consistance. Nous leur avions donné une soupe
de lait, dans les premiers temps où le sein de
leur mère ne leur suffisoit pas. Ils tetoient alors
quatre fois le jour et une fois la nuit. Ensuite
on leur donna deux soupes, et ils ne tetèrent
plus que quatre fois tous les vingt-quatre heures.
Vers un an, nous leur partageâmes un œuf frais
mollet, avec les mouillettes convenables. A quatorze mois, nous leur en donnâmes chacun un;
mais alors ils ne tetèrent plus que deux fois, et
depuis qu'ils avoient eu des dents, nous leur
avions laissé mâcher à volonté des croûtes de
pain et des fruits secs dans l'intervalle des repas;
et comme ils étoient robustes et pleins d'appétit, nous ajoutions de temps en temps un peu
de riz ou de panade; et ils s'accoutumèrent si
bien à passer ainsi du teton à une nourriture plus
substantielle, qu'ils se trouvèrent presque sevrés
lorsqu'on les priva de teter.

Ces détails que je viens de rapporter, de l'é-
ducation de nos deux aînés dans le premier
âge, furent les mêmes pour tous leurs frères.
Comme rien ne contraria ces soins, ni l'intention de la nature, et comme aucun mauvais
exemple, aucune fausse démarche n'arrêta ni ne

détourna jamais l'influence de cette éducation, jamais famille n'offrit un spectacle aussi intéressant, aussi satisfaisant que la nôtre. Je ne crains pas de dire qu'il n'y en eut jamais peut-être où tout ce qui contente un père et une mère se trouvât si bien réuni. Toutes les dispositions du corps à la santé la plus ferme, à la vigueur, à la souplesse, toutes les qualités de l'ame, embellies par l'heureux germe des sentimens, fùrent le partage de la plupart de nos enfans, et nous pûmes remarquer dans quelques-uns l'aurore des talens utiles et agréables, et de cette industrie si nécessaire en tout pays et en tout temps, et particulièrement recommandable dans l'enfance des sociétés. Ce que je viens de dire à cet égard, me dispense de revenir ailleurs sur cette matière.

J'aurai désormais la même réserve sur ce que je pourrois rapporter de nos travaux et du produit de nos champs. Il est inutile d'y revenir, tant que je ne ferois que me répéter. Ce ne sera que dans des circonstances singulières, ou pour des événemens imprévus, que je m'écarterai de ce plan. Cependant il ne sera peut-être pas hors de propos de parler ici de la récolte qui suivit notre mariage. Il sembloit que le Ciel prît plaisir à nous dédommager, par un concours d'événemens heureux, des malheurs que nous avions essuyés, et des privations où il nous avoit tenus si long-temps, et qu'il voulût nous faire con-

noître, par les graces dont il nous combla depuis, combien notre union étoit agréable à ses
yeux. Cette récolte fut très-abondante; elle sur-
passa de beaucoup toutes nos espérances. Comme
j'avois étendu la culture de nos champs, et semé
plus de grains que la première fois, le produit
en fut si considérable, que nous fûmes pourvus
au moins pour deux ans de cette précieuse den-
rée; en sorte que, dès-lors rassurés contre la
disette, nous demeurâmes tranquilles sur la
crainte de manquer de pain. J'eus dans la suite
la plus grande attention d'entretenir cette abondance, en continuant mes labours, et en tenant
toujours dans notre grenier une quantité de
blés suffisante pour la nourriture de la famille,
durant plusieurs années.

14*

CHAPITRE XXI.

Nouvelles grosses, nouvelles couches;
accroissement des soins de la mère et des
travaux du père; dangers que courent
deux enfans du Chevalier et son épouse.

DIFFÉRENT de la plupart des Historiens, qui
disent peu de choses sur l'origine des premiers
faits de l'Histoire, pour s'étendre avec une profusion accablante sur ceux qui touchent aux
derniers temps, qui négligent de nous en montrer les causes ou de les développer, tandis
qu'ils s'appesantissent sur les événemens qui en
sont les suites, j'ai cru devoir détailler d'abord
les causes qui nous avoient jetés dans l'île, rapporter les faits qui s'y étoient passés, dans
l'ordre qu'ils étoient arrivés, et faire connoître,
autant que je le pouvois, tous les moyens d'industrie et de prévoyance que nous avions employés pour nous y établir, pour y subsister,
pour nous y perpétuer; mais ces choses une
fois connues, ainsi que la succession de nos
travaux productifs, je vais me borner à dire
qu'il y a fort peu d'exemples d'une union aussi
féconde que la nôtre, et pas une plus heureuse.

Deux ans après l'occupation de l'île, nous avions deux enfans; deux ans encore après ces premières couches, c'est-à-dire, à vingt-un ans de l'âge d'Eléonore, nous en eûmes un troisième. A vingt-trois ans, mon épouse mit encore au monde deux enfans à la fois. Enfin, jusqu'à quarante-cinq ans, il n'y eut d'intervalle entre ses grossesses, que le temps où elle fut nourrice; et vingt-trois enfans, onze garçons et douze filles, furent le produit de cette heureuse fécondité. Tous ces enfans vécurent et jouirent de la santé la plus vigoureuse, à l'exception de la dernière fille, que nous perdîmes dans sa quatrième année, et d'une de ses sœurs, laquelle étant tombée dans l'eau par hasard, dans un moment critique, en contracta une maladie qui la laissa long-temps débile, et cependant ne l'empêcha pas de se marier.

On doit sentir que les besoins de cette famille toujours croissante, c'est-à-dire, la nourriture, l'entretien, l'éducation, tombant tout entiers sur le père et la mère, exigeoient de leur part, et surtout du premier, une multiplicité de travaux et de soins sans cesse renaissans, et que je devois être plus occupé que le ministre d'un grand Monarque. Aussi puis-je dire que chaque heure de la journée avoit son emploi, et que je ne prenois point de repos sans l'avoir acheté par le travail et la sueur; mais ce travail avoit son plaisir, et j'étois fier de cette sueur.

Une vie laborieuse, passée en habitude, n'est pas fatigante; elle vous défend à jamais de l'ennui. Une suite de travaux, qui tous ont pour objet le bonheur de personnes qui nous sont vraiment chères, est une suite de jouissances, dont les momens de succès tiennent de la volupté.

Quel charme pour celui qui vient de supporter le faix du jour et l'ardeur d'un soleil brûlant, de goûter en paix le frais de l'ombre, de s'asseoir après s'être long-temps exercé debout, et de s'asseoir auprès d'une épouse chérie; de satisfaire la soif et l'appétit que lui ont donné le mouvement et le travail, et de goûter ces plaisirs au doux gazouillement de ses enfans à la mamelle, au milieu des jeux folâtres de ceux qui sont plus grands, et en voyant développer la force adolescente du bon jeune homme qui doit un jour être l'appui de sa mère, et honorer les cheveux blancs du père qui lui consacra sa vie! Mais quel charme surtout, quand arrivant le soir après avoir fini ma journée, j'embrassois mon Eléonore! Ne suis-je pas, me disois-je, le plus heureux des hommes, d'acquérir une si grande félicité par des peines si légères? Quel Souverain ne les ambitionneroit pas au même prix?

Eléonore, dont les sentimens étoient toujours à l'unisson des miens, dont la tendresse ne faisoit que s'accroître, et qui souvent privée de

me voir, soupiroit après les momens qui devoient nous rassembler, Éléonore goûtoit la
plus douce satisfaction en s'occupant des devoirs
que son cœur lui prescrivoit, et ne se lassoit
point de m'assurer qu'il n'y avoit pas dans le
monde de femme ni de mère plus heureuse
qu'elle.

« Certainement, me disoit-elle, tous mes momens sont remplis par les soins que je donne à
ma famille. J'en ai bien peu dont je puisse disposer ; mais où trouverois-je ailleurs des occupations plus agréables, des récréations plus dé-
licieuses, que celles que j'ai auprès de vous et
de nos enfans ? Votre ame ne fait plus qu'une
avec la mienne. Je vous aime au-delà de toute
expression, et vous m'aimez autant que je vous
aime. Si, durant le jour, je suis quelquefois séparée de vous, l'absence finit au déclin du soleil, et le soir vous ramène au desir de ma
tendresse. Je jouis sans alarmes du bonheur de
vous posséder. Les heureux fruits de notre amour
croissent autour de nous, comme de jeunes ar-
brisseaux. Chaque jour je les cultive. Je les vois
s'embellir et prospérer par nos soins ; ils te res-
sembleront, mon ami : l'esprit peut-il concevoir une situation plus heureuse ? »

Ces tendres et mutuelles assurances augmen-
toient réciproquement le sentiment de notre
bonheur, et nous faisoient supporter avec plus
de courage les peines attachées à l'humanité, et

les amertumes inséparables de la vie, dans la
position même la plus fortunée. Le sort charmant dont nous jouissions, ne nous déroboit
pas tout à fait aux alarmes qu'éprouve quelquefois le cœur d'un père et d'une mère, ni aux
chagrins que le cours naturel des événemens
leur fait trouver souvent dans l'objet de leur
tendresse. Nous eûmes la douleur de voir mourir un de nos enfans, et nous craignîmes plus
d'une fois d'en perdre quelques autres.

Un jour que, revenant de la pêche, j'avois
chargé sur mes épaules une belle tortue, que
le hasard m'avoit fait trouver le matin, et que
j'avois renversée dans le sable, je fus très-sur-
pris de me voir enlever cette proie par un aigle
d'une prodigieuse grandeur, qui, fondant sur
ma tête à l'improviste, et m'étourdissant de ses
aîles, saisit la tortue et l'emporta. Je demeurai
non seulement fâché de cet accident, qui me
privoit de mon butin, mais surtout inquiet de
l'apparition de cet oiseau vorace, dont la force
et la légéreté me faisoient craindre pour les
jeunes bêtes de mes troupeaux. C'étoit pour la
première fois que je trouvois dans l'île un concurrent. Il étoit sans doute venu des montagnes,
et son voisinage me paroissoit d'autant plus redoutable, que, trouvant une proie facile à saisir autour de notre habitation, il pourroit s'accoutumer à y chercher sa nourriture et celle
de ses petits, et nous causer des dégâts consi-

dérables. Un pressentiment plus fâcheux me pénoit encore.

Les réflexions, que je ne pus m'empêcher de faire sur cet événement, me donnèrent un air rêveur, qui fut remarqué d'Eléonore dès que je rentrai dans la maison. Elle m'en demanda la cause, que je ne crus pas devoir lui dire, de peur de l'alarmer. Je lui répondis, que cela venoit peut-être du peu de succès de ma pêche. « Je ne vois pas, répartit Eléonore, que cela doive vous inquiéter; tous les jours ne sont pas heureux. Vous vous dédommagerez dans un moment plus favorable. Je l'espère, repris-je, et je veux que la chasse me donne ce que la pêche m'a refusé. » Je cachai de cette manière ce qui venoit de m'arriver, et l'inquiétude que j'en avois conçue; mais j'eus bientôt lieu de me repentir d'en avoir fait un secret à mon épouse.

Mon intention étoit d'aller à la chasse de l'aigle, et si je pouvois découvrir son aire, que je ne supposois pas bien éloignée, de le tuer avec sa femelle et ses petits. Dans ce projet, je battis trois jours les bois et les crêtes les plus élevées, et je ne découvris rien. Mais le soir du quatrième, comme je me retirois au logis, et que j'étois déjà près de l'esplanade, je vis l'aigle planer quelque temps au-dessus de ma tête, et puis se précipiter tout d'un coup du côté de la pyramide, et presque sur les palmiers. J'avois

aperçu quelques-uns de nos enfans qui jouoient
dans cet endroit. J'entendis dans le moment
Henri qui crioit de toute sa force, en appelant
sa mère. J'accourus en deux sauts, et je fus saisi
de frayeur en voyant l'aigle, contre lequel Henri
se débattoit à coup de bâton, faire des bonds
terribles, et, montant sur l'autel et sur la pyramide, s'élancer de là vers la terre, et enlever
ma fille Louise, qui pouvoit avoir alors près de
trois ans.

Adélaïde et les autres petits fuyoient en pleurant, n'étant pas capables de faire résistance.
Henri, qui avoit neuf ans, et qui étoit très-
agile et très-vigoureux, avoit défendu sa sœur
avec le plus grand courage. Mais quoiqu'il eût
frappé l'aigle de son bâton, étourdi par un coup
d'aile, le pauvre enfant n'avoit pu garantir
Louise de ses serres, et l'animal feroce l'emportoit à mes yeux.

Pénétré de cet accident, je n'hésitai point
sur le parti que j'avois à prendre. Je mis mon
fusil en joue, et je tirai sur l'oiseau. Je pouvois
tuer mon enfant au lieu de la délivrer; mais il
n'y avoit pas à balancer, ni de temps à perdre.
Déjà l'aigle étoit au-dessus des palmiers; je l'aurois bientôt perdu de vue. Mon fusil étoit chargé
d'un lingot. J'eus le bonheur de bien viser. L'aigle fut traversé, et vint tomber en se débattant
auprès de l'autel, qu'il ensanglanta, après avoir
lâché sa proie. La malheureuse enfant devoit

Le Ch.^{er} des Gastines tue un grand Aigle qui emportoit sa fille Louise, et sauve cet enfant.

expirer sous le bec de l'aigle, ou périr de sa
chute; mais la protection du Ciel la sauva. Elle
fut assez heureuse pour échapper à ce double
danger. Elle tomba sur les palmiers, dont les
branches flexibles rompirent le coup qu'elle eût
dû recevoir, et j'eus le bonheur de la saisir par
sa robe et de la soutenir, comme elle achevoit
de tomber de dessus l'arbre à terre.

Je crus d'abord que l'aigle avoit tué ma fille.
Elle étoit sans mouvement, et ne donnoit aucun
signe de vie. L'impression des ongles de l'oiseau avoit tellement pénétré dans les chairs des
épaules et du dos de cet enfant, que j'avois tout
lieu d'appréhender qu'ils n'eussent percé dans
la capacité de la poitrine et jusqu'au cœur; mais
je ne tardai pas à me convaincre, en examinant
ses blessures, qu'il n'y avoit rien à craindre à
cet égard, et qu'elle en seroit quitte pour ces
déchirures, sans autre mal que la frayeur hor-
rible qu'elle avoit eue en se sentant blesser et
emporter par le monstre.

C'en étoit un en effet que cet aigle énorme.
Il me suffira de dire, pour en donner une juste
idée, que ses ailes avoient plus de quinze pieds
d'envergure. Quand je fus certain de la vie de
mon enfant, et que je la vis en sûreté, je courus
à l'aigle, qui, quoique blessé mortellement et
renversé par terre, battoit encore de l'aîle, et
faisoit des efforts pour se relever. Henri vouloit
l'achever à coups de bâton, et le frappoit sur

la tête de toute sa force; mais comme il étoit dangereux que cet animal expirant n'abattît mon fils d'un coup d'aîle, ou même ne le blessât vivement avec ses griffes, je fis reculer Henri, et j'achevai le monstre avec la crosse de mon fusil.

Eléonore n'étoit pas alors sur l'esplanade; le besoin d'aller chercher de l'eau à la fontaine, et la pleine sécurité où nous avions toujours vécu dans l'île, lui avoient fait quitter ses enfans sans aucun soupçon. C'étoit un malheur que je n'eusse rien dit à Eléonore de l'apparition de l'aigle, parce qu'elle se seroit tenue renfermée dans la maison avec sa famille, et que cette précaution prudente auroit mis Louise à l'abri du danger qu'elle avoit couru; mais j'ose croire qu'il fut heureux qu'Eléonore ne se trouvât pas près de sa fille lorsque l'aigle l'enleva. Il est vraisemblable que mon épouse n'auroit pu la secourir, et que son cœur déchiré par le spectacle de cet enlèvement funeste, eût risqué d'éprouver un saisissement mortel.

C'est ce dont j'eus lieu de me convaincre, lorsqu'Eléonore, de retour de la fontaine, fut suffisamment instruite de ce qui venoit de se passer. Les petits qui avoient couru au-devant d'elle, lui avoient raconté en tremblant et en pleurant, qu'un gros oiseau avoit voulu les dévorer; qu'il s'étoit emparé de leur sœur Louise; qu'Henri n'avoit pu la défendre; mais que papa

avoit tiré un coup de fusil à l'oiseau, et l'avoit
jeté par terre. Elle n'avoit rien compris à ce
récit, car elle n'imaginoit pas qu'il pût y avoir
un oiseau dans l'île, assez fort et assez hardi pour
attaquer ses enfans. Mais quand elle fut arrivée,
et qu'elle vit ce monstre énorme couvrir de son
corps et de ses ailes une portion de terrain considérable, lorsqu'elle aperçut les plaies de sa
fille, et qu'elle apprit le danger extrême que la
petite avoit couru, sa tendresse alarmée fit taire
son courage ; elle devint pâle et tremblante, et
se fût trouvé mal tout-à-fait si je ne l'avois se-
courue.

Cependant mon épouse étant revenue de sa
frayeur, il fut question de retourner à la maison
pour panser les blessures de Louise. Eléonore
se chargea de sa fille, et je portai comme en
triomphe, mais tristement, les dépouilles de
l'ennemi, bien résolu de poursuivre avec achar-
nement tout ce que découvrirois de sa race. Nous
revînmes donc à la maison, où nous bassinâmes
les plaies de la petite, qui ne se trouvèrent pas
dangereuses, mais qui la firent souffrir long-
temps. J'attachai au-dessus de la porte de la cour
le corps de l'aigle, pour servir d'épouvantail et
de perpétuel exemple de justice à tous les mal-
faiteurs qui tenteroient désormais de troubler
notre repos. Les jours suivans, je me fis accompagner de Henri, que j'armai d'un fusil, et nous
allâmes à la recherche des aiglons, qu'après des

peines infinies nous trouvâmes entre des pointes
de rochers fort élevées. Nous détruisîmes le nid,
nous tuâmes les aiglons et la mère qui vouloit
les défendre, et qui nous auroit déchirés, si nous
ne l'avions abattue à coups de fusil. Enfin, cet
exploit achevé, nous ne vîmes plus dans cette
partie de l'île que nous habitions, aucun de ces
oiseaux voraces qui nous avoient causé de si
justes craintes.

Plusieurs années après cette aventure, il arriva à mon épouse et à une de mes filles, quelque
chose d'aussi effrayant, et qui pouvoit être encore plus fâcheux par les suites. Eléonore ayant
couché ses nourrissons, étoit allée avec ses deux
aînées laver du linge à la rivière. Les autres petits l'avoient accompagnée, et elle les faisoit
garder par Amélie, pour qu'ils n'approchassent
pas trop près de l'eau, qui étoit profonde à peu
de distance du bord. Ils jouoient à leur gré, non
loin de leur mère, lorsqu'Adélaïde en lavant
laissa échapper une pièce de linge sans s'en
apercevoir. La surveillante, qui vit flotter ce
linge, entra dans la rivière pour le rattraper;
mais comme il s'éloignoit toujours d'elle, emporté par le courant, elle y entra toujours de
plus en plus, et s'y trouva si avant, qu'elle fut
elle-même entraînée loin du rivage, et bientôt
submergée. A cette vue les petits s'écrièrent, et
Eléonore avertie du danger de sa fille, se jeta
promptement dans la rivière pour aller à son
secours.

Heureusement que je labourois alors avec Henri le champ au-dessous du jardin, qui n'étoit séparé de la rivière que par la prairie. Les cris des enfans, qui frappèrent aussitôt nos oreilles, tournèrent nos yeux vers le lieu de la scène. Je vis tout d'un coup le péril où étoit mon épouse et ma fille, et j'en frémis jusqu'au fond du cœur. Mon fils éprouvoit comme moi un vif sentiment de crainte. Nous partons, comme de concert, en nous disant douloureusement : Ah! quel malheur, elles vont se noyer; et cependant nous franchissons le fossé, nous traversons la prairie, et nous nous jetons dans l'eau, avec toute la rapidité que pouvoit nous donner la force du sentiment.

La plus grande diligence étoit en effet nécessaire pour les sauver. Un moment de retard m'eût peut-être fait perdre ma chère épouse et certainement Amélie, et du plus fortuné des hommes, m'eût rendu le plus malheureux. Eléonore, qui ne pouvoit atteindre sa fille, étoit déjà comme elle emportée par le courant. Déjà renversée dans la rivière, sa tête enfonçoit dans l'eau, et pour Amélie, on ne la voyoit plus à la surface, et l'on ne distinguoit l'endroit où elle étoit qu'à la blancheur de sa robe, que la transparence de l'eau laissoit entrevoir.

A ta sœur, criai-je à Henri; et tandis que je me précipitois vers mon épouse, que je tirai de l'eau, et que je portai sur le rivage, Henri s'é-

lançant vers Amélie, et plongeant entre deux
eaux, arrachoit sa sœur à la mort. Eléonore,
qui n'avoit pas perdu entièrement connoissance,
revint bientôt à elle; mais Amélie resta long-
temps comme morte et sans sentiment, et nous
laissa dans de vives alarmes. Celles que sentit
Eléonore en s'apercevant de l'état de sa fille, se
peindroient difficilement. Eh, qui pourroit exprimer toute la tendresse d'une telle mère, et
son extrême sensibilité sur le danger de ses enfans! Dès qu'elle fut en état de se soutenir, elle
s'empressa autour d'Amélie pour lui donner de
nouveaux secours. Le calme ne revint dans son
cœur que lorsqu'elle revit sa fille absolument
hors de danger, ce que depuis plus d'une heure
nous n'osions pas nous promettre. Enfin le mouvement et les secousses que nous lui donnâmes,
les frictions que nous lui fîmes, et l'évacuation
de l'eau qu'elle avoit avalée, lui rendirent la
connoissance. Cet accident la jeta dans une maladie de langueur, dont elle guérit pourtant dans
la suite. Mais elle étoit perdue sans ressource,
ainsi que sa mère, si nous avions été loin d'elles,
ou si nous n'avions pas su nager.

CHAPITRE XXII.

Continuation de l'éducation physique des enfans de l'Auteur.

On vient de voir dans le chapitre précédent, de quel secours nous fut la natation pour sauver la vie à mon épouse et à sa fille. J'avois eu grande attention de former mes fils à cet exercice dès le bas âge, et le soin que j'avois pris de les dresser à cette partie essentielle de la gymnastique, les avoit rendus si habiles nageurs, qu'ils pouvoient parcourir l'eau avec autant de légèreté que la terre; et, à les voir nager, on eût dit que l'élément liquide ne leur étoit pas moins propre que l'air qu'ils respiroient.

Habitués, pour ainsi dire, en venant au monde, aux lotions d'eau froide, le bain journalier, dans un climat aussi chaud que le nôtre, étoit devenu pour eux un vrai besoin. Il ne falloit donc pas les exciter à nager, il suffisoit de leur en donner l'exemple et de leur en montrer la méthode. Ils apprirent la mienne d'autant plus facilement, qu'elle est plus simple. Elle dispense des préparatifs et des précautions ordinaires, qui ne rassurent pas contre le danger, et peuvent parfois devenir funestes. Elle bannit la crainte en ôtant la vue du péril ; et donnant très-promptement la facilité de se soutenir sur l'eau et d'avancer à la nage, elle accoutume en même temps à plonger à volonté.

Je n'employai donc pas le liége, les vessies pleines de vent, ni d'autres corps légers qui surnagent. Je me contentai de mener mes fils se baigner dans l'eau claire d'un ruisseau, dont la profondeur médiocre pût soutenir le corps d'un nageur, et néanmoins lui permettre en même-temps d'en atteindre le fond avec la main, sans que la respiration en fût interceptée. J'eus soin de nettoyer cet endroit du canal, de toutes les grosses pierres, contre lesquelles ils auroient pu se heurter.

Là, je leur enseignai, par mon seul exemple, ce qu'ils avoient à faire. Je savois que tout homme qui essaie de nager pour la première fois, n'ose pas s'étendre librement dans l'eau, parce que les règles d'équilibre qu'il tient de l'expérience, lui font sentir que, s'il s'abandonne sur la surface, il ne pourra plus se retenir ; que la tête et les épaules, plus pesantes que le reste du corps, s'enfonceront dans le liquide ; enfin parce que l'instinct, qui lui est donné par la nature pour surveiller son ignorance, lui faisant craindre alors d'être suffoqué, enchaîne la liberté de ses mouvemens, et ne permet pas à ses pieds de se détacher de la terre. Il ne s'agissoit que d'enlever à mes enfans cette crainte naturelle, et le moyen le plus facile étoit d'en soustraire la cause.

Tant que de la surface ils pouvoient voir l'intérieur de l'eau, l'instinct, plus fort que le raisonnement, devoit empêcher leurs membres de s'y étendre sans contrainte; mais dès qu'ils y auroient plongé la tête et le corps, l'expérience alloit leur faire connoître le peu de solidité de leur frayeur, et les rassurer pour toujours contre la crainte de l'immersion. Ils ne devoient plus avoir de répugnance à entrer dans l'eau, ni de difficulté à s'y mouvoir librement. Pour les engager à faire cette expérience, je me mis à plonger devant eux, à nager sous l'eau ; et, pour leur montrer la facilité que j'avois d'en sortir et de me relever quand je voudrois, je me remis sur mes pieds en posant la main sur le sable.

Aussitôt mes enfans, vrais singes pour l'imitation, se plongèrent dans le ruisseau, la tête la première. Alors libres de la crainte qui les retenoit auparavant, ils y étendirent leurs membres, ils s'abandonnèrent au courant, et, s'essayant à nager, ils s'aperçurent avec surprise que le mouvement qu'ils se donnoient les soutenoit dans le milieu liquide, et les transportoit d'un endroit à un autre. Quand le besoin de respirer les obligea de revenir à l'air, ils se relevèrent comme moi en atteignant le sable avec la main.

Le succès de cette épreuve leur donna bientôt le desir d'en faire d'autres. Ils nagèrent un peu plus loin ; ils plongèrent avec plus de facilité, et demeurèrent sous l'eau plus long-temps; enfin cet exercice, devenu journalier, leur rendit la natation si familière et si aisée, qu'ils pouvoient nager avec vîtesse plusieurs heures de suite, plonger à une profondeur de plusieurs brasses, et qu'il est peu de nageurs en Europe assez habiles pour mériter de leur être comparés. Je n'avois eu besoin, en quelque sorte, que de bien dresser Henri. Celui-ci, devenu mon second, me servit infiniment dans l'instruction de ses frères, et les rendit avec le temps aussi bons nageurs que lui-même. Plus d'une fois depuis, j'ai eu regret de n'avoir pas appris à nager à mes filles. Des raisons de décence, alléguées par mon épouse, furent le seul motif qui m'en empêcha. Je n'eus pas pour elles cette délicatesse dans d'autres exercices, et particulièrement dans celui de la course.

Mes enfans connurent en quelque façon l'eau plutôt que la terre, et c'est pour cela que j'ai mis la natation à la tête de leurs exercices; mais s'ils devoient être fréquemment dans l'eau et s'exercer à cet effet, ils devoient demeurer sur la terre, et dans la position extraordinaire où ils étoient, il importoit beaucoup qu'ils tirassent le meilleur parti des facultés corporelles qu'on peut employer sur cet élément. Aussi nulle partie de la gymnastique, que je crus propre à étendre leur force et leur souplesse naturelle, ne fut négligée, et je distribuai leurs exercices, de manière que, loin de s'entre-nuire, ils s'aidoient au contraire réciproquement. L'eau, par exemple, qui rend les muscles plus fermes et donne du ton aux fibres, disposoit mes enfans à la course ; ainsi je ne manquois pas de les faire courir au sortir de l'eau.

De tous les exercices que nous connoissons, le premier et le plus naturel à l'homme, c'est la course. Il peut à peine faire usage de ses jambes, qu'il aime à se transporter d'un lieu à un autre. Le besoin et le plaisir l'excitent au mouvement. L'émulation naturelle entre des enfans de même âge, qui jouent et qui courent l'un après l'autre, les anime à se surpasser en vîtesse. Cette disposition est de tous les temps et de tous les pays. Mais chez les peuples sauvages, et dans l'enfance des sociétés, tout fit une loi aux divers individus, d'acquérir en courant la plus grande légéreté. En effet, la nécessité de fuir un ennemi, de poursuivre et d'atteindre une proie, leur apprit à courir très-rapidement, et souvent à devancer les bêtes qu'ils poursuivoient à la chasse.

Les Hotentots et les sauvages d'Amérique, sont une preuve constante que l'habitude à courir rend l'homme le plus léger et le plus vîte

des animaux. Chez les nations policées, au contraire, la sécurité qu'on trouve dans la force
commune, et la facilité de satisfaire les premiers besoins, jettent la plupart des hommes
dans l'indolence, engourdissent leurs membres
qui demeurent dans l'inaction, et les privent
ainsi des avantages qu'ils en auroient pu retirer,
s'ils avoient pris l'habitude d'en faire usage.

Nous n'avions pas, à la vérité, les mêmes
dangers à fuir que les premiers, ni la même
nécessité de poursuivre au loin notre nourriture ; mais la raison et le desir de notre bien-
être nous défendoient d'imiter les seconds, et
me prescrivoient de donner aux habitans de
mon île toute l'adresse et la vigueur dont ils
seroient susceptibles, pour en faire des hommes
capables d'entreprendre les plus grands travaux
et de supporter les plus longues fatigues. Dans
ce double intéret, j'eus la plus grande attention
de les accoutumer à la course, et mes soins à
cet égard ne furent pas perdus.

Henri, mon fils aîné, qui fut par cette raison
mon premier élève, charmé de la facilité que
je lui donnois de courir, profitoit de toutes les
occasions qu'il trouvoit d'exercer ses jambes.
Dans les premières années, je le faisois courir
avec sa sœur Adélaïde, et pour exciter et entretenir entre eux l'émulation, je réglois la
longueur de la course suivant les forces res-
pectives des concurrens. Le vainqueur recevoit

un prix des mains d'Eléonore. La justice demandoit que, dans cette distribution, j'eusse égard à la foiblesse du sexe d'Adélaïde, et que l'espace qu'elle devoit parcourir y fût proportionné. Je le marquai, d'après l'expérience que je fis de la force et de la légéreté du frère et de la sœur. Il arriva plus d'une fois depuis qu'Adélaïde remporta la victoire. Elle n'eût peut-être pas soutenu une course aussi longue que son frère ; mais elle en eût certainement fait une bonne partie avec autant de vîtesse et de légéreté.

Je me proposai moi-même dans la suite, pour entrer en concurrence avec mes deux enfans. Mais, pour rendre les choses égales, j'étendis ma carrière en raison de ma supériorité. Je ne dois pas omettre en passant, que je fus vaincu plus d'une fois. Mais lorsque mes autres enfans eurent acquis assez d'âge et de force pour être admis à nos jeux, et qu'ils y participèrent, nos courses devinrent si brillantes, et l'émulation de surpasser les autres fut si vive, que quiconque en eût été témoin, se seroit cru transporté aux anciens jeux de la Grèce.

Les nôtres se célébroient sur l'esplanade. Assise sous les palmiers, Eléonore y présidoit et y distribuoit les prix. J'étois simple spectateur ; mais ma présence et celle d'Eléonore valoient pour les athlètes le cercle le plus nombreux ; nous couronnions les vainqueurs, nous consolions les vaincus, qui trouvoient dans leurs antagonistes des cœurs sensibles à leur défaite.

Cependant, malgré cette harmonie, ils étoient tous charmés de vaincre avant de quitter la barrière, ils brûloient d'obtenir les suffrages de ceux qui les entouroient. Ils frémissoient d'impatience de s'élancer dans l'arène, où ils n'entroient que deux à deux. Mais il falloit les voir partir, les voir courir à l'envi, et s'efforcer de se devancer l'un l'autre, jusqu'à ce que le plus leste et le plus adroit eût atteint le but. Il falloit surtout remarquer l'effet que produisoit sur l'assemblée la vue des coureurs, pour connoître quelle chaleur et quel enthousiasme se répandoient alors dans l'ame de ceux qui restoient à la barrière. Suivant que le concurrent pour lequel ils s'intéressoient, se laissoit devancer par son compagnon, ou le gagnoit de vîtesse, on les voyoit ou l'applaudir ou l'exhorter; ils tressailloient, ils frappoient des mains l'une contre l'autre en s'écriant; ils l'animoient de la voix et du geste, ils triomphoient avec lui. La palme remportée aux jeux Olympiques n'eût pas flatté davantage leurs jeunes cœurs.

Faut-il s'étonner après cela, si cette vive ardeur les excitoit puissamment, et s'ils étoient ensuite dispos et légers, lorsque le danger ou le besoin les obligeoit de courir long-temps et

avec rapidité? Par ce moyen, ils se trouvèrent
tous en état de soutenir une pénible marche,
et d'arriver promptement et sans fatigue au
terme de leur course. La chasse et les voyages
ne furent pas une peine pour eux, mais une
sorte de délassement ; et la facilité qu'ils avoient
acquise de se transporter avec une grande
vîtesse d'un endroit à un autre, en rapprochant
en quelque manière tous les points de l'île,
abrégeoit en leur faveur les distances qui les
séparoient.

Cette habitude de courir à de grandes distances dans des chemins raboteux et des lieux
escarpés, en déliant les jambes des jeunes gens,
en les rendant plus légères et plus nerveuses,
les dispose à s'élancer d'un bond à une hauteur
ou à une distance considérable , à sauter lestement, à grimper avec adresse. Le saut et le grimper, si je puis me servir de ce mot, sont comme
une suite et une dépendance de la course. Ils
n'ont pas une date moins ancienne, et devoient
être tout aussi nécessaires dans l'enfance des sociétés , où les hommes n'ayant, pour ainsi dire ,
qu'eux-mêmes pour appui , se trouvoient fréquemment obligés de faire usage de toutes leurs
facultés , et de les mettre à toutes les épreuves.

Par une raison semblable, il convenoit d'accoutumer nos enfans à sauter et à grimper,
comme à courir. Notre position nous obligeoit
même plus particulièremeut à donner cette ha-

bitude à notre jeunesse. Sur une terre entou-
rée de rochers , et dans une île dont une
grande partie n'étoit que des montagnes pleines
d'aspérités et de précipices , il lui importoit
de joindre à la légèreté et à la souplesse des
mouvemens , la prestesse à s'élancer , la hardiesse à monter sur les cimes les plus élevées ,
et l'assurance de s'y tenir long-temps , pour
se derober aux dangers qu'ils auroient pu courir , s'ils n'avoient pas pris l'usage de toutes
ces choses par des expériences répétées. On
peut donc croire que je n'eus garde de négliger cette partie de la gymnastique , qui donnant plus de ressort au muscle , plus d'équilibre au corps , et plus d'assurance à la tête , tendoit visiblement à la conservation de mes enfans , et les mettoit au-dessus d'un péril où
beaucoup d'événemens auroient pu les jeter durant le cours de leur vie.

Dès qu'ils furent assez forts pour courir et
pour s'ébattre , ils essayèrent de sauter et de
grimper , comme font d'ordinaire tous les enfans de leur âge , et , loin de m'opposer à ce
penchant , je crus devoir le favoriser. Je me
contentai seulement d'éclairer leur inexpérience de mes conseils , et de soutenir leur foiblesse de mon exemple. Il n'y avoit pas de jour
qui ne leur fournît l'occasion d'exercer leurs
membres flexibles. S'il faisoit mauvais temps ,
ils sautoient dans la maison , en présence de

leur mère, qui prenoit plaisir à leur voir faire
sous ses yeux le premier essai de leurs forces,
mais d'ordinaire c'étoit à la promenade qu'ils
faisoient plus d'efforts pour se montrer agiles ;
et je les y laissois jouir de toute leur liberté,
d'autant plus volontiers qu'il y avoit moins de
risques pour eux, s'ils faisoient quelques chutes.

Leur plus grand exploit fut d'abord de franchir un petit fossé, de grimper sur un petit
arbre ; mais, à mesure que leur vigueur croissoit avec l'âge, ils tentoient des choses plus
difficiles, ils faisoient de plus grands efforts :
et l'on imagineroit à peine tout ce que l'habitude constante à s'exercer les rendit capables d'entreprendre et d'exécuter dans la suite.
Quand je les menois à la chasse, ils prenoient
plaisir à pousser le gibier jusques dans les re-
traites les plus inaccessibles ; et quand une
bête étoit lancée, il étoit rare qu'elle échappât
à la vélocité des poursuivans, que rien ne pouvoit arrêter. Il y eut même deux de mes fils
que je vis porter la hardiesse jusqu'à poursuivre les chamois dans les pendans les plus rapides, à s'élancer après eux de pointe en
pointe sur les rochers, et qui ayant fait le
projet de reconnoître la cataracte, osèrent en-
prendre de franchir la barrière terrible qui
l'entouroit, et en vinrent à bout. Ils décou-
vrirent au-delà comme un nouveau monde.
Nous verrons dans la suite de ces Mémoires,

15*

que cette entreprise périlleuse, mais pleine de
grandeur et de courage, mit toute la Colonie
dans le plus grand danger , et manqua d'en
opérer la ruine.

Chez la plupart des Nations de l'Europe,
la chasse est réservée aux grands et aux riches;
elle devient un privilége exclusif, auquel le
peuple ne touche que furtivement et en con-
bande. Celui qui pourroit en faire une occupation utile, le propriétaire dont l'héritage est
souvent ravagé par des bêtes fauves, qu'on
laisse multiplier à l'infini, et qui, ce semble,
devroit jouir le premier du droit de défendre
les fruits de sa terre, le propriétaire, s'il n'a
pas de meilleur titre que celui de possesseur
de fonds, est condamné à nourrir le gibier
de son Seigneur, sans qu'il puisse y prétendre la moindre part. La chasse, dans ce pays
des sciences et des préjugés, est un amusement coûteux que se partagent la grandeur et
l'oisiveté. Le peuple paye bien cher ces plaisirs,
comme beaucoup d'autres, sans en goûter.

Dans notre île, la chasse n'est pas seulement une récréation honnête, un exercice
salutaire, qui ne nuit à personne, et où chacun a droit de participer, elle doit encore
être regardée comme une branche importante
de revenu. Il étoit donc fort intéressant pour
nous d'accoutumer nos jeunes gens à l'exercice
de la chasse, et de les dresser au maniement et

à l'usage des armes qu'on y emploie, pour rendre leur adresse et leurs plaisirs mêmes utiles au bien général de la Colonie. D'après cela, on ne sauroit douter que dès qu'ils purent soutenir la fatigue de la chasse, dès qu'on put sans imprudence leur confier des armes, je ne me fisse un devoir de leur apprendre à s'en servir.

Je fis présent à mon aîné d'une carabine légère; je lui montrai la manière de la charger, de la tenir, de la mettre en joue, et je le fis tirer quelque temps au blanc; après quoi je le mis de mes parties de chasse, où il ne fut pas inutile. Il tua quelques pièces de gibier assez lestement; et ce début, qui flattoit beaucoup son amour-propre, l'engageant dans la suite à se surpasser, il se rendit si adroit dans cet exercice, qu'il en vint à tirer à balle seule, avec une justesse merveilleuse, et qu'il abattoit de fort loin sur l'arbre, des oranges et des citrons, sans toucher aux feuilles. Il prit enfin tant de goût pour la chasse, que, dans la crainte de le voir dégénérer en passion, je cherchai à l'en distraire, en l'occupant à autre chose.

Cette méthode dont je m'étois servi pour Henri, je l'employai pour l'instruction de ses frères, et ils acquirent dans cet exercice autant d'adresse que leur aîné. Les Flibustiers, si vantés pour leur adresse à tirer juste, n'étoient pas des tireurs plus habiles que mes enfans. L'usage du fusil leur devint aussi familier que

celui de leurs mains. Ils ne se trouvoient jamais
à portée du gibier, sans le faire tomber sous
leurs coups. Cependant cette facilité à se servir
du fusil, et les succès qui en étoient la suite,
ne m'empêchèrent pas d'en suspendre l'usage,
pour y substituer celui d'une arme plus ancienne.
Le fusil fut réservé pour les occasions extraordinaires, et l'arc lui fut préféré pour le service
journalier.

Une double raison m'obligeoit à faire ce changement. L'arc n'étoit pas seulement capable de
donner à la main plus de fermeté, et à l'œil
plus de précision encore que le fusil ; il demandoit moins d'apprêt, il n'exigeoit pas la même
dépense. Nous avions de la poudre, et même
assez pour n'en pas manquer de long-temps ;
mais chaque jour la voyoit diminuer, et il étoit
bon de la conserver pour les besoins extrêmes,
jusqu'à ce que nous eussions trouvé le moyen
d'en fabriquer de nouvelle. Je mis donc l'arc
en honneur dans notre île. Il fallut pour cela
solliciter mon industrie, et me soumettre à un
nouveau travail.

J'avois bien vu plus d'une fois et l'arc et les
flèches, et cependant j'ignorois comment je devois m'y prendre pour en faire, et quel étoit le
meilleur bois que je pouvois y employer. Je fus
obligé d'en essayer la fabrique, d'après les renseignemens de ma mémoire et les conseils de
mon imagination. Je sentois que pour donner

du succès à mon entreprise, et à cette arme la
perfection dont elle étoit susceptible, je devois,
pour l'arc, faire usage d'un bois en même temps
fort et flexible, qui eût beaucoup de ressort et
ne fût pas cassant, et je compris que celui des
flèches devoit être de menues baguettes droites
et légères.

D'après ces considérations, j'examinois quel
étoit le bois de l'île qui méritoit la préférence,
lorsqu'il me vint en pensée que nous avions dans
notre magasin une quantité de fanons de baleine très-propres à faire des arcs, et qu'il croissoit dans certains cantons de l'île des roseaux
fort bons pour faire des flèches. En conséquence
je mis la baleine sur le métier, et après plusieurs tentatives, je fis des arcs de différentes
grandeurs, dont la force et la bonté surpas-
sèrent mon attente. Je les garnis de cordes de
boyaux qu'on portoit aux Indes, pour servir
aux rouets employés aux filatures de coton. Ces
cordes fortes et élastiques sembloient avoir été
faites exprès pour mon dessein. J'armai le bout
des roseaux qui servoient de bâton à la flèche,
d'une pointe de fer acérée, que j'avois forgée
tout exprès, et vers le bout opposé j'attachai des
barbes de plumes, pour mieux diriger la flèche
lorsqu'elle seroit lancée.

Cela fait, il ne fut plus question que de se
rendre cette arme familière, et d'acquérir, s'il
étoit possible, autant et même plus d'adresse à

s'en servir, qu'il n'en falloit pour le fusil. Je ne pouvois, sur ce point, aider mes enfans de mon expérience. J'appris le métier avec eux, et d'abord j'eus de l'avantage; mais comme d'autres exercices leur avoient affermi la main et rendu le coup-d'œil fort juste, ils ne tardèrent pas à se rendre la pratique de celui-ci très-aisée, et à m'y surpasser. Ils y montrèrent enfin autant de dextérité, qu'ils en faisoient paroître à tirer de la carabine.

Comme j'écris sans prévention, je dois dire ici que je ne crois pas l'usage du fusil bien préférable à celui de l'arc. Les flèches qui partent d'une main sûre et exercée portent des coups aussi certains, et sont aussi meurtrières que les balles lancées par une arme à feu. Elles atteignent même à plus de distance; et, ce qu'auront peine à croire ceux qui ne jugent que sur l'étiquette, un bon tireur d'arc lancera plus de flèches, dans un temps donné, qu'un autre ne tirera de coups d'une carabine. Baptiste, mon second fils, qui, de l'aveu de ses frères, ajustoit le mieux une flèche, justifia dans mon esprit ce que les anciens nous rapportent de leurs tireurs, et que je prenois pour une fable. A cent pas, il portoit dans un blanc de la grandeur d'un écu, et il lançoit ses traits avec tant de vîtesse, qu'il y en avoit plusieurs en l'air avant que le premier fût tombé (1).

_____

(1) Le seul désagrément de l'arc, c'est de ne pouvoir

L'exercice de la chasse nous étoit agréable et utile; celui de la pêche, qui ne lui cède en rien pour l'agrément, l'emportoit beaucoup par son utilité. La fécondité de la nature ne se montre nulle part avec autant de profusion, que dans les productions des eaux. Le gibier étoit commun dans l'île; mais cette abondance n'étoit presque rien, comparée à celle du poisson que nourrissoit la rivière, et qu'on trouvoit dans les mers voisines. Les premières années de notre établissement dans l'île, je n'avois pas tiré de la pêche tous les avantages qu'elle pouvoit nous donner. Mais quand les forces de mes enfans me permirent d'étendre mes entreprises utiles, elle devint pour nous de la plus grande ressource, par la quantité et la variété des subsistances qu'elle nous procura.

Nos jeunes gens, qui savoient nager et plonger dès le bas âge, et qui se baignoient presque tous les jours, étoient, par cette habitude, très-disposés à devenir pêcheurs. Ils possédoient ainsi les connoissances préliminaires de la pêche; et le reste des pratiques de cet art ne devoit pas leur paroître bien difficile, lorsqu'ils seroient assez forts pour s'en occuper. Aussi je puis dire qu'ils n'apprirent rien avec autant de facilité,

---

servir en temps de pluie, parce que la corde se relâche par l'humidité; mais ce désavantage n'est pas sans remède, puisqu'il est aisé d'imaginer un moyen de racourcir la corde à mesure qu'elle se relâche.

ni si promptement, que les diverses opérations qu'il exige. Connoître les lieux et les temps les plus favorables, placer des verveux et des hameçons, tendre des filets, jeter l'épervier, conduire la seine, ils s'en acquittèrent bientôt aussi bien que moi, et remplirent nos magasins de provisions sèches ou salées, que nous devions à leur industrie, et qu'ils avoient tirées du fond des eaux.

Ils ne s'en tinrent pas là dans la suite : obligés d'entretenir les instrumens de la pêche et de les renouveler, il leur fallut apprendre à construire des filets. Ce fut Eléonore qui leur en montra la manière, en leur enseignant à faire la maille, sur le modèle du réseau qu'elle avoit fait autrefois. Ce travail n'offroit rien de difficile ; mais lorsqu'il fut question de bâtir des digues, de placer des paniers sur des ruisseaux, pour prendre du saumon, lorsque la vétusté de notre chaloupe nous contraignit d'en construire d'autres, des ouvrages de cette importance, qui demandoient de la méditation et des combinaisons savantes, me portèrent à les diriger. Pour donner de justes dimensions aux diverses parties de nos chaloupes, nous prîmes nos proportions sur les membres de l'ancienne. Mais je dois avouer ici que je fus bien secondé ; car mes fils, qui en me voyant fréquemment occupé des fonctions du forgeron et du charpentier, s'étoient accoutumés à travailler sous mes

yeux, et à mon exemple, le fer et le bois ; mes
fils suivirent très-bien mes instructions, et quoiqu'ils employassent plus de temps peut-être que
n'en eussent mis à cet ouvrage des ouvriers plus
experts, ils menèrent à leur perfection notre
double entreprise. Nos digues furent établies
comme il convenoit, et deux chaloupes que
nous construisîmes, une grande et une petite,
allèrent bien l'une et l'autre à la rame et à la
voile, et voguèrent à souhait.

CHAPITRE XXIII.

Suite de l'éducation physique des enfans de l'Auteur.

La meilleure éducation est, sans contredit,
celle qui se proportionne davantage aux facultés des élèves, et qui convient le mieux à leur
état futur. Je ne perdois jamais cette règle de
vue, et pour la rendre plus profitable à mes enfans, je faisois ensorte qu'ils tirassent de leurs
jeux et de leurs amusemens, un nouvel aiguillon
pour le travail, et plus de force pour l'exécuter ;
que le plaisir, en un mot, leur procurât de nouveaux moyens de se rendre utiles aux autres et à
eux-mêmes.

Ce fut dans ce dessein que je mis au nombre de nos exercices le mail, la longue paume, le jeu du disque et de la barre, et tous les jeux semblables, qui, en augmentant la vigueur, servent à donner plus d'adresse à la main, et plus de justesse à l'œil, et qui, mettant toujours les champions en plein air, contribuent à fortifier la santé. Les premiers n'apprennent pas seulement à juger d'une seule vue, du terrain et de l'espace que doit parcourir la boule, du bond qu'elle doit faire en tombant; mais en obligeant de courir ou de s'élancer au point nécessaire pour la parer et la renvoyer d'une main forte et sûre, en faisant prendre sans cesse au joueur des postures nouvelles, ils exercent le corps dans tous les sens, ils mettent en mouvement tous les membres. Le disque et le jeu de la barre, qui ne servent pas précisément à donner au joueur de l'adresse et de la légèreté, contribuent plus particulièrement à exercer sa force, en travaillant beaucoup tous les muscles des bras.

Nos enfans, qui trouvoient un attrait dans tout ce qui pouvoit étendre leurs facultés naturelles, se livroient à ces exercices avec d'autant plus de plaisir, qu'ils ne croyoient faire autre chose que jouer en s'en occupant, et cependant leurs forces en prenoient un accroissement merveilleux. Leur vigueur, à dix ou douze ans, étoit telle, que si je n'avois vu ce qu'ils savoient

faire, je n'aurois pas osé le croire. Nos hommes
d'Europe, énervés par la mollesse, n'ont pas
même une idée de ce que ces enfans pouvoient
exécuter. Ils prouvoient par leur exemple, que
les forces de l'homme fréquemment exercé, s'ac-
croissent dans une progression véritablement
surprenante, et qu'il seroit difficile d'en assigner le terme. Lorsque leur taille et leurs membres eurent acquis par l'âge toutes leurs dimensions, l'île contint une troupe d'hommes tels
que les premiers âges du monde en produisoient.
Dispos, adroits, nerveux, et pleins de cette confiance intérieure qui est l'ame du courage, ils
étoient en état de repousser les attaques d'un
nombre d'assaillans infiniment supérieur au
leur, de les rompre, de les renverser, quand
même ils n'auroient eu à leur opposer que leurs
armes naturelles. Nous en verrons un exemple
dans la suite, qui ne nous laissera point de doute
à cet égard.

La vigueur, l'adresse, l'agilité, sont des qualités bien recommandables dans l'éducation
physique, puisqu'elles donnent à l'homme les
moyens de soutenir les grands travaux de la
culture, de pourvoir aux besoins de la vie, et
qu'elles le parent et le défendent des dangers :
mais il ne peut pas être sans cesse courbé sous
le joug du travail; il ne doit pas être toujours
occupé à se nourrir ou à se défendre; la douceur de la vie exige que l'homme en société ne

se contente pas d'être utile, elle demande qu'
sache plaire aux autres par l'agrement dé sé
manières et par la grace de son extérieur. O
rien n'est plus propre que la danse, à nous don
ner cette grace qui prévient les autres en notre
faveur; car la danse ne contribue pas seulement
à la santé, parce que, sans sortir du naturel,
elle exerce suffisamment toutes les parties du
corps, qu'elle remue en cadence et avec mesure,
elle sert en même temps à rendre la taille plus
libre et plus dégagée, la démarche plus ferme,
à donner un air gracieux à tous les mouvemens,
et à faire prendre à toute la personne une contenance aussi noble qu'aisée.

Ainsi la danse pouvant être considérée sous
deux points de vue également intéressans, convenoit parfaitement à notre projet d'éducation,
qui étoit de donner à nos enfans tous les talens
qu'on peut joindre naturellement aux qualités
les plus essentielles. Elle avoit même cet avantage particulier, qu'en entretenant la gaîté dans
la famille, elle servoit à l'exercer sous nos yeux
dans l'intérieur de la maison, où quelquefois
employée le soir après souper, elle couronnoit
les travaux de la journée, et devenoit un délassement, et comme une récompense d'occupations plus sérieuses.

Eléonore, née chez un peuple très-vif, où le
chant et la danse sont de toutes les fêtes, et contribuent aux plaisirs de tous les états, Eléonore,

qui dansoit comme les Graces, employa volontiers ses momens de loisir à former ses enfans à
cet exercice, et se fit un jeu de leur apprendre à
danser. Mais ayant déjà remarqué, lorsqu'elle
étoit en France, que, dans l'éducation vulgaire,
les jeunes gens s'ennuient bientôt des danses
graves; qu'ils en prennent les leçons avec dégoût, et les quittent avec plaisir pour courir à
leurs jeux ordinaires, où ils déploient tout le
feu et toute la vivacité de leur âge, elle en con-
clut qu'en leur apprenant à danser, il falloit
suivre l'indication de leur penchant, et que dans
un temps où la nature demande de grands mouvemens, et où les enfans dédaignent les danses
trop lentes et isolées, il convenoit de les dresser
à des danses plus analogues à leur vivacité, et
formées de pas plus rapides.

En conséquence elle se contenta de garder de
l'enseignement des danses graves, tout ce qui
étoit nécessaire pour donner à ses enfans plus
de grace à marcher, à se présenter, à saluer;
mais elle ne fit pas entrer les danses sérieuses
dans leurs amusemens. Le tambourin, le bal,
la bourée, les contredanses, les rondes, enfin
toutes les danses composées sur des airs à deux
temps, leur furent montrées de préférence tour
à tour, et firent dans la suite une partie essentielle de leurs plaisirs, et le fonds ordinaire de
leurs fêtes.

Quand nos enfans furent assez nombreux pour

pouvoir s'amuser en troupe, ce fut un vrai plaisi
pour nous de les voir s'occuper gaîment de ce
exercice, et de les faire danser au son de nos
voix ou de nos instrumens, soit dans la maison,
soit dans la cour ou sur l'esplanade. Mais de
tous les exercices, de tous les arts que nous en-
seignâmes à nos enfans, quelque avantageux,
quelque recommandables qu'ils soient, le plus
noble et le plus nécessaire est sans doute l'agriculture. Les autres sont casuels, précaires, passagers, ils ont pu être exercés par l'homme er-
rant ou sauvage. Celui-ci le tire de la barbarie,
fonde les grandes sociétés, établit les Empires;
il est le soutien de l'humanité comme le père
des arts. Sans lui, point de prospérité, point de
nation. C'est lui proprement qui attache l'homme
à son pays, qui lui donne une patrie, qui le rend
citoyen, qui fournit aux besoins et aux agrémens de la vie. Pour faire son éloge en deux
mots, il me suffira d'ajouter ici, d'après tous
les voyageurs, que dans tous les pays où elle
n'est pas connue, il ne subsiste que des peupla-
des misérables, et qu'on n'a trouvé de peuples
heureux, ni même de société, que dans les lieux
où elle est en honneur.

Je laisse à juger à ceux qui liront ces mémoires, si, après avoir pris tant de précautions
pour former mes enfans à d'autres exercices, et
connoissant si particulièrement l'importance de
celui-ci, je fus soigneux de leur apprendre cet

art par excellence, de leur en faire connoître
toutes les branches, de leur en montrer tous
les procédés. Nos autres occupations n'étoient,
pour ainsi dire, que des délassemens; mais la
culture de la terre étoit le travail essentiel et
celui qui nourrissoit la colonie. Tous ceux qui
la composoient avoient le plus grand intérêt de
s'en instruire et de s'en occuper. Il convenoit
de leur en donner de bonne heure la plus haute
opinion, et de leur en rendre la pratique familière.

C'est pour cela que je ne parlois de l'agriculture devant mes enfans, qu'avec un air de respect et d'enthousiasme remarquables, et qu'entre
les actions de graces que nous rendions chaque
jour à Dieu dans nos prières publiques, pour
les bienfaits que nous en avions reçus, je ne
manquois jamais de faire mention de la subsistance qu'il nous accordoit par le moyen de l'a-
griculture. Je voulois par cette pratique extérieure, imprimer dans de jeunes esprits la plus
grande vénération pour le premier des arts, et
lier à des idées religieuses l'opinion qu'ils en
auroient, afin qu'ils ne pussent se le rappeler
sans y joindre le souvenir de son origine et de
son excellence. J'ajoutois à cette attention celle
de ne travailler la terre qu'en présence de mes
enfans. Ainsi, quand j'allois labourer, semer,
planter ou moissonner, quoique très-jeunes, ils

.m'accompagnoient aux champs, où ils imitoien
à leur manière ce qu'ils me voyoit faire.

Lorsque l'âge et les forces leur permirent d
me donner quelques secours, j'eus soin de les
rendre utiles, et ce fut pour eux une grande
joie de se voir employer aux travaux publics.

CHAPITRE XXIV.

Caractères des enfans de l'Auteur.

L'INTELLIGENCE et la raison élèvent l'homme
au-dessus des autres animaux; mais ce qui le
distingue particulièrement de ses semblables,
c'est la grandeur de l'ame, c'est la sensibilité
du cœur, qui en font un être respectable et
sublime. C'est par là qu'il est père, époux,
ami, citoyen; c'est par là qu'il acquiert les vertus sociales, et qu'il opère les grandes actions
qui méritent de vivre dans la mémoire des
autres. C'est donc le cœur qui peut être regardé
comme la partie de l'homme la plus essentielle,
et qu'on doit cultiver avec d'autant plus d'attention, qu'elle sert en quelque sorte de bous-
sole et de règle pour les autres parties. Aussi la
tendresse et la vigilance d'Eléonore, et j'ose
dire la mienne, n'étendirent jamais leurs soins,

en toute autre chose, aussi loin que dans cet objet important de l'éducation de notre famille.

Henri, notre aîné, joignoit à un grand fonds de bonté, de droiture et de prudence, un esprit facile et juste, beaucoup de courage et de fermeté. Il avoit autant de vivacité qu'il en falloit pour agir et concevoir promptement; mais il ne cédoit point à une impétuosité sans réflexion, au caprice, à l'étourderie. Nous ne le vîmes jamais, pas même dans l'enfance, montrer des prétentions exclusives, vouloir rien obtenir d'autorité, ou s'emporter contre ses frères. Si, dans les choses où ils entroient en concurrence avec lui, ils paroissoient fâchés de sa supériorité, ou piqués de la vivacité de ses paroles, il s'empressoit de les consoler. Il leur cédoit par amitié, il les caressoit, il les embrassoit, il les aimoit tous avec tendresse; mais Adélaïde, sa sœur jumelle, avoit la préférence de son affection. Il étoit difficile de ne pas chérir un enfant aussi aimable.

Son frère Baptiste n'étoit point d'une humeur aussi facile; son tempérament ardent et bilieux le rendoit sensible à l'excès. Peu de chose le blessoit; et comme il n'avoit ni la douceur ni la complaisance de son frère, comme il ne se reposoit pas avec la même confiance sur l'affection des autres, et que, sans être méchant, il étoit emporté, il eût facilement pris des résolutions extrêmes et peu réfléchies, qui

I.   . 16

l'eussent conduit à la violence, si nous n'eussions eu l'attention de modérer de bonne heure
son impétuosité naturelle. Henri voyoit les
choses en grand. Il portoit au loin ses regards
sur les possibles; il en saisissoit aisément les
rapports. Baptiste n'avoit pas des vues si étendues ; mais personne ne l'égaloit dans la connoissance des détails.

La nature l'avoit doué d'une adresse et d'une
activité merveilleuses, et pas un de ses frères
n'eut de si grands talens et ne fit voir autant
d'industrie que lui dans la pratique des arts et
dans les ouvrages de la main. Il étoit plus considéré qu'aimé dans la famille. Son caractère,
trop bouillant et trop susceptible, le faisoit redouter ; on n'osoit pas le contredire. Ses prétentions nous donnèrent beaucoup de peine et
de chagrin. Devenu rival de Henri dans la recherche d'Adélaïde, qui lui préféroit celui-ci,
et se laissant aller aux mouvemens de sa passion et de son dépit, il porta le trouble et le
désordre dans la colonie, et la mit, par son imprudence, dans le plus grand danger.

Le caractère d'Adélaïde étoit justement le
composé des qualités qu'exprimoit sa physionomie, la plus belle et la plus jolie que je vis
jamais après celle d'Eléonore. On jugeoit, en
la voyant, qu'elle possédoit éminemment la
douceur, la complaisance, la bonté, la candeur,
la sensibilité ; et lorsqu'on l'observoit davan-

tage, on s'apercevoit qu'elle tenoit au-delà de
ce qu'on avoit espéré d'elle. Son ame étoit aussi
belle que sa physionomie. Elle avoit un esprit
fin et délicat, qui lui faisoit tout faire à propos et avec grace. Jamais enfant n'aima tant
ses parens, ne leur fut plus soumise, et ne se
montra plus attentive à prévenir leurs volontés. Active et soigneuse dans la maison, elle
secondoit sa mère dans tous les travaux du
ménage; elle lui aidoit à tenir tout en ordre
et dans la plus grande propreté. On ne sauroit
dire combien ses frères lui étoient chers, ni
combien elle en étoit chérie. Henri l'adoroit.
Tous avoient pour elle la plus grande considération. Nous voyions cet accord avec bien de
la complaisance.

Amélie, moins jolie qu'Adélaïde, mais presque aussi belle, n'étoit pas si familière ni si
expansive. Son air et ses manières montroient
plus de réserve. Elle n'avoit point le même
empressement à prévenir les autres, à céder
amicalement à leurs opinions et à leurs sentimens. Elle paroissoit moins sensible aux caresses. Les ris et les jeux la touchoient foiblement. Rarement la voyoit-on, même dans l'enfance, prendre part à ceux de ses frères. Elle
aimoit à s'occuper en silence dans la solitude
et la réflexion, et quand elle avoit quelques momens de loisir, elle les employoit à prier et à
lire. Ce fut celle de mes filles dont la piété

fut plus remarquable. Lorsqu'elle apprit qu'il existoit un monde au - delà de notre île , et qu'elle fut instruite des secours spirituels dont la société jouissoit en Europe , elle eut regret de n'y être pas née. Elle se résigna pourtant à ce qu'elle appeloit notre exil , pour se conformer aux desseins de la Providence. Son apparente indifférence ne l'empêchoit pas de chérir toute la famille ; mais , peu sensible à la joie commune , elle l'étoit beaucoup à ce qui nous affligeoit. Son aventure dans la rivière , qui lui donna long-temps une mauvaise santé, augmenta sa mélancolie; et les altercations causées par l'amour inconsidéré de Baptiste, ne la diminuèrent pas. Ce ne fut pas sans peine que nous la décidâmes à lui donner la main.

Si on pouvoit se tromper sur la vérité d'un caractère , ce seroit sur celui de Guillaume, frère jumeau d'Amélie , parce que tout ce qui pouvoit servir à le faire connoître dans l'enfance , étoit chez lui fort équivoque. Je ne savois d'abord comment le juger, et je demeurai plus long - temps à m'en assurer que de tout autre. A le voir, on l'auroit pris pour ce qu'il n'étoit pas , pour un stupide. Morne , froid, taciturne, rien ne paroissoit lui plaire ni l'émouvoir. Sa physionomie , presque toujours uniforme , son regard fixe , sa nonchalance, ses réponses souvent peu satisfaisantes , et son entêtement, pouvoient faire croire que l'ame étoit

chez lui comme étouffée sous la matière , et
qu'il ne seroit jamais qu'un opiniâtre et qu'un
sot. Mais , en le considérant avec attention , en
l'observant de près, je vis que son air de bêtise
avoit tout une autre cause ; que ses manières et
sa physionomie n'étoient que l'expression de
l'incertitude habituelle de son esprit, laquelle
provenoit d'une trop grande abondance d'idées ;
que n'admettant que celles. qui étoient à son ni-
veau , il n'étoit que rarement affecté , et se montroit toujours sobre à porter des jugemens et à se
décider ; mais que cela même devoit lui donner
plus de justesse. Je m'apperçus qu'il saisissoit
quelquefois des rapports qui faisoient supposer
son intelligence supérieure à son âge. Les matières abstraites lui convenoient ; aussi en fit-il
dans la suite ses plus chères occupations. Les
mathématiques , le droit naturel de l'homme,
et les lois de notre société eurent des charmes
pour lui. Dans la pratique des arts , il préféroit ceux qui demandoient des combinaisons
plus profondes et plus compliquées. La douceur et l'instruction le rendirent enfin docile ;
mais rêveur , distrait même dans le bas-âge ,
il ne sut jamais avoir cette politesse extérieure
et ces manières attentives qui préviennent les
autres en notre faveur. Il racheta pourtant ce défaut par un grand fonds de droiture et de complaisance, qui faisoit oublier sa distraction.

Louise, qui devint son épouse, étoit pleine

de modestie et de vertu, mais beaucoup trop timide : ce fut le seul de nos enfans qui parut prompt à s'effrayer. Nos exhortations ni notre exemple ne purent arracher entièrement de son ame cette habitude craintive qu'elle avoit prise dans l'enfance, et que l'accident causé par l'aigle avoit sans doute beaucoup fortifiée, comme je l'ai déjà remarqué, tant il est vrai qu'on ne sauroit jamais prendre trop de précautions pour soustraire l'ame flexible et tendre des enfans, aux impressions de la crainte.

Une physionomie riante, un air franc et ingénu, des manières aisées et naturelles, annonçoient la simplicité, la naïveté, le caractère jovial de Vincent. Il indiquoit de bonne heure qu'il aimeroit le plaisir et la joie, et qu'il seroit une ressource agréable pour la famille ; et en effet, il contribua beaucoup à l'agrément de la société, par son ton réjoui, par ses saillies, et par l'usage qu'il fit des arts chers aux peuples polis, comme propres à détendre l'esprit, à délasser du travail, à calmer l'ennui et les amertumes de la vie, enfin à flatter le goût et à lui plaire. Il cultiva avec succès la musique, la danse, la peinture, et même la poésie légère, mais sans contrainte et sans assiduité gênante, que la liberté et la gaîté de son caractère ne comportoient pas. Il s'en faisoit un amusement d'autant plus louable, qu'il servoit aux plaisirs des autres.

Figurez-vous une jeune personne qui à une grande vivacité joint beaucoup de gaîté, beaucoup de sensibilité, et tous les dehors qui rendent aimable ; ajoutez à cela l'empressement à plaire, à prévenir les autres, à chercher délicatement ce qui peut les obliger, à s'occuper à leur insçu des moyens de les servir, l'amour de l'ordre, du travail, de la propreté, vous vous ferez une juste idée de Sophie. Dès qu'elle sut vouloir et s'énoncer, elle nous fit voir le germe des qualités charmantes qui la parèrent depuis : elle ressembloit par bien des endroits à sa sœur Adélaïde, qu'elle paroissoit avoir prise pour modèle.

Le caractère et le courage de Henri s'annoncèrent dans Charles ; cependant il s'en falloit bien qu'il eût autant de facilité dans l'esprit, autant de disposition à s'instruire, autant d'aménité que le premier. Dans son enfance, il ne faisoit pas espérer qu'il dût être un jour tout ce qu'il devint. Mais la plus grande volonté, son application, sa constance au travail et à l'étude, suppléèrent à ce qui lui manquoit. Il fut un de nos enfans les plus laborieux et les plus utiles, comme un des meilleurs agriculteurs.

Françoise, sans être brillante, eut toutes les qualités essentielles à une mère de famille. Elle fut économe et très-bonne ménagère. Dès le bas âge, elle étoit appliquée et n'avoit pas de volonté; il ne fut pas difficile de prévoir ce qu'elle seroit dans la suite.

On ne pouvoit voir Philippe sans se prévenir en sa faveur. Une physionomie heureuse, des yeux vifs, un air grand, quoiqu'un peu sérieux, faisoient bien augurer de son esprit et de son caractère. Il se distingua entre ses frères par d'éminentes qualités. Enfant, il n'avoit rien qui fût à lui; devenu grand, il s'oublioit pour les autres; il s'en occupoit plus que de lui-même. Actif, fort, courageux, inventif, il s'employoit sans cesse et avec ardeur au bien de la chose commune. Il ne voyoit son intérêt que dans celui du public. Charmant enfant, excellent homme, il a été bon mari, bon père, bon ami, et le modèle des citoyens. Ce n'est pas assez dire qu'il fut aimé; il fut respecté de ses frères et de ses parens, et reçut ainsi de bonne heure le prix qu'on doit à la sagesse et à la vertu bienfaisante.

Sa sœur jumelle, Elisabeth, n'étoit pas si heureusement partagée. On l'eût jugée, au prémier abord, difficile, quinteuse, acariâtre. Elle portoit un air de mauvaise humeur sur sa figure, la moins agréable de toutes celles de nos enfans, et elle eût été sans doute ce qu'elle paroissoit. Mais elle possédoit une ame forte et un esprit juste, qui lui donnèrent le desir et le pouvoir de se vaincre. Nos exhortations, nos leçons, et surtout celles de l'exemple, firent

merveille sur son cœur, et changèrent ses premières dispositions. Comme Socrate, elle dompta
la nature, et à force de se combattre, elle
acquit les vertus contraires à ses penchans ; en
sorte que, lorsqu'on pénétroit ces dehors peu
favorables, on trouvoit en elle de justes motifs
de la chérir et de la respecter. Ce fut notre
chef-d'œuvre d'éducation.

Guy fut celui de nos enfans qui eut les qualités physiques les plus étendues et celles de
l'esprit les plus bornées. Son visage et toute son
habitude indiquoient sa pesanteur. Ses traits
étoient rudes, sa physionomie épaisse. Fait
comme un Hercule, et d'une force prodigieuse,
il aimoit tous les travaux qui exercent le corps,
et les supportoit mieux que personne ; mais il
n'avoit presque pas de dispositions pour ceux
qui contribuent à la culture de l'esprit. Il sentoit même pour les livres une sorte de répugnance, qui, malgré tous nos soins et tous nos
efforts, ne lui permit de faire que de foibles
progrès dans ses études.

Quand j'eus bien conu cet obstacle, je ne
m'obstinai point à le vaincre. Je m'en consolai
même, en pensant que tout homme n'est pas
né pour être savant ; que, quoi qu'en disent
les philosophes, l'inégalité qui se trouve entre
les hommes, n'est pas tant la suite de leur
association, que le résultat de leurs différences
physiques, et que bien loin d'être un mal,

16*

comme ils l'assurent, l'inégalité est un bien
nécessaire dans la société, pour y établir une
correspondance de services qui doit en faire
l'harmonie : en conséquence, loin de tourmen-
ter Guy pour lui faire acquérir des connoissances, et pour donner à son esprit plus d'étendue et de lumières, je le laissai s'occuper des
travaux qu'il aimoit, et je n'eus pas lieu de
m'en repentir. Il réussit fort bien dans la partie
qu'il embrassa, et devint un fort bon ouvrier,
qui, reconnu pour très-expert dans plusieurs
arts mécaniques, pour être plein de probité,
d'exactitude et de bon sens, fut regardé comme
un homme utile et recommandable à la société,
à laquelle peut-être il n'eût pas rendu de grands
services, si je n'avois tourné son application
vers les choses qu'il desiroit savoir, et auxquelles il étoit propre.

Nous reconnûmes de bonne heure en Charlotte une disposition à la jalousie, qui pouvoit
être fâcheuse pour ses frères et funeste pour
elle-même. Une caresse faite à ses sœurs en sa
présence, une préférence qu'on leur eût donnée, eût pu lui causer une tristesse mortelle,
et jeter dans son cœur, avec la plus noire
mélancolie, l'envie et la haine contre les pré-
férées. Nous n'oubliâmes rien pour étouffer ces
germes d'une passion aussi cruelle que nuisible.
Comme elle n'attend pas l'âge ni la raison pour
paroître, il n'étoit pas d'abord question d'em-

ployer le raisonnement pour la guérir. La précaution la plus essentielle fut de ne point marquer plus de tendresse ni plus d'attention aux aux autres qu'à elle, et cependant, pour l'accoutumer à l'égalité, de ne lui témoigner à elle-même aucune prédilection. Eléonore étoit admirable dans l'éducation de notre jeunesse. De mon côté, je me conduisois de manière que chacun de nos enfans étoit persuadé que nous les aimions tous sans distinction. Charlotte seule, jalouse par tempérament, pouvoit regarder comme un vol fait à son amour-propre, nos attentions pour ses frères et sœurs. Les soins que nous eûmes de tenir entre eux la balance égale, l'assurèrent pourtant de notre impartialité; et comme nous ne manquions jamais d'applaudir à ceux de nos enfans qui cédoient à leurs frères, ou qui les prévenoient par des marques d'attachement; sensible à nos louanges, elle voulut les mériter; elle prit insensiblement la coutume de déférer aux autres, et de leur céder. Elle n'avoit besoin que de se corriger de ce vice, pour être un enfant très-aimable; car d'ailleurs elle joignoit à une fort jolie figure, un esprit facile et un bon caractère.

Celui d'Etienne étoit trop saillant pour être méconnu. Dès qu'il put manifester sa volonté, il tenta de se faire obéir; mais trouvant de notre côté une résistance inébranlable, il cherchoit à empiéter ce pouvoir sur ses frères. Il profitoit

de leurs déférences, pour acquérir de l'autorité
sur eux. Il sembloit, à le voir agir, à l'entendre
parler, qu'ils dussent tous lui être soumis. Il ne
prioit pas, il commandoit: il ne demandoit pas,
il s'emparoit de ce qui étoit à sa convenance.
Cependant, comme ces prétentions despotiques
lui causoient sans cesse des mortifications, il
fut contraint d'y renoncer et de se réduire.
L'amour-propre est un Protée; ce qu'il ne pouvoit se procurer de force, il vouloit l'obtenir
par d'autres moyens. Il cherchoit toujours à
primer; mais il mit dans ses projets plus de combinaisons et plus d'adresse. La soif de l'autorité
se changea en amour de la gloire; son ambition
effrénée en émulation. Il voulut acquérir, par
le mérite et par l'éloquence, ce que la nature
et l'ordre lui avoient refusé. Telle est la marche
des passions. Ce sont des coursiers fougueux,
qui vont vous jeter dans les abîmes si vous leur
lâchez la bride, et qui vous porteront à la
gloire, si vous savez les maîtriser.

Avec une ame ardente et élevée, une imagi-
tion vive et rapide, une élocution facile, et le
desir de se distinguer, il essaya de faire ployer
la volonté des autres sous la force de la persuasion, et nul de ses frères ne fut si insinuant, si
disert, si éloquent. Ils se tenoient d'abord en
garde contre ses paroles; cependant il vint à
bout de gagner leur confiance. J'en fus surpris;
mais j'en trouvai bientôt la cause dans l'étude

qu'Etienne avoit faite de l'art de persuader,
qui n'a de base solide que la raison et la vérité.
Les réflexions qu'il fit dans cette étude, dissi-
pèrent ses illusions. Il n'ambitionna plus d'obtenir la supériorité sur ses frères, que par sa bienfaisance, et dès-lors on se plut à lui rendre la
justice qu'il méritoit, et il gagna avec l'amitié
et les bonnes graces de sa famille, cette sorte
de considération à laquelle il aspiroit depuis son
enfance.

L'orgueil et l'ambition faisoient le fond du
caractère d'Etienne; quelques degrés, quelques
nuances de moins affoiblissant le caractère de
Gabrielle, qui avoit des rapports avec celui de
son frère, nous remarquâmes chez elle l'annonce
de la coquetterie et de la vanité. L'un vouloit
dominer par les qualités qui lui étoient inhé-
rentes, l'autre prétendoit plaire en empruntant
des secours étrangers. Dès qu'elle put discerner
les choses autour d'elle, elle chercha à se distinguer autant que pouvoit le comporter notre
situation dans une solitude : elle avoit une affectation de propreté, un ton de cajolerie avec ses
frères, et une sorte de dédain pour ses sœurs,
qui nous ouvroient les yeux sur ses prétentions.

Aussitôt qu'elles s'annoncèrent, nous réso-
lûmes d'en arrêter l'essor et de les faire dispa-
roître, et nous réussîmes, non en contrariant
le penchant de Gabrielle, mais en l'éclairant.
Nous lui fîmes comprendre que le desir de plaire

est louable en lui-même, mais qu'elle se trom‑
poit dans les moyens qu'elle employoit pour
arriver à ce but; que ce n'étoit point par des
dehors futiles qu'on réussissoit à enlever les
suffrages et la bienveillance des autres; qu'on
ne gagnoit l'estime et l'amitié que par de grands
sentimens et des actes vertueux, et que toute
liaison d'intimité, fondée sur d'autres motifs,
ne seroit jamais solide; que toute affectation,
même dans les choses louables, étoit un excès
vicieux, et nous appuyâmes ce raisonnement,
par le soin que nous eûmes de louer à propos
la simplicité de la parure et des manières, et de
regarder froidement tout ce qui s'en écartoit.

Cette considération et notre conduite chan‑
gèrent les dispositions de Gabrielle. Elle con‑
serva toujours le desir de plaire; mais elle n'em‑
ploya plus la vanité ni la coquetterie; elle cher‑
cha dans son cœur les moyens de réussir : elle
devint bonne, affable, modeste : elle ne regarda
plus ses sœurs comme ses rivales, elle ambi‑
tionna d'obtenir notre estime et notre appro‑
bation, et elle en devint digne.

Un tempérament mêlé de flegme et de mé‑
lancolie, donnoit à Philippine un air de froi‑
deur et d'engourdissement, remarquable dès
son bas âge; mais ce n'étoit qu'un dehors. Quoi‑
que sérieuse, réservée, sournoise, et ne parois‑
sant prendre aucun intérêt à ce qui se passoit
autour d'elle, elle n'étoit pas un témoin inatten‑

tif ni indifférent; elle voyoit, elle écoutoit tout
sans avoir la mine d'y prendre garde; mais,
comme on dit, elle n'en pensoit pas moins.
Son caractère, qui étoit un composé de finesse
et de mystère, approchoit beaucoup de la dissi-
mulation, à laquelle elle eût passé sans doute,
si elle avoit eu dans notre île quelque motif,
et surtout quelque exemple, qui l'eût détournée
du chemin de la vérité. Il étoit difficile de la
rendre franche et communicative, son caractère s'y opposoit; mais il falloit du moins l'empêcher d'être dissimulée, et la détourner d'un
défaut si voisin de l'imposture, et c'est à quoi
nous mîmes toute l'attention et l'adresse dont
nous pouvions nous servir. Nous n'y étions pas
seulement excités par l'horreur naturelle que
nous avions pour le mensonge et tout ce qui
en aproche, mais encore par le desir de tenir
loin de l'île ce vice qui n'y étoit point connu.
Nous ne fîmes pourtant pas usage, dans cette
vue, de leçons directes; nous ne montrâmes pas
de crainte que Philippine employât le mensonge ou la fausseté. C'eût été peut-être un
moyen de les lui faire connoître; mais nous
nous servîmes de la connoissance que nous
avions de sa façon de penser et de l'avantage
de la prévoyance, pour lui laisser croire que
nous savions le fond de ses pensées, et qu'il lui
seroit inutile de vouloir les cacher. Nous l'en-
gageâmes doucement, et avec amitié, à nous

ouvrir son cœur. Elle perdit ainsi la volonté de dissimuler ; mais elle demeura toujours secrète et même très-discrète, ce que nous n'avions garde de reprendre ni de blâmer ; car si la fausseté est un vice qu'il faut fuir, l'indiscrétion est un défaut souvent nuisible aux autres et à soi-même, et toujours condamnable.

Si on vouloit connoître un enfant que rien ne fût capable d'intimider ni de déconcerter, entreprenant jusqu'à l'audace, hardi jusqu'à la témérité, qui se fît un jeu des périls qu'il pouvoit trouver dans une entreprise, et qui avec cela n'eût point de méchanceté, qui obéît à ses parens et chérît ses frères, nous pourrions en fournir l'exemple dans le caractère de Joseph. Nous n'avions besoin que d'éclairer sa hardiesse, pour modérer cette impétuosité qui l'emportoit hors de lui-même, que de diriger ses sentimens naturels, pour en faire un sujet excellent, et c'est à quoi se bornèrent tous nos soins à cet égard.

Empressé de suivre ses frères aînés lorsqu'ils alloient à la chasse ou à la pêche, lorsqu'ils se portoient dans les lieux les plus âpres de l'île, ou qu'ils faisoient quelque travail difficile, il vouloit toujours les accompagner, il vouloit les aider, il entreprenoit au-delà de ses forces ; mais sous divers prétextes nous l'arrêtions auprès de nous, nous blâmions indirectement son audace comme une étourderie dangereuse, nous don·

nions des louanges à la modération et à la prudence. Cependant, je sentois en moi-même une
grande satisfaction de ce penchant, qui, joint
à la docilité, étoit le présage d'une ame forte
et élevée, pleine d'émulation, et capable des
plus grandes choses; et en effet, j'eus tout lieu
d'en être content. Mes espérances furent rem-
plies. Joseph, bien instruit, ne fut plus si téméraire. Il plaça la gloire dans des choses plus
louables, comme plus utiles, et devint un de
nos enfans qui méritoit le mieux d'être chéri.

Catherine fut la seule de mes filles qui sembla
nous annoncer des défauts qu'on reproche communément aux femmes, et qu'on peut reprendre
chez bien des hommes; je veux dire la verbosité
et la démangeaison de rapporter ce qu'elle avoit
vu ou entendu : dès qu'elle put parler et s'entretenir avec ses frères, nous nous aperçumes du
plaisir qu'elle avoit à jaser. Comme l'intempé-
rance de langue, épuisant bientôt les sujets ordinaires de conversation, prend partout inconsidérément de quoi fournir au bavardage, elle
redisoit aux uns ce qu'elle voyoit faire aux autres; elle y ajoutoit de petits commentaires de sa
façon; elle y joignoit ses réflexions.

Ce penchant, passé en habitude, conduisoit
naturellement à l'espionnage, à la médisance, à
la calomnie, et pouvoit amener le trouble et la
division dans la société, en y semant l'aigreur
et la défiance. Catherine suivoit le sien sans au-

cune malice, mais il n'eût pas demeuré long-
temps innocent. Nous avions donc toute sorte
de raisons de nous y opposer, et nous le com-
battîmes d'abord en louant ceux qui ne parloient
qu'à propos, en blâmant en général l'indiscrétion de parler des autres; mais comme ces précautions n'opéroient pas assez promptement
l'effet que nous en attendions, nous surveillâmes
de près Catherine, et nous tournâmes en ridicule son babil, et surtout ses rapports. C'en fut
assez pour la corriger de ces défauts, qui pouvoient avoir les suites les plus funestes.

Pour terminer en peu de traits cette esquisse,
je dois dire que Martial fit paroître beaucoup
de curiosité, mais en même temps de l'inconstance; que nous tournâmes cette curiosité sur
les principaux objets qu'il lui importoit de connoître, et fixâmes son inconstance, en lui faisant remarquer tout ce qu'ils renfermoient d'u-
tile et d'agréable; que Félix s'annonçoit pour
un brutal et un capricieux, qu'un rien mettoit
de mauvaise humeur, et qui brusquoit alors tous
ceux auxquels il avoit affaire; que nous répri-
mâmes ses caprices, et adoucîmes cette brutalité, tantôt en ne lui répondant et en ne lui faisant répondre qu'avec douceur, tantôt en le
regardant avec dédain sans lui répondre, ou en
faisant garder le silence aux autres, lorsque se
laissant aller à ses brusqueries, il s'écartoit un
peu trop à leur égard; que cette conduite lui

donna de la modération, et que, sans avoir autant de douceur que la plupart de ses frères, il acquit, en se résistant, une tempérance d'humeur qui le rendit supportable. Enfin, qu'Annette, la plus jeune de nos enfans, montroit en tout une excessive délicatesse, qui l'auroit rendue à charge aux autres et à elle-même, si nous n'avions de bonne heure pris soin de corriger cette mollesse de tempérament, mais que notre exemple et celui de ses frères, élevés à une vie dure, et habitués depuis l'enfance à vivre de tout et à se contenter de tout, vainquirent peu à peu cette délicatesse que tout condamnoit, et lui apprirent à supporter ce qui la blessoit, et à se mettre sans impatience de pair avec les autres.

La connoissance que nous avions acquise de ces divers caractères, nous obligeoit de proportionner notre conduite et nos instructions aux personnes et aux circonstances, d'aiguillonner les uns, de retenir les autres, d'employer tantôt les caresses, tantôt la froideur, et souvent l'émulation et le raisonnement : mais nous avions quelques règles générales qui servoient également pour tous. C'étoit de ne pas démentir par nos exemples les leçons que nous leur avions faites, d'avoir une conduite uniforme dans les cas qui se trouveroient les mêmes, de montrer toujours de la douceur et jamais de la foiblesse ; enfin, de persuader à nos enfans que nous les

aimions tous sans préférence, et que nous ne
voulions que leur bonheur. Jamais les coups
n'avilirent leur courage et n'altérèrent leur franchise. S'ils s'écartoient de leurs devoirs, ils en
trouvoient la punition dans l'air de notre visage,
qui leur témoignoit de la froideur, et cette disgrace étoit pour eux une peine cruelle.

Tel étoit notre système d'éducation, et tel en
fut le succès, qu'on ne voit guères de famille
comme la nôtre. Malgré nos soins et nos leçons,
nos enfans eurent pourtant des défauts èt des
foiblesses; ils tenoient à l'humanité, ils ne furent
point parfaits; mais à tout prendre ils méritoient
des éloges.

Après cette éducation première, il fallut s'occuper de leur instruction dans les arts et les
lettres. Eléonore et moi leur en donnâmes les
premiers élémens, mais ils durent leurs progrès
à la lecture méditée d'excellens ouvrages sur la
littérature, les sciences et les arts mécaniques
de première nécessité; ouvrages qu'Eléonore et
moi avions eu soin de tirer du vaisseau naufragé,
et de conserver précieusement.

CHAPITRE XXV.

Rivalité et jalousie entre les deux frères Henri et Baptiste, pour l'amour et la possession d'Adélaïde.

L'INSTRUCTION de mes fils aînés étoit à peine achevée, que Henri et Baptiste me prouvèrent par leur conduite, l'influence que doit avoir sur les actions de la vie une éducation soignée, et la nécessité dont il est pour le bonheur des individus, qu'ils soient accoutumés de bonne heure à maîtriser leurs passions.

Elles étoient soumises chez nos jeunes gens; mais dès l'enfance elles avoient eu chez Baptiste une force et une activité qui nous avoient donné bien de la peine à les soumettre. Une impulsion un peu forte pouvoit les animer et les rendre rebelles. L'amour fut le premier agent qui les réveilla : la jalousie le rendit terrible, et changea pour un temps deux êtres raisonnables, deux amis, deux frères, en ennemis. Baptiste surtout, n'écoutant plus la voix de la raison, devint injuste et téméraire, et se fût rendu tyran, si l'habitude de se contraindre, nos reproches, nos exhortations et la fermeté d'Adélaïde, ne lui eussent inspiré un dessein généreux, et si son cœur aussi courageux que sensible, ne lui eût fourni les moyens de faire les plus grands efforts pour l'exécuter.

Quoiqu'Adélaïde soit ma fille, je ne puis m'empêcher de dire qu'elle étoit alors charmante. Vrai portrait d'Eléonore, elle s'attiroit naturellement l'hommage de tous les cœurs. Elle en eût mérité la préférence dans une société déjà nombreuse. Qu'étoit-ce donc dans la nôtre, où tous les membres ne composoient qu'une famille, où l'on n'avoit point d'espoir de s'allier à une autre famille, où les liens du sang, fortifiés par l'habitude de vivre ensemble, l'étoient encore par notre position isolée, qui rendoit les services réciproques plus nécessaires et plus habituels?

Nous étions, mon épouse et moi, dans le dessein d'unir Henri et Adélaïde. La conformité d'âge, d'humeur, de caractère qui se trouvoit entre eux, l'amitié et la confiance qu'ils se témoignoient réciproquement depuis le berceau, nous déterminoient à ce mariage; mais nous crûmes qu'il étoit de la prudence, non-seulement de ne point le hâter, mais de tenir notre intention secrète à cet égard.

C'étoit d'abord parce que nous ne devions unir nos enfans entre eux, qu'à défaut de toute autre alliance. Quoique nous fussions renfermés dans l'île depuis bien des années, et sans communication avec le reste du genre humain, notre délicatesse nous prescrivoit de retarder l'époque de ce mariage, dans la supposition que quelque événement extraordinaire pourroit jeter dans notre île des compagnons de fortune. Cette supposition, il est vrai, n'avoit qu'une lueur d'apparence, mais elle nous arrêtoit. Nous étions persuadés que nous ne devions nous écarter des règles observées chez les nations policées, que lorsqu'il n'étoit pas possible de les observer; et nous croyions que, dans une affaire de cette importance, il valoit mieux pêcher par trop de précautions, que de manquer de prendre celles qui seroient nécessaires.

En second lieu, nous pensions devoir nous taire, parce qu'en faisant part à nos enfans de nos vues sur eux, nous avions à craindre de trop étendre leur familiarité, et d'altérer en quelque sorte la décence et la réserve qui devoient toujours accompagner leur tendresse mutuelle; enfin, parce que nous jugions convenable d'attendre au moins pour leur union l'âge de dix-huit ans, communément regardé dans notre Europe comme celui qui, donnant au corps et à la raison toute son extension, paroît plus propre à la formation des mariages.

Mais nos suppositions étoient vaines, et nous nous trompions dans cette dernière considération; car l'intention de la nature pour la production des êtres se manifeste bien plus tôt dans notre île que dans l'Europe. La croissance plus rapide, et le corps, qui atteint plus vîte son dernier point d'extension, hâtent ici singuliè‑rement l'époque de la puberté (1). Il eût été prudent au contraire de suivre l'intention de la nature, si nous l'avions connue d'abord; trop de scrupules et de précautions ne servit qu'à nous donner beaucoup d'embarras et de peines.

Adélaïde, qui déjà chérissoit Henri d'une affection de préférence, comme je l'ai su depuis, aimoit tous ses frères avec tendresse, et leur témoignoit extérieurement autant d'amitié qu'à lui. Ainsi on n'avoit pas lieu de soupçonner sa prédilection. Elle veilloit même avec tant de circonspection et de sagesse sur toutes ses dé‑marches, que Baptiste, qui l'aimoit avec toute l'ardeur de son caractère, et qui avoit dans ses sentimens une puissante raison d'étudier ceux d'Adélaïde, ne s'aperçut pas d'abord qu'il eût Henri pour rival, et encore moins qu'il lui fût préféré. La bonne opinion qu'il avoit de lui-même ne lui permettoit pas d'en concevoir la possibilité. Mais Henri, tout aussi épris que son frère, quoique plus modeste et plus cir‑conspect, ne pouvoit toujours se conduire avec tant de retenue, qu'il ne se découvrît enfin aux yeux de Baptiste, par quelque témoignage in‑

(1) Dans ce climat, les femmes sont nubiles à neuf ans; et à douze, le corps de l'homme a d'ord'naire toute la grandeur qu'il doit avoir.

volontaire de passion. Mille petites choses trahissent un cœur passionné. Des témoins indifférens ne les remarquent pas ; mais la personne qui en est l'objet, mais un rival ne peut s'y méprendre : car, qu'est-ce que l'amour ne devine pas ? L'amour de Henri ne put donc être long-temps un mystère pour Baptiste ; et la découverte que celui-ci en fit alluma dans son cœur une jalousie furieuse, qui ne tarda pas à développer toute la violence de son caractère.

A mesure qu'il s'attachoit à Adélaïde, il devenoit plus assidu auprès d'elle ; il cherchoit avec plus d'empressement les occasions de lui parler ; il s'étudioit à la prévenir par des attentions marquées, et à faire de son ouvrage tout ce qu'il pouvoit lui en dérober. Lorsqu'elle sortoit de la maison, il s'offroit pour l'accompagner, ou il marchoit sur ses pas, et s'il revenoit de la pêche ou de la chasse, il ne manquoit jamais, avant de rentrer, de passer aux lieux où il croyoit qu'elle pouvoit être, de visiter la fontaine ou l'endroit de la rivière où elle alloit souvent laver. Mais il arrivoit quelquefois que, malgré sa vigilance, il étoit prévenu par son frère, qu'il le trouvoit conversant avec Adélaïde ou la ramenant au logis, et cette vue, qui ne manquoit pas de le mettre de mauvaise humeur, achevoit de le convaincre de la passion de Henri, et de le lui rendre toujours plus haïssable.

I.

17

Les soins des deux frères pour Adélaïde étoient
une chose si naturelle ; Adélaïde étoit si tendrement aimée de toute la famille, que les témoignages de l'affection extrême qu'ils lui donnoient, ne me faisoit point d'abord soupçonner
leur concurrence, ni craindre par conséquent
les suites funestes qu'elle pouvoit avoir. Un
petit événement me tira de cette sécurité.

Un soir d'été que nous étions tous sortis après
souper, pour aller respirer le frais sur l'esplanade, et que, suivant l'usage, nos enfans, profitant de la liberté décente que nous leur donnions de s'amuser en notre présence, jouoient
et dansoient devant nous, Henri et Baptiste,
presque en-même-temps, proposèrent à Adélaïde de danser une bourrée. Soit qu'elle crût
devoir plus de déférence à l'aîné, soit qu'elle
se trouvât plus éloignée de l'autre, elle tendit
la main au premier pour aller danser. Cela causa
un si grand dépit à Baptiste, déjà fort indisposé
contre son frère, que ne pouvant plus se modérer, il saisit la main que celui-ci avançoit
vers Adélaïde, et le tirant brusquement de sa
place pour l'occuper : « Ne pouvez-vous, dit-il
avec un visage altéré et une émotion de voix
très-remarquable, ne pouvez-vous souffrir que
je danse avec ma sœur ? Faut-il, parce que vous
êtes l'aîné, vous arroger toutes les préférences,
et les cadets ne sont-ils rien, selon vous ? »

« Pourquoi cet emportement, je vous prie,

répondit Henri en se modérant, et que signi-
fient ces reproches ? Vous ai-je empêché de
danser avec Adélaïde lorsqu'elle y a consenti ?
Si elle veut en ce moment que je danse avec
elle, trouverez-vous mauvais que j'use du même
droit ? » Cette querelle imprévue, et le ton qu'on
y avoit mis, nous dessillèrent les yeux. J'en con-
jecturai la cause, et j'en conçus un vif chagrin.
Cependant, sans laisser paroître ce que j'avois
dans l'ame, je me fis rendre compte de ce qui
venoit de se passer, comme si je l'ignorois.
J'interrogeai les deux frères, ainsi qu'Adélaïde,
et sur leurs réponses, Eléonore, que je fis juge
de ce différent, condamna l'incivilité grossière
de Baptiste, et surtout le ton d'animosité qu'il
avoit pris.

Je leur fis sentir, autant que je pus, l'indécence et le danger de la mésintelligence que je
voyois prête à éclore entre eux. Je leur vantai
le prix de la concorde, et leur représentai la
peine qu'ils nous feroient s'ils ne vivoient point
en bonne intelligence. Il fut décidé que Henri
danseroit le premier; mais que Baptiste auroit
son tour. Après cette décision, je voulus les
voir s'embrasser. Le premier s'y prêta de bonne
grace; mais l'autre, d'autant plus sensible qu'il
étoit plus emporté et qu'il souffroit l'humilia-
tion du blâme, faisoit connoître, par un air
froid et repoussant, qu'il conservoit au fond
du cœur une grande rancune.

Son caractère exigeant et trop susceptible, s'irritoit encore de voir que son frère passât dans l'esprit des autres pour avoir raison, et il ne pouvoit surtout lui pardonner la complaisance que lui montroit Adélaïde dans une circonstance si délicate. Aussi, malgré nos remontrances et notre présence, il ne sut point modérer son dépit lorsqu'il la vit danser avec son frère. Ses regards sombres, pleins d'un feu dévorant, exprimoient la douleur et la colère, et l'on pouvoit lire dans ses yeux et sur son visage enflammé, le courroux de son cœur. Tout le monde eût aperçu sa peine et sa jalousie, si la danse d'Adélaïde n'eût fixé l'attention des assistans. Pour moi, j'étudiois tous les mouvemens de Baptiste, afin d'en estimer la force, et de connoître quelle conduite je devois tenir en conséquence, tandis qu'occupé d'un seul objet, il ne s'apercevoit pas que je l'observois. Au contraire, son dépit croissant sans cesse, je voyois ses regards s'enflammer de plus en plus, en se fixant d'un air farouche sur son frère, comme si celui-ci manquoit à tous les égards envers lui, et blessoit tous ses droits en dansant.

Telles étoient son attitude et ses dispositions, lorsqu'un des enfans qui jouoient autour de nous, poursuivi par un de ses frères, vint étourdiment donner contre Baptiste. Celui-ci, qui ne pouvoit plus se contenir, le repoussa

vers les danseurs. L'enfant vint tomber entre
leurs jambes, et fit trébucher si rudement Adélaïde, que tombant elle-même sur Henri, elle
le heurta avec le front au milieu du visage, et
lui faisant perdre l'équilibre, le renversa tout
sanglant à nos pieds.

Tout ceci se passa, pour ainsi dire, en un
clin d'œil. Nous nous écriâmes d'indignation
et de surprise, et nous empressant de relever
Henri, qui demeuroit tout étourdi du coup,
nous lui essuyâmes le visage, ne sachant encore quelle seroit la suite de cette brutalité.
Baptiste, coupable et fier, mais pourtant sensible, avoit une contenance très-embarrassée. Il
n'osoit ni se soumettre ni s'excuser. Il paroissoit honteux de son emportement; mais, dans
l'impulsion qu'il recevoit encore de sa jalousie
et de son dépit, il demeuroit incertain de ce
qu'il avoit à faire. Adélaïde, pâle de frayeur,
s'excusoit d'avoir été la cause involontaire de
cet accident, et emportée par son affection pour
Henri, faisoit près de lui les exclamations les
plus tendres.

« Ah, mon Dieu ! mon pauvre Henri, s'é-
crioit-elle, que je suis malheureuse d'avoir
été l'occasion de votre chute, et que je serois
désolée, si, dans la juste appréhension où nous
sommes des suites qu'elle peut avoir, je pouvois me la reprocher, et puis se tournant vers
Baptiste : « Est-il possible, mon frère, lui

disoit-elle, que vous cédiez de la sorte à l'impétuosité de votre caractère! Voyez le fruit de
votre emportement ». A quoi celui-ci, vivement affligé de l'expression de nos regards et de
nos reproches; mais plus fâché de voir Adélaïde
si sensible aux malheurs de Henri, ne put s'empêcher de répondre : « Qu'il ne falloit pas lui
faire un si grand crime de si peu de chose ;
que Henri étoit bien dédommagé du petit mal
qu'il avoit reçu, par l'intérêt que tout le monde
lui en témoignoit ; que pour lui on ne savoit
que le blâmer. N'avez-vous pas à craindre qu'il
ne perde la vie, parce qu'il saigne au nez »?
Puis se mettant à s'apostropher sur cette idée:
« Que ne suis-je, disoit-il, blessé à mort,
pour voir si je serois autant regretté » ?

Et comme nous lui fîmes sentir l'injustice
de sa conduite et la dureté de cette réplique,
et qu'Adélaïde désapprouvoit hautement ses
réponses, il ne put retenir au fond du cœur
ce que le dépit violent qu'il en avoit lui inspiroit dans ce moment. Il se plaignit amère-
ment de la préférence qu'elle donnoit à Henri,
disoit-il, à son préjudice. Il lui reprocha tout
ce qu'il avoit fait pour lui plaire, dans la vue
de lui être uni pour toujours, et qu'elle ne le
payoit que d'ingratitude, tandis que Henri,
dont les volontés n'avoient point d'énergie,
et qui ne pouvoit l'aimer que foiblement, trouvoit en elle bien plus de complaisance à ses
prétentions.

« Votre passion vous aveugle , lui répondit
Adélaïde. Vous devriez faire attention que nous
ne sommes pas à nous-mêmes ; notre destinée
dépend de nos parens. Comme fille sage et re-
connoissante , je leur soumets d'avance ma volonté. Pleine de confiance en leur tendresse et
en leur prévoyance, je me repose sur eux du
soin de mon bonheur et du choix d'un époux.
Pour ce qui dépend de moi seule , je vous assure que je vous aime l'un et l'autre , mais que
je serois plus inclinée vers celui de vous deux
qui montrera plus de modération, et que , si
j'étois ma maîtresse , je me déciderois moins
par les preuves d'une passion sans frein et sans
retenue , que par le témoignage d'un cœur qui,
sachant se contenir , ne laisse pas douter de
sa vertu.

» Ce ne seroit point , ajouta-t-elle , en af-
fichant des prétentions exclusives, en montrant
un caractère fougueux, que vous pourriez espérer de captiver mon affection. La générosité,
la douceur, la complaisance , voilà les armes
que vous deviez employer pour vous disputer
la victoire. C'est une noble émulation , et non
la jalousie qui doit vous animer. Mais , encore
une fois, je ne suis pas libre, c'est à mes parens à disposer de moi. Vous connoissez leurs
sentimens pour toute la famille. Obtenez leur
approbation , faites parler leur volonté, je mettrai mon devoir à obéir.

Cette réponse, non-seulement prudente,
mais adroite, achevoit de me convaincre que
les amours de nos jeunes gens duroient déjà
depuis long-temps, que la préférence étoit donnée, et que la fureur de Baptiste venoit non de
l'inquiétude de la concurrence, mais de la
certitude de son malheur. Au reste, en s'exprimant de la sorte, Adélaïde évitoit tout reproche de partialité. Elle se montroit fille soumise, ne paroissoit favoriser personne, et cependant elle étoit très-favorable à Henri ; car
d'après la connoissance qu'elle avoit du caractère des deux frères, elle ne pouvoit douter
que ce qu'elle proposoit comme un préalable
nécessaire pour acquérir ses bonnes graces, ne
fût plus convenable à l'aîné qu'à Baptiste. L'humeur impatiente de celui-ci pouvoit même s'ai-
grir de cette proposition, occasionner quelque nouvelle scène, et nous offensant de nouveau, nous rendre entièrement contraires à ses
desirs. Je ne veux point garantir l'intention
d'Adélaïde ; mais si telle étoit son idée, elle ne
se trompa point dans ses conjectures.

Je ne pouvois qu'approuver ce qu'elle venoit de dire. J'applaudis, ainsi qu'Eléonore,
à la modestie de sa proposition, et mu par la
circonstance, j'allois manifester nos desseins
sur elle, et nommer Henri pour son époux ;
mais croyant devoir quelques ménagemens au
malheureux Baptiste, et ne voulant point le

...mettre au désespoir, en irritant son extrême sensibilité ; par le renversement subit de toutes ses espérances, je suspendis pour le moment la publication de notre projet. Je me contentai d'assurer les deux frères qu'Adélaïde leur avoit parlé comme j'aurois fait moi-même ; que nous ne prétendions point forcer son inclination, et qu'elle seroit très-libre de donner sa main au plus digne. Enfin je les exhortai l'un et l'autre à ne vouloir l'emporter auprès d'elle qu'à force de vertus, et à ne lui montrer leur empressement qu'avec des manières douces et honnêtes.

Henri protesta n'avoir eu jamais d'autres vues sur Adélaïde, ni d'autres sentimens que ceux que nous demandions de lui. Il nous dit que, quoiqu'il l'aimât plus que lui-même, il étoit prêt à souscrire à notre décision, qu'il lui sacrifieroit son amour, si le bonheur d'Adélaïde dépendoit de ce sacrifice, et pour ce qui regarde mon frère, ajouta-t-il, qui ne craint point de me témoigner une haine injuste, il ne tiendra pas à moi qu'il ne me trouve les sentimens d'un frère. J'oublie son emportement, et je le prie d'oublier de son côté ce qu'il a pu trouver en moi qui fût capable de le blesser. Je ferai tous mes efforts pour mériter votre approbation et le cœur d'Adélaïde ; mais je m'en croirois indigne, si mon frère pouvoit se plaindre de moi «.

« Eh bien, dit fièrement Baptiste, vous pou-

17*

vez , dans ce cas, vous en croire très-indigne. Je trouve que votre conduite blesse non - seulement la bienveillance, mais tous les égards que vous me devez. Il y a long-temps que vous avez pu vous apercevoir que j'adorois Adélaïde, et , sans attention pour mes sentimens , vous n'avez cherché qu'à m'enlever son cœur. Vos belles protestations ne sont qu'une suite de vos artifices. Vous n'affectez cette modération que pour paroître plus complaisant et plus modeste, tandis que vous voyez bien que l'injure que vous me faites, et le ressentiment que j'en conserve , ne peuvent mettre dans mes paroles que l'expression du plus juste courroux.

» Si vous vouliez me disputer Adélaïde, c'étoit franchement et ouvertement que vous deviez agir , et non par de bassees adulations et des stratagèmes. Et vous prétendez que j'oublie la plus cruelle injure ? Vous m'engagez par vos artifices à vous céder tout mon bien. Ah ! je périrai plutôt que d'y consentir , et je choisirai la mort la plus cruelle avant de vous en voir le tranquille possesseur ».

Indigné de cette fureur audacieuse, et craignant, avec raison , que Henri , provoqué si indécemment par son frère , ne lui fît une réponse trop vive , et que l'animosité s'allumant entre eux, ne dégénérât en guerre ouverte, et ne finît par quelque catatrophe , j'imposai

silence à Baptiste, avec un ton de maître que
je n'avois jamais pris dans ma famille.

« Je vous trouve bien hardi, lui dis-je, de
parler de la sorte à votre frère, et d'oser prendre en ma présence cet air d'empire et d'autorité. Et depuis quand, s'il vous plaît, avez-vous
acquis le droit de disposer d'Adélaïde? Nest-
elle pas sous la tutelle de son père et de sa
mère?, N'êtes-vous donc plus vous-même dans
leurs mains? Vous oubliez, je le vois bien, et
vos droits et vos devoirs, comme les droits et
les devoirs des autres. Vous oubliez que vos
prétentions dépendent non-seulement de la
volonté de vos parens, mais de celle de votre
sœur. Je vous en ferai souvenir. En attendant,
je vous défends de provoquer Henri, et d'entretenir Adélaïde ailleurs qu'en ma présence;
sinon, vous aurez à faire à moi; et vous, mon
fils, dis-je à Henri, souvenez-vous que Baptiste
est votre frère; et s'il est exigeant et emporté,
si vous le croyez digne de blâme, gardez-vous
bien de l'imiter. Montrez-vous, au contraire,
aussi généreux qu'il est injuste. Donnez-lui
l'exemple du vrai courage, en dédaignant l'injure qu'il vous fait. Comme son aîné, soyez plus
raisonnable et plus indulgent; et s'il manque
aux premiers devoirs, faites, s'il se peut, au-
delà des vôtres. C'est ainsi qu'il vous est permis
de l'emporter sur votre frère. Un cœur vraiment généreux ne se venge pas autrement ».

Henri ne me dit que ces paroles : « Soyez sûr, mon père, que je ne démentirai point la bonne opinion que vous avez de moi. Je fais serment de ne point tromper l'espérance qu'elle vous donne ». Baptiste ne répondit pas ; il nous montroit seulement un air sombre et farouche ; et moins persuadé de son injustice, qu'humilié par nos discours, il se retira dans sa chambre, ne pouvant plus souffrir nos reproches, outré de douleur d'être obligé de céder, et cherchant dans sa tête les moyens de rendre sa passion victorieuse de tous les obstacles.

Nous nous retirâmes tous ; et certainement Henri et Adélaïde, dont le secret se trouvoit divulgué, et dont l'agitation devoit redoubler l'amour, ne passèrent pas une nuit tranquille. J'entendis Baptiste gémir et sangloter, puis marcher à grands pas et se répandre en menaces. Mon trouble et mon effroi, en voyant la guerre prête à éclore entre mes enfans, étoient extrêmes. La fatale idée de celle que se firent les deux premiers frères du monde, et ses suites funestes dévoroient mon cœur. Il y eut ce soir cinq personnes dans l'île qui ne fermèrent pas l'œil.

Petite et paisible société, voilà l'amour et la jalousie entrés dans ton sein, voilà la discorde, la guerre, le meurtre peut-être. Car les hommes se détruisent, agités par cette surabondance de force qui les porte à se reproduire : flambeau

cher et funeste, qui vivifie et qui consume ;
flamme bienfaisante, qui échauffe doucement
un cœur que la raison domine, mais qui, brûlant celui que la passion transporte, allume
autour de lui les plus affreux incendies !

Je me concertai avec Eléonore sur ce que
nous avions à faire dans une conjoncture aussi
délicate, et il fut décidé qu'avant d'agir pour
ou contre Baptiste, il falloit s'assurer des sentimens d'Adélaïde envers ses frères, et connoître
parfaitement son inclination, pour nous conduire en conséquence. Eléonore se chargea de
sonder le cœur de sa fille, et, dans le cas où
nous ne nous serions pas mépris sur sa préférence pour l'aîné, de faire entendre raison à
l'autre, et de l'armer de force et de patience
contre lui-même. Elle avoit toutes les qualités
propres à réussir dans cette double négociation.
Douce, tendre, insinuante, pleine de raison et
de fermeté, elle conservoit sur l'esprit de ses
enfans tout le pouvoir d'une mère la plus chérie et la plus respectée.

Il ne lui fut pas difficile d'obtenir d'Adélaïde
l'aveu de son attachement. Emue par les larmes
de sa mère, poussée par la circonstance impé-
rieuse, cette tendre fille épancha son ame toute
entière dans le cœur maternel, et puis, hon-
teuse et rougissant de cet aveu, elle embrassa
sa mère et se cacha la tête dans son sein, comme
pour se dérober au trouble que lui causoit sa

franchise. Eléonore fut ainsi confirmée dans
l'opinion que nous avions déjà de l'amour d'A-
délaïde pour Henri. C'étoit à lui qu'elle vouloit
se donner, comme à l'homme le plus estimable;
elle n'accordoit à Baptiste que de l'amitié.

Mon épouse ne trouva pas la même facilité
à soumettre celui-ci. Elle pouvoit bien le convaincre de la nécessité de respecter la décision
d'Adélaïde, mais non pas l'en persuader; car
un cœur maîtrisé par une passion violente, ne
voit plus le vrai des choses, et rejette même
avec dédain les lumières de la raison, s'il les
croit défavorables à l'espérance dont sa passion
l'abuse. Sa mère lui rappela d'abord la scène
de l'esplanade, lui fit sentir avec douceur la
faute qu'il avoit faite en s'élevant contre son
frère, et lui peignit avec une tendresse touchante
la peine qu'il nous avoit causée. Puis, mêlant
à la bonté les conseils de la raison, elle lui
dit : « Quoi! mon fils, vous que j'ai porté dans
mon sein et nourri de mon lait, qui, élevé
avec tant de soins et de peines, nous êtes si
cher et nous devez tant de soins et de reconnoissance, vous ne craignez pas de nous donner
des chagrins amers, et de manquer, par cette
conduite, aux premiers devoirs de la nature!
Vous êtes instruit, vous ne pouvez ignorer les
bornes de vos droits. Vous connoissez les nôtres,
ainsi que ceux de vos frères. Voulez-vous renverser l'ordre naturel? Prétendez-vous que vos

desirs qui l'attaquent, soient sacrés pour les
autres ? Il n'y a pas à cela plus de raison que
de justice. Votre sœur, qui vous aime comme
son frère, ne vous veut point pour son époux.
Votre caractère peu liant, votre humeur trop
prompte à s'irriter ne lui conviennent pas. Ose-
riez-vous prétendre qu'elle n'est plus libre,
parce que vous l'aimez ? Croyez-moi, mon fils,
revenez de l'erreur de vos sens, faites-vous une
raison d'une chose nécessaire. Assurés des sentimens d'Adélaïde pour Henri, nous consentons
à leur union. Soyez assez généreux, ou du moins
assez sage pour l'approuver. D'ailleurs il ne vous
reste que deux partis, celui de l'obéissance,
dont vous pouvez vous faire un mérite, et celui
d'une vaine résistance, qui, en vous faisant
lutter contre tous, causeroit sans doute votre
malheur, et porteroit le trouble et le désordre
dans toute la famille. Non, mon fils, vous êtes
trop honnête pour entreprendre de nous vaincre
tous, et je vous crois l'ame assez élevée pour
tenter une plus noble victoire. Si vous entre-
prenez de triompher de vous-même, je vous
connois le caractère assez ferme pour ne pas
douter que vous n'en veniez à bout ».

« Pardonnez-moi, dit Baptiste en soupirant,
il y a un troisième parti que je choisirai. Je ne
saurois souffrir l'idée, et surtout la présence
d'un rival possesseur heureux d'Adélaïde. Je vois
bien que je n'ai ni l'autorité, ni le pouvoir, ni

peut-être le droit d'empêcher leur union ; il
faut que je.....»; et s'arrêtant tout à coup à
ces paroles, comme s'il en avoit déjà trop dit,
il ne voulut point achever de découvrir sa pensée, quelques caresses et quelques instances que
lui fît sa mère.

Sur le rapport qui m'en fut fait, je craignis
que ce caractère violent ne s'abandonnât, dans
son désespoir, à des résolutions extrêmes, et
ne portât peut-être le deuil dans la famille, je
n'entrepris pas néanmoins de détruire ses projets par mes discours et mes exhortations, puisque
celles d'Eléonore n'avoient rien produit; mais
je crus devoir affoiblir ses sentimens, en usant
de remise dans la conclusion du mariage, et
surtout en tenant Baptiste, sous divers prétextes, toujours éloigné de l'objet de sa passion, soit en l'employant à différens ouvrages
hors de la maison, soit en l'occupant près de
moi. Mais tous ces palliatifs n'éteignoient pas
le feu qui brûloit son ame. Un moment de la
vue d'Adélaïde le rallumoit avec fureur; en sorte
que quand il fut de nouveau question de son
mariage, Baptiste, désolé de la perdre, se tint
avec plus de constance à sa première résolution.

CHAPITRE XXVI.

Fuite de Baptiste.

Nous n'avions déjà plus que quelques jours jusqu'à celui du mariage, lorsqu'un matin que je devois sortir avec mes deux aînés pour aller à la pêche, Baptiste, que je fis appeler, ne se trouva pas dans la maison. J'attendis quelque temps, pensant qu'il étoit dans les environs, et ne tarderoit pas à rentrer; mais après plus d'une heure, voyant qu'il ne revenoit point, je commençai à soupçonner quelque chose de nouveau dans sa conduite.

Je montai précipitamment à sa chambre, qui lui étoit commune avec Guillaume, et ne les trouvant ni l'un ni l'autre, je me mis à examiner tout ce qui y étoit, pour tâcher de découvrir, par ce qu'ils auroient emporté, quel pouvoit être le but de leur sortie. Comme je regardois de tous côtés, j'aperçus sur la table une lettre ouverte. Je la pris en frémissant, j'en fis lecture, et voici quel en étoit le contenu.

« Mon cher père et ma chère mère,

» En disposant de la main d'Adélaïde, et en
» la donnant à mon frère, vous me sacrifiez à

» lui. Vous lui accordez une préférence qui ne
» devroit être que le prix de mon affection. Ni
» vous, ni Adélaïde ne connoissez mon cœur.
» Il est si plein de son idée, que m'enlever l'es-
» poir d'être à elle, c'est me faire mourir. Il
» m'est impossible d'exprimer le tourment que
» j'endure, quand je pense que je vais la per-
» dre; mais il n'approcheroit pas de celui que
« me causeroit la vue d'Adélaïde dans les bras
» d'un rival. Quelle perspective et quel supplice!
» la pensée seule m'en fait frémir. Non, mon
» père, non, ma mère, dans un si cruel mo-
» ment, je ne pourrois répondre de moi. En
» vain, pour me porter à voir d'un œil tranquille
» le triomphe de l'heureux Henri, vous me mon-
» trez la raison et la nécessité qui l'ordonnent;
» en vain vous excitez mon courage pour vaincre
» ma passion : tant d'efforts et de raison ne sont
» pas faits pour moi. Cette vertu sublime sur-
» passe mes forces. J'ai vainement essayé de
» me surmonter, ma passion demeure toujours
» la maîtresse, et je sens qu'elle pourroit me
» porter à des actions que je redoute, et qui,
» en méritant votre colère, me rendroient in-
» digne de vous. Je me crains, il faut que je
» fuie. Pour conserver votre estime, il faut que
» je quitte la maison, et que je m'éloigne de
» tout ce que j'aime. L'absence ramènera peut-
» être la paix dans mon cœur, ou du moins la
» mort finira mes peines. Je pars, Ne faites point

» de recherches inutiles. Je reviendrai, si l'hon-
» neur me permet de revenir. En attendant, ne
» refusez pas au moins votre pitié à un enfant
» malheureux, et convenez que je vais payer
» bien cher le plaisir d'avoir vu de trop près
» Adélaïde.

» *P. S.* Mon frère Guillaume, à qui j'ai fait
» part de mes peines et de ma résolution, trop
» sensible à mon malheur, a voulu partager ma
» destinée. Je refusai de l'emmener, il m'a forcé
» à céder à ses instances (1); il vient avec moi,
» n'en soyez point inquiets. J'en aurai soin
» comme vous-mêmes; et si je ne pouvois plus
» penser au retour, ne voulant pas priver vos
» cœurs sensibles de votre fils, je trouverois le
» moyen de vous le rendre ».

« Cruel enfant! m'écriai-je, après cette lecture, vous êtes donc fait pour mettre à l'épreuve
toute la sensibilité de mon ame ? Qu'allez-vous
devenir vous et votre jeune frère, qu'une amitié
généreuse attache à votre sort ? Comment votre
tendre mère recevra-t-elle la nouvelle de votre
fuite ? Comment se consolera-t-elle de cet
abandon ? »

Telles furent mes premières pensées et l'ex-

---

(1) Baptiste . qui savoit la double peine qu'il alloit
nous causer, refusoit de recevoir Guillaume pour compagnon d'exil ; mais, sur la menace que lui fit celui-ci
de nous avertir de sa fuite, il fut obligé de l'accepter.

pression de mes premiers sentimens. Je ne pouvois, sans un chagrin extrême, considérer la
vie errante de ces deux enfans, et tous les dangers qu'ils y trouveroient, et je partageois déjà
toutes les peines et les alarmes d'Eléonore. Cependant la réflexion en adoucit un peu l'amertume. L'épreuve même de cette crise doulou-
reuse étoit mêlée d'une sorte de satisfaction.
L'action de mes deux fils montroit deux ames
sensibles et vigoureuses.

Nous avions espéré que Baptiste pourroit se
vaincre; mais si sa passion, déjà terrible, tiroit
des circonstances une si grande force, si la vue
du bonheur de Henri pouvoit l'exalter à un
point dangereux, ne devions-nous pas en quelque sorte lui savoir gré de sa résolution? N'é-
toit-ce pas d'ailleurs un acte bien généreux de
sa part, de tout quitter, de se dévouer à des privations et à des peines cruelles, plutôt que de
manquer à la nature et à la reconnoissance,
d'attendre du secours du temps et de l'absence,
ce qu'il n'osoit espérer de la force de sa raison?
Enfin, n'étoit-ce pas une chose admirable que
le renoncement de son jeune frère aux caresses
de ses parens, et à toutes les douceurs de la vie,
pour embrasser les intérêts d'un frère malheureux, et partager son infortune?

Ces considérations, que j'adoptois surtout
pour consoler Eléonore, étoient encore forti-
fiées par cette réflexion, que si dans quelque

temps mes enfans ne revenoient pas, il ne seroit
peut-être pas impossible de les retrouver dans
l'enceinte bornée de l'île, et que le mariage de
Henri une fois fait, et Baptiste accoutumé à
cette idée, il faudroit bien que celui-ci se fît
alors une raison, et qu'ainsi la paix et la concorde renaîtroient dans la famille.

Mais une nouvelle réflexion affoiblit bientôt
celle-là. Si mes fuyards s'emparoient d'une de
nos chaloupes et sortoient de l'île, cela seul diminuoit infiniment l'espérance de les revoir, en
multipliant autour d'eux les dangers de la dé-
sertion. Cette pensée, qui réveilloit mes alarmes,
me fit sortir sur le champ pour voler sur leurs
traces.

Je courus avec Henri vers le rivage, où nous
trouvâmes la grande chaloupe, mais la petite n'y
étoit plus. Je vous laisse à penser quel surcroît
de peine cette vue fut pour moi, et quelle incertitude elle dut mettre d'abord dans mes démarches. Ils pouvoient être sortis de la baie, et,
doublant une des deux pointes, avoir cinglé
vers l'est et le nord de l'île, ou, tournant à
droite, avoir fait le tour de l'île pour en rega-
gner la pointe par l'ouest, ou enfin voguer devant eux en sortant de la baie; mais j'avois peine
à croire qu'ils eussent pris ce dernier parti, et
se fussent hasardés de traverser une mer immense, sans connoissances et sans but. Telles
étoient mes pensées, qui pouvoient n'avoir pour

objet que de vaines spéculations, si mes enfans pouvoient remonter la rivière.

Cependant la vraisemblance de cette supposition, qui me faisoit hésiter sur le parti que j'avois à prendre, ne me tint pas long-temps en suspens. Pour m'assurer de la vérité de mes conjectures, je montai en diligence à mon observatoire, tandis que Henri, qui étoit instruit de mes desseins, alloit à la découverte sur la crête opposée. J'examinai d'abord la partie de la mer que j'avois devant moi, et dans cette vaste étendue, qui n'avoit de bornes que la voûte azurée, je ne vis rien qui pût fixer mes regards. Je revins sur mes pas en côtoyant la crête des rochers, jusqu'à une pointe fort élevée, d'où je pouvois voir le revers des montagnes, et rien n'offrit à mes yeux ce que je cherchois. Après cette observation, je descendis vers l'endroit que j'avois indiqué à Henri comme point de réunion, et, chemin faisant, je passai sur l'esplanade, pour découvrir de là nos jeunes gens, en cas qu'ils eussent pris le parti de remonter la rivière; mais je ne fus pas ici plus heureux qu'ailleurs. Cependant, comme il étoit possible que ses détours m'eussent dérobé leur petit bateau, lorsque Henri, qui ne tarda pas à me rejoindre, m'eut dit qu'il ne l'avoit point aperçu en mer, je me déterminai à remonter la rivière jusqu'aux montagnes, bien assuré qu'ils ne pourroient m'échapper s'ils en avoient pris la route.

En conséquence de cette résolution, j'entrai dans la chaloupe, et profitant d'un vent favorable qui venoit de se lever, et de la marée qui montoit, je déployai la voile. Je donnai le gouvernail à Henri, et ramai de toute ma force. Nous voguâmes ainsi très-légèrement vers le haut de l'île, mais notre diligence et nos recherches n'aboutirent à rien. Nous ne découvrîmes aucunes traces de la fuite de nos jeunes gens, et, lassés du travail de la rame et de nos courses, le cœur plein de tristesse, et tombant d'inanition pour n'avoir pas mangé de la journée, nous fûmes obligés de revenir au gîte, où nous n'arrivâmes qu'à deux heures de nuit.

En abordant Eléonore, j'étois d'autant plus embarrassé, que je connoissois mieux toute la sensibilité de son cœur, et que je ne pouvois douter, d'après son caractère, qu'elle ne fût très-inquiète sur mon compte et sur celui de ses enfans. En effet, elle étoit depuis la nuit dans les plus vives alarmes de ne pas nous voir revenir, et sa tendresse, qui l'avoit fait courir et envoyer sans succès vers tous les endroits où elle pensoit que nous étions, lui faisoit imaginer mille aventures sinistres. Je lui amenois la moitié de ses gens; mais comment lui annoncer la fuite des deux autres? Il n'étoit pas possible de la lui cacher, et je ne savois comment la lui apprendre.

Dès qu'Eléonore me vit entrer, elle courut à moi. «Ah! mon cher ami, me dit-elle, que votre

arrivée me soulage! que j'ai souffert aujourd'hui!
Pourquoi, je vous prie, vous retirer si tard?
Mais quelle impression de chagrin j'aperçois
dans vos yeux! Vous est-il arrivé quelqu'accident? Où sont Baptiste et Guillaume....? Vous
ne me répondez pas.... Ciel! que faut-il que je
pense? »

« Ma chère Eléonore, lui dis-je en soupirant,
nous ne sommes pas faits pour être toujours
heureux. Depuis notre arrivée dans l'île, nous
avons été comblés des graces de la Providence.
Elle nous éprouve aujourd'hui par une grande
privation. Mais vous êtes soumise à sa volonté
sainte, et vous avez trop de piété et de raison
pour ne pas vous résigner à ses décrets. Vous
savez d'ailleurs qu'il n'y a rien de stable dans le
monde, et que nous pouvons en tout temps nous
attendre à tout. »

« Eh mon Dieu! me dit mon épouse, quel
trouble et quelle frayeur vous jetez dans
mon ame! De quelle privation voulez-vous
parler?..... Eh bien, lui dis-je, Baptiste et
Guillaume.... Ah! n'achevez pas, reprit-elle,
je le vois de reste, ils sont morts. Et quand ils
seroient morts, lui répondis-je, voudriez-vous
vous laisser vaincre par la douleur de cette
perte? Mais rassurez-vous, et bénissez le Ciel,
ils ne le sont pas. » Alors je lui montrai la lettre
de Baptiste; je lui racontai les perquisitions que
j'avois faites pour le trouver, et je finis par les

réflexions que m'avoit fait naître son action pleine de courage.

« Mais que deviendront-ils, dit cette tendre mère en laissant couler deux ruisseaux de larmes? Où peuvent-ils aller avec leur petit bateau? Où trouveront-ils un asile? N'ont-ils pas à lutter contre les élémens et contre les besoins non moins redoutables? Hélas! nous ne les verrons plus. La douleur que me cause leur fuite me suivra jusqu'au tombeau. »

« Il ne faut pas, lui dis-je, porter les choses à l'extrême, en s'arrêtant de préférence aux idées les plus sinistres. Vous savez qu'on jouit dans ce climat du plus beau temps jusqu'à la saison pluvieuse, et que nos enfans n'ont à craindre maintenant dans les mers voisines, ni tempêtes, ni coups de vent. Ces mers n'offrent point de terres où ils puissent aborder; ils n'oseroient entreprendre un long voyage avec leur nacelle. Leur dessein est sans doute de trouver quelque asile solitaire dans cette partie de l'île que nous ne connoissons pas, et de s'y faire une retraite jusqu'à ce que le temps, rendant le calme au cœur de Baptiste, le ramène à ses parens. Si nos enfans ne trouvent pas à se fixer, ils ne tarderont point à revenir. Au reste, ne craignez point qu'ils manquent de nourriture; ils ne sont point partis sans provisions, et je compte sur leur industrie. Les produits de la chasse et ceux de la pêche peuvent suffire seuls à les soutenir. »

C'est ainsi que je tâchois de consoler Eléonore. Mais ces raisons, quoique plausibles, ne
pouvoient dissiper les alarmes de son cœur. Sa
tendresse inquiète, qui voyoit au-delà du péril,
ne lui permettoit pas d'être tranquille; et je ne
pouvois moi-même me dérober au chagrin et à
la crainte que me causoit encore la fuite de mes
enfans. Cependant, comme il falloit se faire une
raison de la nécessité, et comme nos murmures
ni nos plaintes n'auroient pu changer l'ordre
des événemens ni les décrets de la providence,
nous nous efforçâmes d'être plus fermes, ou du
moins de le paroître, dans nos manières et dans
nos discours. Je devois l'exemple du courage
à Eléonore. Elle se contenoit, de peur d'augmenter ma sensibilité par la vue de la sienne,
et j'aurois pu croire sa douleur calmée, si son
cœur, qui se trahissoit quelquefois dans le sommeil par des soupirs et par des larmes, ne
m'eût découvert toute la peine qu'elle s'étudioit
à me cacher.

Dans l'intention de modérer le chagrin de
mon épouse, je l'avois assurée que nos déser-
teurs étoient partis pourvus de munitions et de
vivres. Il étoit vrai néanmoins que je n'en pouvois parler que par conjectures, et qu'il n'étoit
guère possible de savoir au juste ce qu'ils avoient
pris. Nos magasins ne fermoient point, et je
ne tenois pas registre des choses qu'on y avoit
déposées; mais on pouvoit connoître qu'ils en

avoient ôté, s'il en manquoit une quantité considérable. Je voulus le vérifier, pour être à
même après cela d'en convaincre Eléonore, et
je reconnus qu'ils avoient emporté des viandes
salées, du pain, du cidre, de la poudre à tirer,
des armes à feu, des filets de pêcheur, et des
outils propres à remuer la terre. Cette connoissance soulagea mon cœur, et produisit le même
effet sur celui d'Eléonore, qui désormais parut moins alarmée sur le compte de ses enfans.

www.ingramcontent.com/pod-product-compliance
Lightning Source LLC
Chambersburg PA
CBHW050739030726
47505CB00002B/320